燕は戻ってこない

桐野夏生

JN048166

集英社文庫

目次

本書は、二〇二二年三月、集英社より刊行されました。
初出「すばる」二〇一九年三月号～二〇二一年五月号
本文デザイン／川名潤

本書はフィクションであり、実在の人物・団体とは無関係であることをお断りいたします。

刊行に際しては、生殖医療専門医の佐藤琢磨先生のご助言を賜りました。心より御礼を申し上げます。

燕は戻ってこない

第一章　ボイルドエッグ

1

小さな鍋の中で白い卵がひとつ、ことこと揺れている。ミヨシマートで、十個入りパックが百九十八円。この辺では一番安い。一日一個食べて、十日間保《も》つ。安くて高蛋白《こうたんぱく》で調理は簡単。水から十五分茹《ゆ》でれば、固茹で卵の出来上がり。

「あなた、卵の本質を知ってますか？　沸騰してから八分間で固茹でになるんです。つまり、水から十五分間茹でれば、茹で卵になる。これが卵の本質なんですよ。料理は、食材の本質を知ることが大事なの」

介護老人ホームの食堂での、礒谷《いそがい》さんの定番の台詞《せりふ》だ。車椅子の上で姿勢を正し、近寄りがたい雰囲気を漂わせていたけど、ピンクのパジャマは、食べこぼしの染みだらけだった。

礒谷さんの名字は見たことのないへんてこな漢字だから、みんな読めなくて、「アリタニさん」と声をかけた人がいた。そしたら、「イソガイと読むんです」と、少し小馬鹿にした感じで訂正した。

それが何度かあったもんだから、誰も話しかけていないのに、礒谷さんは名札も何も付けていない薄い胸を自ら指して、「イソガイと読むんです」と、主張するようになった。そして、誰彼構わず、ところ構わず、「卵の本質」と「イソガイと読むんです」と、そればかり言う婆《ばあ》さんになった。

しかし、ホームの食堂では、茹で卵なんか出ない。一人で殻を剝《む》けない老人がたくさんいるし、喉に詰まらせるかもしれないからだ。卵料理は、うんと甘くしただし巻き卵（人気があった）か、とろみを付けた掻《か》き玉汁《たまじる》か、稀《まれ》に温泉卵だ。

だから、礒谷さんが、どうして茹で卵に拘《こだわ》るのか、誰にもわからなかった。そのうち、料理関係の仕事をしてたんだってという噂《うわさ》が立ち、礒谷さんの惚《ぼ》け方も愛情を持って迎えられたし、卵の本質説もまったくその通りだと評判になった。

ところが、介護スタッフの一人が、食材の本質云々《うんぬん》は有名な料理家が常日頃言っていることらしいと、ネットで見た情報を伝えたものだから、以来、礒谷さんが「卵の本質」を語るたびに、何となく同情的だった人々が、そうですよね、と適当に流すようになった。礒谷さんは、ほどなく風邪を引き、肺炎を起こして呆気《あっけ》なく死んだ。

沸騰後八分で固茹でになるのが鶏卵の本質ならば、女の体の中にある卵子の本質は何だろうか。茹でれば何分で固くなるんだ。礒谷さんよ、卵子の本質も教えてくれや。リキは鍋の中を見つめながら、懐かしい名を呼ぶ。

リキが、ホームで介護の仕事をしていたのは、二十一歳から二十三歳と四カ月までの二年半に満たない期間だ。我慢に我慢を重ねて二百万貯《た》めるまでに、それだけかかった。

給料の半分近くを貯金できたのは、当たり前のことだけど、実家にいたからである。

リキは、北海道の北東部にある短大を出た後、実家近くに新設された介護老人ホームの職員として雇われた。両親は、いずれ自分たちもそこに入るんだから、ちょうどいいんでないかい、と喜んだが、リキは仕事を始めたその日に、ベッドの上で自分の大便を団子状に丸めようとしている婆さんを目撃して、すぐに辞めたくなったのだった。そんなことをする人がいるのが信じられなかった。

しかし、仕事が長続きしないのは、介護老人ホームのせいではなかったようだ。どこに行っても、どんな仕事をしていても同じだった。東京に出てきてから、リキの職は一向に定まらない。自分には堪《こら》え性《しょう》がないのか、と悩んだ時期もある。でも、何がしたいのか、そして自分がどんな人間なのかもわからないうちに、ここしかないと仕事を決められるのが嫌なんだ、と気付いた。

自分のしたいことを見つけられて、さっさとその道に進んでいける人間の方が、強くて楽なんじゃないかと思ったのは、高校で割と仲のよかった友達がネイリストになったと聞いた時だ。その子は、東京のネイリスト学校に一年通った後、学校が経営するネイルサロンに就職した。今や渋谷の本店でも、一目置かれる存在になっているらしい。その子のインスタを見ると、ばりばりやってるし、原宿で美容師をしている彼氏もいるみたいで妬ましい。誤解しないでほしいのは、渋谷だの原宿だのサロンだの彼氏だのが妬ましいんじゃなくて、充実している感じが妬ましいのだ。

上京してから一度だけ、その子に会った。場所は、その子がよく行くという恵比寿《えびす》のカフェだった。ちょうど、リキが西日暮里《にしにっぽり》にある印刷物の仕分け会社でアルバイトを始めた頃だ。

ただでさえ恵比寿という場所に怖《お》じているリキの前に、髪をレッドに近い茶に染めた彼女はものすごく垢抜《あかぬ》けた格好で現れて、リキだけでなく、周囲をも圧倒した。そして、その子の手の込んだネイルアートを見たリキは、心も体も引けまくって、座っていた椅子さえも、ずずっと後ろに引いたほどだ。

自分は手に職を付けなかったから、こんなに差が開いたんだと後悔したが、「これ、自分でやったんだよ」と誇らしげにネイルアートを見せられれば、何の才能もない自分なのだから仕方ないとも思ったのだった。

上京しても何のいいこともなく、むしろ、どんどん悪くなってゆくのはなぜだろう。故郷に帰っても仕事がないし、東京に出る時に父親とは大喧嘩《おおげんか》したから、意地でも帰りたくない。てか、その旅費もない。

二百万という大金を持って出たはずなのに、六年の歳月の間にすべてなくなった。部屋を借りるための礼金・敷金、冷蔵庫に電子レンジ、ベッドに寝具に鍋や食器。それらを揃《そろ》え、足りない生活費を補塡しているうちに、いつの間にか幻のように消えてしまった。そして今は、貯金ゼロの日々が続く。

仕事に恵まれない不満、これといった才能がないという劣等感、そして、リキの毎日を暗雲のごとく覆っているのは、大いなる欠乏感だった。金がないことがこんなに心細く、息苦しいとは思わなかった。一度でいいから、金の心配をしないで暮らしてみたい。閉店間際のスーパーで安くなった食品を買い漁《あさ》り、光熱費を削り、徒歩で移動して交通費を倹約し、服は古着屋でしか買わない惨めさ。そんな毎日から、一度でいいから解放されたい。

スマホのタイマーが鳴った。沸騰して、きっかり八分。リキは鍋の湯を捨てて、そこへ水を入れ、茹で上がった卵を冷やした。台所の流しの前に立ったまま、卵の殻を剝く。茹で卵には、空気の溜《た》まる箇所がある。たいがいは底だ。ごろごろ転がして細かいひびを入れ、ボトムから剝けば殻は簡単に取れる。

これが茹で卵の本質だ、と礒谷さんに教えてやればよかった。でも、リキが教えたところで、礒谷さんはあの小さな目を疑い深く窄《すぼ》めて、信用しなかっただろう。どこぞの料理研究家が言えば鵜《う》呑みにするくせに。礒谷さんにまで無視され、どこにでもいて、どうでもいい女が自分だ。

リキは、小皿に垂らした醬油《しょうゆ》に茹で卵を浸した。子供の頃から、茹で卵は塩ではなく、醬油を付けて食べるのが好きだ。だから、遠足の時は塩しか持たされないので、ちょっと嫌だった。そんな話をしたら、東京に来て初めて付き合った男が、すごく馬鹿にしたような顔をした。

「田舎《いなか》の人だねえ。醬油が好きなんだ」

リキより三つ年上のちょっと見は気障《きざ》な、顎鬚《あごひげ》を生やした男は、北関東の訛《なま》りがきつかった。インポートショップと言えば聞こえはいいが、いわゆる洋品店で短期のバイトをした時に知り合った。男は、顎鬚があってもいいと言われたのはここだけだった、と言い訳した。

自分だって田舎出身で訛ってるくせに、とリキは内心思ったが、口にはしなかった。するとリキの気持ちを読んだ男は、自分の県は首都圏だから、北海道のど田舎とは全然違う、と言い張った。他人のネガティブな感情に対する勘だけは妙に鋭いのだった。男は、おくてだったリキを舐《な》めきって嘘《うそ》を吐《つ》きまくり、二股も三股もかけ、でも、やるだけやって去って行った。

以来、男って何だろう、とリキは考えるようになった。粗暴で馬鹿で礼儀知らずで、考えることと言えば、己を利することばかり。汚い靴は脱ぎっ放しで揃えたこともない。便座は上げたままで、床に小便を垂らしても気付かずに踏む。人のうちの冷蔵庫を勝手に開けて、お宝のように大事にしていた発泡酒を飲む。狭いベッドなのに、大の字になって寝入ってしまい、リキを下に蹴落とす。女は奉仕するものだと思っているから、中出しだってへっちゃら。妊娠したら困ると文句を言うと、リキちゃんにデキ婚迫られたら困るのは俺の方じゃん、とへらへら笑う。

リキが東京に来てから知り合った男たちは皆、無人島に二人きりで流されたって、セックスなんか金輪際したくない輩《やから》ばかりだった。男なんか要らない、独りがいい、と思うけど、今の世の中は単身では生活できないほど給料が低い。

　リキの今の仕事は、北向《きたむき》総合病院の事務で、派遣だ。朝八時から夕方五時半の終業まで、たっぷり九時間半も、古くて薄暗い病院にいて給料は手取りでたったの十四万だ。そのうち部屋代に五万八千円取られ（日当たりの悪い格安アパート）、残りの八万二千円で生活する。

　同じ派遣でも、東京に実家がある女はスタバでコーヒーを買えるけど、リキはセブン－イレブンのコーヒーも買えない。しかも、来年は雇い止めになるはずだから、また仕事を探さなくてはならない。腹の底から、金と安心が欲しい。


　リキはコンビニの袋から、仕事帰りに買ったタラコおにぎりを取り出した。コンビニは高いから買わないことにしているのに、「おにぎり百円セール」とあったので、空腹に負けて、明日の朝の分まで、つい買ってしまった。

　タラコの小さな粒を前歯でぷちぷちと噛《か》む。タラコは魚卵。魚はたくさんの卵を産む。イクラにタラコに数の子にからすみ。雌はみんな卵を孕《はら》む。リキは、自分の卵巣に小さな粒がびっしりと入っている様子を想像して、それが全部金になったらすごいのに、と思う。

　中学生の時、年末に祖母の家で、塩抜きした数の子の薄い膜を取らされたことがあった。卵子のひとつひとつにも、数の子を覆っているような薄い膜があるのだろうか。その膜を引っ張って子宮から取り出すのか。痛くないのか。数は減ってしまわないのか。卵子を採るってどんな感じなんだろう。

テルにエッグドナーのバイトをしてみないかと誘われて、ネットで見てから、リキはずっと卵という物質のことばかり考えている。そのうち、礒谷さんみたいに、卵のことしか言わなくなるかもしれない。でも、卵の本質なんか知らない。

自分の卵子と、会ったこともない男の精子が受精に成功して受精卵となり、男の妻の子宮に入れられて、赤ん坊になる。ということは、その赤ん坊は自分の子供ではないのだろうか。

例えば、リキが卵子を提供して、どこかのカップルに選ばれて受精に成功し、赤ん坊が生まれるとする。他方、自分が妊娠して子供を持ったら、その子には、すでに「きょうだい」がいることにならないのだろうか。

そして、その「きょうだい」と、自分が産んだ子とがたまたま出会って、付き合ったりしたら、近親相姦《そうかん》には当たらないのだろうか。

もし、自分が結婚することになったら、卵子を提供したことがあると、相手に告げた方がいいのだろうか。逆に、相手が精子を提供したことがあると言ったら、自分はどうするだろう。

疑問は次々と浮かんで、どうしたらいいのかわからなくなる。茹で卵とタラコおにぎり、キャベツの味噌汁《みそしる》を食べ終わったリキは、ブックマークしてあったエッグドナー募集サイトを開いた。すると、タイミングよく、テルからＬＩＮＥがきた。

——例のやつ、申し込んだ？

二人でエッグドナーの登録をしてみよう、という話になっていた。テルは、エッグドナーのことを、産婦人科の看護師から聞いたらしい。「五十万だってよ」と、割のいいアルバイトという触れ込みだった。

——まだ。これからだよ。

——えらいめんどいぞ。がんばれやー。

——おう。

登録のための入力項目の数は多かった。名前、住所、職業、血液型、身長、体重、靴のサイズ、既往症、持病、視力、髪質、膚《はだ》の色、瞼《まぶた》は一重か二重か、喫煙歴、タトゥーやピアスの有無。パスポートナンバー、海外渡航歴、将来の夢、志望動機、学歴。そして両親と祖父母の既往症や職歴。

写真も、顔と全身、あれば赤ん坊の時の写真も、メールに添付して送れ、とある。リキは迷った末に、スマホのアルバムの中から、比較的マシに思える全身の写真を一枚だけ添付して送った。病院の制服を着ているから、真面目に見えるだろうと考えてのことだ。

しかし、項目を埋めながら、ピアスをしていて二重瞼に整形しているテルはもちろんのこと、リキ自身も登録できる気がしなくなってきた。登録作業に一時間以上も時間を費やし、なぜか徒労感だけが残る。自分の卵子が選ばれなかったら、劣等の烙印《らくいん》を押されたような気持ちにならないだろうか。

翌朝七時五十分、リキは北向総合病院の裏口から入った。タイムカードを押してロッカールームに向かう。リハビリセンターの理学療法士の女子は早い。とっくにジャージのユニフォームに着替えて、ロッカールームからわらわらと薄暗い廊下に出てくる。みんな若くて元気がいいから、擦れ違うたびに、おはようございます、と大きな声で挨拶される。ただの条件反射とわかっていても、少しうざい。

八時前でも、院内はすでに人で溢《あふ》れかえっている。その大半が老人だ。彼らは七時の正面玄関の開扉と同時に入ってきて、順番待ちの番号札を争って取る。

紺色のベストとスカートの制服に着替えたリキは、事務室に向かった。八時に受付が開始されると同時に、患者のカルテを入れた緑のファイルを番号順に配るのが、朝一番の仕事だ。その後は、会計の席に座らせられる。病人と直接向かい合って現金に触るので、時々、何かが感染《うつ》るのではないかと心配になる。

テルの姿が見えないと思ったら、遅刻だった。十分遅れで席に着き、課長にちらりと睨《にら》まれている。

わりいわりい。テルが自席から合図を送ってきた。テルも同じ派遣組だが、リキよりも四歳若い。とても痩せていて小柄だ。小さな口に歯が全部入りきらないらしく、歯並びが悪いので、年齢よりも子供っぽく見える。茶に染めた髪が根元から黒くなりかけているのは、金と時間がないせいだ。テルは、ダブルワークをしている。

不潔に見えるよ、と課長から注意を受けたことがあるから、早く染めに行かなくちゃ、とテルは言っていた。リキは、不潔ではなく不幸そうに見えると思ったが、もちろんそんなことは言わない。ちなみにリキはもともと美容院に通えるような金がないので、黒髪のままで、自分で切り揃えている。

昼休みは、それぞれ自作の弁当を休憩室で食べる。弁当と言ったって、おにぎりと茹で卵（リキはほとんど毎日茹で卵を持ってきて、休憩室に備え付けの醬油をかけて食べる）や、白飯とウィンナー炒《いた》めとか、そんな程度の簡単な代物だ。だが、テルの弁当はすごい。キャベツだの竹輪だのトンカツだの、残り物をすべてフライパンに入れて炒めた、わけのわからないおかずを持ってきたりする。リキは最初、粗末な弁当の蓋を開けるのが恥ずかしかったけど、テルの弁当があまりにすごいので、平気になった。

病院の隣にはセブン-イレブンがあるが、セブンで毎日買っていたら金が続かない。だけど、この日はかねてから、セブンで何か買ってイートインで食べようよ、とテルと約束していたから、財布を持って外に出た。こんな楽しみもたまにないと、心が折れてしまう。

リキはレタスサラダが食べたかったが、高いので我慢した。だから、いつも、おにぎり一個にカップ麺とか、サンドイッチと菓子パンとか、炭水化物祭りになる。それでも三百円はかかるのでもったいなく感じる。甘党のテルはシュークリームを奮発して、乱《らん》杭歯《ぐいば》を剝き出しにし、へへへと喜んでいる。

「ねえ、あれ、登録した？」

テルが掠《かす》れ声《ごえ》で訊《き》いた。

「うん、やった」

「あれ、マジめんどくせー。嘘ばっか書いちゃったよ」

「ピアスの有無とかあったじゃん。テルは大丈夫なの？」

リキが心配して訊いたのに、テルは貧相な肩を竦《すく》めた。

「ないって、嘘書いた」

「写真どうした？」

「これにした」

テルが見せてくれたのは、明らかにアプリで加工された写真だった。目だけがやたらと大きく見えて気持ちが悪い。

「これ、やばくない？」

「だって、他のはブスだもん」

テルは名古屋近くの市の出身で、奨学金を得て四年制大学を出た。ところが、親が生活費の分も上乗せして借りたために、テルは大学を出た時、五百万もの借金を背負う羽目になった。卒業後、自動車販売会社に就職して借金を返すと張り切っていたらしいが、営業に回され、女性の上司に苛《いじ》められてノイローゼになって、会社を辞めざるを得なくなった。

それで、心機一転。二重瞼に整形して、東京に出てきて仕事を探したがうまくいかず、派遣に登録した。この総合病院に来たものの、派遣の給料では到底借金を返せずに、週末には風俗のバイトもしているのだった。そのバイト代は、毎月の返済金額、二万三千円に充てている。ということは、風俗で嫌な目に遭ったとて、そう多くは稼げないということだ。

「値崩れしているんだよ。私みたいなのが、たくさん参入しちゃってるからさ」

テルのバイトのことは、本人から直接打ち明けられたのだが、実は、病院内で密《ひそ》かな噂になっていた。放射線科の技師の一人が、新宿の風俗店の前で、客を送り出すテルを見かけたのだという。その男はミニオンのジェリーそっくりで、冬でも汗をかいているために、事務室の女性たちには敬遠されていた。その恨みが溜まっていたのか、声高に言い触らしているのだった。リキは、ジェリーは店の中にいたのだろうと思っている。

だけど、テルはジェリーのようなデブとやりたくないことまでやって、必死に借金を返しているのだから、放っておいてやれよ、とリキは思う。ばれたら、病院側が黙っているかどうかわからないし。女を買うくせに、売る女を馬鹿にする男にはマジ頭にくる。

「ねえ、卵子を提供するのに、一回五十万から八十万て書いてあるじゃない。どうして値段の差があるんだろうと思ったら、ランク付けされるみたいだよ」

テルがひそひそと囁《ささや》いた。声が低くて掠れているので、逆に周囲に聞こえやすい。リキは小さな声で訊き返した。

「ランクって？」

「提供する側のランクだよ。ほら、最後に学歴を書くところがあるじゃん。あと、全身の写真も送るしさ、いろいろばれちゃうじゃない。つまり、リキが二十代前半で東大出てて、一流会社に勤めてて、親きょうだいに何も遺伝的な病気がなくて、さらに言えば美人だったりしたら、特Aランクだよ。八十万の卵子だよ。あるいはさ、すごくいいうちの子で、育ちがよくて聖心女子大とか出てて、これまた美人だったりしたら、これも特Aランクになるわけだ」

どこで調べてきたのか、テルはそんなことを言って、リキを不安がらせる。地方の短大を出て、美人でもなく、何の才能もない自分はランク外ということにならないか。今までエッグドナーをやるかやらないか迷っていたくせに、ランク外で登録さえもできないとなると、項目を懸命に埋めた時間がもったいないし、拍子抜けする。

「じゃ、私、駄目かもしれないね。もう二十九だしさ。何の取り柄もないもの」

「リキは健康じゃんか」

テルがカップ麺に割り箸を突っ込んで掻き回した。リキは百六十六センチ、五十八キロ。既往症もなく、虫歯もない。両親も祖父母も金はないが元気だ。だが、自分の卵子がCランクか、それ以下かと思うと不快だった。自分の卵子は、ミヨシマートの一パック百九十八円の卵なのか。ブランド卵は一個五十円なのに、二十円もしない卵か。

「そりゃ健康かもしれないけど、何か嫌だよね。値踏みされるのって」

「ずっと値踏みされる人生じゃん」

テルが吐き捨てるように言った。

「そりゃそうだ」

同意したきり、言葉が出ない。まったくもってその通りだ。値踏みされて、あんたのできる仕事はこれしかない、と言われ続けてきたからだ。だったら、もっと頑張れよ、やる気になれば、もっと上にいけるじゃん、と言うヤツは馬鹿だ。そんな自助努力とか言われたって、出発点からすでに安く値踏みされるグループに入っているのだから、自分の力だけじゃどうにもならないんだよ。状況を説明したって、親きょうだいだって理解できないのだから、世間の人に絶対にわかるわけがない。こんなに金がなくて困ってるのに、誰も手を差し伸べてくれないじゃん。

リキの人生を語る言葉は、仕事への不満、劣等感、金がない欠乏感、そしてもうひとつ、苦しみを理解されない孤独だ。テルと知り合って、孤独は少し癒やされたが、テルの状況はより悲惨で、話を聞くと気が滅入《めい》る。

「ねえ、もし、登録がうまくいってさ。面接も受かったら、リキはどうする？　病院辞めてタイに行くでしょう？」

登録の後、面接があるらしい。そして、晴れてエッグドナーに選ばれた場合、海外で卵子を提供しなければならないのだそうだ。法整備がされていないため、医療機関が自主規制しており、国内のガイドラインに適合しない希望者は海外で卵子提供を受けなければならないらしい。そのため二週間以上も勤め先を休まなくてはならない。

派遣の身で二週間も休みを取ったら、仕事を辞めなくてはならないだろう。こんな仕事なら、いっそ辞めてしまいたいと思うが、その先の生活を思うと不安でたまらない。

「どうしようかな」

リキは優柔不断というよりも、慎重な質《たち》だ。

「だけど、リキは来年雇い止めでしょう？　ちょっと早く辞めてまた新しい仕事探せばいいじゃん。一気に五十万だよ。なかなかない話じゃん。しかも、海外に行けるし」

そりゃそうだ。リキは一度も海外旅行に行ったことがない。エッグドナーに受かったら、タイに二週間も滞在できる。どうってことないじゃん、卵子のひとつやふたつ。ミヨシマートのでよければ。

「タイに行ってみたいなあ」

リキが呟《つぶや》くと、テルがリキの腕を摑《つか》んだ。長い爪が食い込んで痛かった。

「行こうよ。一度くらい、いい目を見ようよ。タイに二週間も滞在したら、観光もできるじゃんよ。そして、五十万貰《もら》おうよ。五十万あったら、そもそも、今の給料の三カ月分くらいなんだから、その間に仕事探せばいいじゃん。リキならすぐに見つかるよ」

北向総合病院は、仕事も面白くないし、環境もあまりいいとは言えないけれど、リキにはひとつだけ利点があった。アパートから自転車で通えるのだ。迷っていると、テルが唇を尖《とが》らせた。

「どうせ来年探すんだったら、今のうちから探して移った方がいいよ。ここ、給料安いじゃん。いくらなんでもってレベルだよ」


数日後、返事がきた。リキは登録された。テルに背中を押された形だったのに、テル自身は登録を断られたという。理由は知る由もないが、テル自身は、自分の貧弱な体型と、エッグドナーの志望動機を、「普通のバイトよりも報酬がいいので応募しました」と正直に書いたせいじゃないか、と思っている。リキはちゃんと、「人のために役に立ちたい」と書いたのに。

「私って、露悪的なところがあるじゃん、つい、嘘吐けなくて書いちゃったんだよね。それに、どうせ駄目だろうと思ったし」

ロアクテキ。確かに、テルには自棄《やけ》になる一瞬がある。多分、課長に髪のことを言われた時も、課長は「不潔」なんて口にしなかっただろうに、テルの方から「これって不潔に見えますよね」とか言ったに違いない。それで課長は頷《うなず》いてしまい、テルは「不潔って言われた」とリキに言う。こんな流れだ。

親のために多く作らせられた借金を背負っているんだから、そりゃ自棄にもなるよ、とリキは気の毒に思う。

「リキはやんなよ。二十九だから、最後のチャンスじゃん」

テルが真面目な顔をして言った。

2

ピンク、ピンク、ピンク、ピンク。壁も天井もカーテンも、すべてがピンクに彩られているが、少しずつ色合いが違う。天井は淡いピンクで、壁はコーラルピンク、カーテンはフーシャピンク。床は、白いタイルがぴかぴか光っている。パソコン以外、何も載っていない白いデスクの前に座る中年女性も、白のスーツ姿だった。スーツの下はこれまたピンクのシャツブラウスで、ジャケットの胸にバレンタインデーよろしく丸みを帯びた赤いハートのブローチを着けている。ブローチの下のネームプレートには、「青沼　AONUMA」とある。

おでこと大きな口の目立つ、人好きのする顔。四十代後半か。明るい茶に染めた髪に白いファンデーション、そしてローズピンクの口紅。派手な色合いが目に痛い。この部屋の色彩や人物、何もかもがリキの勤めるくすんだ病院の対極にある。

リキは青沼の左手薬指をこっそり見た。結婚しているか否かをチェックするのは、ほとんど習い性になっている。案の定、薬指にはプラチナの細い指輪があった。既婚で仕事を持っている中年女は、自分に自信があるからことさら派手に装う。

青沼は、リキが部屋に入って行くと、何かを確かめるかのように、急いでパソコンの画面に目を遣《や》った。そして、しばらく顔を上げなかった。その間、リキは壁に飾られたパネル写真を眺めていた。赤ん坊を胸に抱いた若い母親が、幸せそうに微笑《ほほえ》んでいる写真だ。

面接の結果次第では、本登録を断られることもあると聞いていたから、実際のリキを見て愕然《がくぜん》とした青沼が、これから断る理由を探しているのだろうと思った。今日のリキは、GUの服にスニーカーを履いていて、バッグ代わりの布袋を肩に掛けている。いかにも金がない服装だから、金目当てで応募した女だと思われたに違いない。

「ごめんなさい。失礼しました」

やっと青沼が顔を上げた。顔は笑っているが、細く描いた眉を寄せ、なぜか不安そうな表情をしている。「どうぞ、お掛けください」と、デスクの前の白い椅子を勧められた。椅子を引くと、ピンクのハート形のクッションが置かれているのに気付いた。

「あなたが大石理紀《おおいしりき》さんですね。このたびはお申し込み頂いて、ありがとうございます」

青沼が目尻に皺《しわ》を寄せて笑ってみせた。

あ、いいえ、と小さな声で返事する。すると、青沼が魔法のごとく、デスクの下からエビアンの小さなボトルを取り出してリキの前に置いた。

「どうぞ、よかったらお飲みになって。いろいろ伺いたいことがあるので、リラックスしてください」

礼を言って、エビアンのボトルを手にする。よく冷えていて、掌《てのひら》に水滴が付いた。それをパンツで拭ってから、冷たい水を口に含んだ。

リキが水を飲むのを待っていた様子で、青沼が口を開いた。

「今日はようこそおいでくださいました。私ども『プランテ』は、アメリカの生殖医療専門クリニックです。私は日本のエージェントをやっている青沼と申します。よろしくお願いいします」

青沼が差し出した横書きの名刺には、「プランテ」のカリフォルニアの住所と、「日本支社プレジデント　青沼薫《あおぬまかおる》」とある。

「日本では、まだ法整備が追いついていない状況なのですが、世界では生殖医療がどんどん進歩していましてね。私ども『プランテ』は、赤ちゃんが欲しいご家庭に幸せをお届けしている、実績ある医療機関です。生殖医療と言いますと、まだまだ誤解されている部分があると思いますが、もう、世界的にはそんなことを言っているレベルではないくらい発展し、進歩しているのが実情です。日本のクライアントの方々は、ネットなどで研究されてよくご存じなのですが、そのニーズに、法律やガイドラインが間に合っていないのです。ですから、私どもアメリカのクリニックを利用して頂きたいと願っています。実際、本当にたくさんの日本人のクライアントさんに感謝されているんですよ。私どもは、真の人助けをしているという自負があります」

青沼はそう言って胸を張った。引出しから、ピンクの表紙のパンフレットを取り出してリキに手渡す。

「これをご覧ください」

ページを開いてグラフを見せ、これまでに何組のカップルに赤ちゃんを授けたか、という実績についての説明を始めた。ひと通り説明し終わると、そのパンフレットを「プランテ」のロゴの入った、ピンクのクリアファイルに入れてリキに差し出した。

「これはお持ちください。おうちでじっくり読んでくださいね」

ファイルを渡されたリキは、はい、と素直に頷いた。青沼は、好ましそうにリキの顔を見ている。

「大石さん、今日、お仕事はお休みですよね？」

「いえ、病院ですから休みではないんです。今日は午前休にしてもらいました」

リキの病院は、土曜の午前中が最も混む。

「それは申し訳ありません」青沼は軽く頭を下げた。「ほとんどのドナーの方はお勤めしていらっしゃって、土日なら都合がいい、と仰《おつしや》るものですから」

はあ、と曖昧に笑った。なんと答えていいかわからなかった。

「もし実際に、ドナーに選ばれると、現状では国内で採取できませんので、海外に二、三週間は滞在して頂くことになります。長いお休みになりますが、お仕事のほうは大丈夫でしょうか」

「大丈夫だと思います」

「そんなに長い休暇を取ることができるんですか？」

テルとの話で出た痛いところを衝《つ》かれて、リキはしばし絶句した。契約が切れる前に数週間も休めば、派遣はクビになるだろう。その後のことはまだ何も考えていなかった。

「何とかなると思います」

青沼が不安そうにリキの目を見るので、リキは無意識に逸《そ》らした。

「病院にお勤めでしたね。今は、正規の職員でいらっしゃるんですか？」

「いえ、派遣です」

正直に答えてから、今のは失敗だったかと焦った。不安定な身分の女など、どんなトラブルがあるかわからないから、ドナーにしたくはないだろう。

「派遣の方なら、長いお休みの後でお仕事を続けられるのは難しいと思うのですが、大丈夫ですか？」

「もしかすると、続けられなくなるかもしれません。でも、いいんです。私は二十九歳になりましたが、今のところ、彼氏もいないし、結婚の予定も全然ありません。だから、女である自分が、女であることで、誰か困っている人の役に立てればいいと思ったんです。エッグドナーの条件を読んだら、二十九歳までとあったので、無理かなと思ったんですけど、一応、申し込みだけはしてみようと思って」

こうなったら仕方がない。リキは熱弁をふるった。

「ええ。大石さんのドナーの志望動機には、『人のために役に立ちたい』と書いてありましたものね」

青沼がパソコンのモニターを覗《のぞ》き込んで言った。

「そうなんです。私、来年三十歳じゃないですか。確かに、もう私、若くないなって思う瞬間がたびたびあるんです。でも、私生活では何の変化もないじゃないですか。これからも多分ないと思うんです。だから、三十歳になる前に、誰かの役に立ちたい、と心から思ってるんです」

「ありがとうございます。それは本当に嬉《うれ》しいです。大石さんのような崇高なボランティア精神が、困っている方を助けて、この世の中をよくしていくのだと思います」

青沼は目尻の皺を深くさせて笑った。

「いえ、どうも」

リキは、ごくりとエビアンを飲んだ。

「ただね、率直に申しますと、うちではエッグドナーさんの登録を二百人近く頂いていますが、ほとんどが二十五歳前後の方なんですよ。二十九歳というと、クライアントさんのほうで、もっと若い方がいいと仰ることもなくはないので」

「えっ、じゃ、駄目なんですか?」

がっかりした。だったら、早くここを出て、病院に出勤しなければならない。午前休は十二時までと決められているからだ。銀座くんだりまで、交通費をかけて来たことが悔やまれた。

「いえいえ、ちょっと待ってください」

帰る素振りを見せたリキに、青沼は慌てて止めるような仕種《しぐさ》をした。

「でも、年齢的に難しいんですよね？」

「いえ、諸条件が整えば、それでもいいと仰るクライアントさんもいらっしゃいます」

「諸条件？」

「経歴とか、ご家庭の状況とか、容姿ですね」

出た。テルの言う「特Aランク」のブランド卵だ。リキのはミヨシマートのC級だから、誰も選ばないだろう。ミヨシマートの卵に、高い金をかけても将来性は期待できないのだ。

「それなら駄目ですね。私、何の取り柄もないもの」

リキが呟くと、言葉尻に覆い被《かぶ》せるように、青沼が早口で問うた。

「あのう、失礼を承知で伺いますが、大石さんは妊娠したことがおありですか？　こちらの申込書には、一度もないとありますが、皆さん、とても書きにくいことだと思いますので、改めてお伺いしているのですが」

「あります」

例の顎鬚の男と付き合っている時に、妊娠したことがあった。避妊せずに射精したことを詰《なじ》ったら、逆ギレされたことがあったので、妊娠したことなど告げる気もなく別れた。もちろん、中絶費用は自分で出した。

「その時はどうなさったの？」

青沼の声が奇妙に優しくなった。

「中絶しました」

「そうですか。それは何歳の時ですか？」

「二十六歳の時です」

「妊娠は一度だけですか？」

「そうです」

青沼がパソコンに、リキの答えを打ち込んでいる。キーボードの音が止まると、しんと部屋が静まった。青沼がパソコンから顔を上げた。

「これはひとつのご提案です。意に染まないと思うようでしたら、お断りされても構いません。でも、少しでも考えて頂けるのなら、とても嬉しいです。結論は今日でなくても大丈夫ですから、じっくり考えてくださるようにお願いします」

青沼が前置きした。

「何ですか」

「大石さんは、サロゲートマザーという言葉をご存じですか？」

首を傾《かし》げたリキに、青沼がまた別のパンフレットを取り出した。

「代理母のことですよ。代理母にも二種類ありましてね。何らかの原因で妊娠できない奥様の卵子と、ご主人の精子とで受精卵を作って、あなたのような若くて健康な方の子宮に移して産んでもらう方法。そして、もうひとつは、奥様とは別の女性の卵子と、ご主人の精子を使った受精卵を、卵子を提供してくださった女性の子宮に戻して出産してもらう方法。サロゲートマザーというのは、後者の方法で出産する代理母なんです」

「でも、その生まれた子供は、頼んだ夫婦のものになるんですか？」

「そうです」青沼が深く頷いた。「夫婦が妊娠・出産を依頼するわけですからね。それなりの対価を払いますし」

「いくらくらいかかるんですか？」

「今までは全部で二千万以上はかかっていました。が、『プランテ』では少し経費を抑えています。だから、申し込みが絶えないのが実情です。それで大石さんに考えて頂きたいのは、そのサロゲートマザーのほうなんです」

「何で私に？」

　思わず大きな声が出た。

「あなたと会ったら、そのご夫婦は、あなたに是非出産してほしいと、熱望されるだろうことがわかっているからです」

　その確信は何だろうと、リキは怖くなった。

「どういうことですか？」

「あなたが奥様によく似ていらっしゃるからです」

「そんなことで決めていいんですか？」

思わず言うと、青沼は頷いた。

「ええ、子供ができない、いえ、作れないご夫婦の悩みは深いものですよ。私にはよくわかります。卵子も母胎も、奥様ではない女性の協力を仰いでまでも、そのご夫婦はお子さんが欲しいのです。精子はご主人のものですから、ご主人は奥様を傷付けないように、そして生まれた子供が自分たちの子供と思えるように、なるべくならば、奥様に見た目が似ている女性を探されているんです。そこに大石さんが申し込まれてきた。私はお写真を拝見して、驚きましたもの。そのご夫婦の奥様の妹さんと言ってもいいくらい似ていらっしゃる。これはまさしく運命の出会いではないかと思いました」

妊娠が判明した時、リキがうろたえたのは、相手が嫌いで、あんな男の子供など産みたくないと、心が断固、拒否したからだった。だが、体は初めて経験する不思議な変化に驚いていた。飯の炊ける匂いが鼻に付き、コンビニのおでんの前で吐き気を催した。いつも生理中のように下腹が張って、何かが滞っているのが感じられた。命の塊という異物が、自分という命の中にある奇妙さ。エイリアンのように、何かが腹を突き破って出てくる夢を見たこともあるし、毎日細胞が分裂して、どんどん目や鼻や耳ができていくのかと想像して怖《おそ》ろしくなったこともある。

黙り込んだリキに、青沼が慰めるように言った。

「ごめんなさい。突然こんな話をされて驚いたでしょうね。あなたはただ、エッグドナーの登録にいらしただけですものね。それにね、正直に言いますと、うちのルールとしては、代理母さんは、一度は妊娠して出産した方に限る、と規定しているのです。だから、妊娠されたことはあっても、出産していないのだから、この組み合わせを実現するのが難しいのはわかっているんです」

青沼は大きな溜息《ためいき》を吐きながら言ったが、残念そうにリキを見る眼差《まなざ》しには、明らかに実現したがっているような様子が窺《うかが》われた。

「本当に困っておられるご夫婦なんですよ。うちにはもう何度も足を運ばれていてね。いろんな方法を検討したのですけど、最終的には、サロゲートマザーにお願いするしかないというところまできているのです。でも、今現在、サロゲートマザーはほとんど外国の方だから、奥様の子ではないことがひと目でわかってしまいますでしょう。それで、悩んでおられるのよね」

「そんなにしてまで、お子さんが欲しいんですか？　なぜ？」

「さあ。人それぞれですからね」青沼はどこまで喋《しゃべ》っていいのか、迷っているようだ。

「これは私見ですけどね。お金があって、家柄もよくて、お二人とも教養があって、仲がよくて、言うことなしのご夫婦だと言われている人たちが、どうしても子供ができないことがわかった時、何かしら不全感をお持ちになるんじゃないかと思うんですよ。子供が欲しいご夫婦には、家を継ぐ子供が欲しいとか、ご主人の優秀な遺伝子を残さねばとか、その人たちの事情がいろいろあるんだとは思いますが、一番言葉にしにくいのは、その不全感じゃないかと思うんです。すべてに恵まれているだけに、自分たちにないのは子供だけだ、何とかしたい、と躍起になられるんだと思います」

「でも、他の女性に産んでもらっても、自分の子だという気持ちになれるんですか」

「ええ、子作りという一大プロジェクトを、最初からプロデュースするわけですからね。それはもう、すごいですよ。妊娠がわかってからというもの、その女性を大事にして大事にして、子供が生まれる時なんて心配で仕方がないみたいで、ご夫婦で手まで握り合っていますよ。お子さんが生まれてからも、産んでくれたお母さんに成長を見せに行ってね。産んだ女性も喜んでくれてね。ほんと、この仕事をしていると、いつも感動するんです。人間って不思議だなあって。こと、出産に関しては、いくらでも心の許容範囲が広がるんだと思うんです。だから、いわゆる常識で考えてはいけないと思うの」

青沼が壁のパネルを振り返る。赤ん坊を抱く母親の写真。

「この写真の赤ちゃんも、卵子提供で生まれたんですよ。このお母さんは血が繫《つな》がっていないけど、自分の子だと仰ってる。大石さんも人助けだと思って、卵子のドナーになろうと思われたんでしょう。だったら、本当に必要とされているところで、協力する道があるのですから、考えてみてくださいな。法的なことやルールなどは、私どものほうで何とかしますから」

ずいぶん無茶な話になったと思った。要はリキに、エッグドナーではなく、ある夫婦のサロゲートマザーになれと言っているのだ。しかも妻に似ているという理由だけで。

「妊娠となると一年間は仕事ができなくなるわけですから、報酬なんかはどうなるんですか」

　リキは思い切って訊いてみた。

「最低三百万の報酬は出ます。あと、妊娠中の生活費、産後、体力が回復するまでの生活費も出ます。他に、ご夫婦からお礼もあると思います。だから、かなりの額になりますよ」

　報酬三百万など、夢のまた夢だ。妊娠・出産と引き替えに三百万、という額が妥当なのかどうかはわからなかった。だが、生活費も出るのなら、仕事探しに約二年間の猶予を与えられることにならないか。それに、どうせ実家には全然帰っていないから、たとえ妊娠しても誰にも知られることはないだろう。

「例えばですけど、引っ越し費用とかも出るんですか？　今いるアパートって日当たりが悪くて最低なんで」

「自分たちの子供を産んでくれる人の環境をよくするためなんですから、もちろん出してくれると思いますよ」

　実を言うと、それだけで若干心が動いたが、リキは辛うじてこう返答した。

「少し考えさせてください」

「もちろんです。一週間くらい経《た》ったら、こちらからご連絡してもいいかしら。答えはイエス、ノーで結構です。ノーの場合でも、エッグドナーの手続きは進めておきます。でも、エッグドナーをなさりたいのなら、ご自分の提供した卵子が、どんな子供になって、どんなご夫婦をどんな風に幸せにしたのかを見届けるのも、いいことだと思います。それもご自分のこれからの生き方を変えるかもしれませんよ」

青沼はにこにこ笑いながら言った。


タイムカードを押したのは、きっかり十二時だった。リキは、セブンのレジ袋を提げて地下一階にある休憩室に直行した。帰りに、受付で「お車代」と書いた封筒をもらったのだが、開けてみたら千円札が二枚入っていたのだ。それで、カルビ弁当とカップ味噌汁、デザートにみかん入りの牛乳寒天まで買ってしまった。

休憩室は、MRI室の奥にある部屋で、そこにドリンクの自販機と電子レンジ、熱湯の入ったポットなどが置いてあった。主に看護師や理学療法士、検査技師たち、そしてリキやテルなど事務職の職員たちが利用する場所だ。医師には上階に食堂がある。

「早かったじゃん」

カップに湯を注いでいたテルが振り向いて手を振った。スプーンで手早く掻き回しているのを見ると、インスタントスープらしい。

「うん、何とか間に合ったよ」

リキは電子レンジに弁当を入れて目盛りを合わせた。

「どうだった？」

他の職員の耳を意識して、テルが小声で囁く。

「うん、二十九歳って、やっぱあまり人気ないみたい。それで、代理母にならないかって言われた」

「ダイリボ？」

テルが大きな声を上げたので、隣のテーブルで茶を啜《すす》っていた警備員のお爺《じい》さんがちらっとテルのほうを見た。

青沼から言われたことを説明すると、テルの反応ははかばかしくなかった。

「なんか、それってヤバくない？」

「よくわかんないんだよ。突然言われたから」

テルの昼食は、コンビニのおにぎり二個と、ポタージュスープだ。

「やめなよ、何の関係もない人の子供を産むなんて。そんなの絶対にしちゃ駄目だよ」

テルの頑《かたく》なさに驚いて、リキは割り箸を止めた。

「どうして？」

「どうしてって、リキは嫌じゃないの？　自分の子宮が汚される感じしない？　自分のお腹《なか》の中で、全然見も知らない男の子供が育つんだよ。気持ち悪いじゃない」

「あまり気持ちはよくないと思うけど、汚されるとは思わなかった」

テルは、リキの返答に不満の様子だ。

「何、気持ちはよくないって？　何で、その程度なの。リキ、おかしくない？」

「そうかな。テルのほうこそ、何でそんなに嫌なの？」

「だって、子供って神聖なもんじゃない」

　リキは驚いてテルの顔を見た。あんたは風俗のバイトしてるじゃん、とは言わなかったが、リキとしては、見ず知らずの男の性器なんて、見たくも触りたくもなかったから、テルが子供を神聖だという気持ちのほうが信じられなかった。

「つまりさ、子宮をそんな風に使ったら、汚されるっていうの？」

「そうだよ、当たり前じゃん」

　テルはムキになって言って、口から飯粒を吹っ飛ばした。テーブルに飛んだ飯粒を、恥ずかしそうに指で拾う。

「でも、私は当分、結婚も出産もしないと思うんだ。だから、一度経験してもいいと思わなくもない」

「もう、リキ、嫌だ。信じられない」

　テルがカップスープの中のプラスチック・スプーンを取り出して舐めた。後引きして滴がテーブルに垂れたが、気付かない。

「私は何でテルがそんなに潔癖なのかわからない。テルだってエッグドナーに申し込んだじゃん」

「だから、あれは途中でやめたんだよ。なんか間違ってるな、これ、って思ったから」

「だって、テルが持ってきた話じゃない。だから、私はマジに登録申し込んだのに。間違ってるって、今さら言うの、おかしくない？」

それは悪かったけどさ、と言ったきり、テルは口を噤《つぐ》んだ。しばらくして、小さな声で夢見るように言った。

「私、自分の産む子供だけは好きな人と作りたいな。それに、子供産んでみたら、すごく可愛《かわい》かったたってことないかな。自分の中には母性があると思うしさ。そんなこと考えると、ダイリボなんてできないよ」

リキは休憩室の白いパネル張りの壁を見つめている。「プランテ」の淡いピンクの天井や、コーラルピンクの壁、フーシャピンクのカーテン。あれらの甘い色は、テルの心を表しているかのようだ。

「ねえ、何で何も言わないの」

テルがむっとしたように言ったが、リキは、介護老人ホームにいた老人たちのことを思い出していた。小さな命の塊が自分の腹の中心にできて、それが成長して産道を通って生まれ、長い長い時を経て、やがて礒谷さんになり、大便を捏《こ》ねていた婆さんになり、惚《ぼ》けて若い女性スタッフの尻を触りまくっていた爺さんになるのかと思うと、何だか可笑《おか》しかった。人間は神聖というほどのものではないような気がした。

3

草桶基《くさおけもとい》は、小型犬を可愛いと思ったことは一度もない。鳴き声は甲高くてうるさいし、玩具《おもちゃ》のような華奢《きやしや》な体も、西洋産のどんぐり眼《まなこ》も気に入らない。小賢《こざか》しいというか、こまっしゃくれたというか、よく喋る小生意気な幼児をどう扱っていいのかわからないような、苦手意識と苛立《いらだ》ちがあった。

ならば、近寄らなければいいだけの話なのだが、ことの弾みで、トイプードルを飼う羽目になってしまった。というのは、妻の悠子《ゆうこ》が、子宝に恵まれないのなら、せめて犬を飼いたい、と言いだしたからだ。

悠子の選んだ犬は、赤茶のオスで血統書付きのトイプードルだった。母犬はイギリスのチャンピオン犬だという。確かに、完璧な色合いの巻毛に、ビー玉のごとき黒い目を持つ犬は、まるで縫いぐるみのように可愛い、と基も認めざるを得なかった。

名は、「マチュー」とした。命名したのは、基だ。悠子は、「空」だの「海」だの「夢」だの、そんなふやけた名を付けたがったが、基は拒否した。マチューの由来は、マチュー・ガニオ。基の好きなパリ・オペラ座のエトワールの名だ。

基も六年前までは、現役のバレエダンサーだった。ジャンプが高いのと、品のいい顔立ちと高身長で、女性の間では絶大な人気があった。だが、海外公演中に膝を痛め、帰国後に手術したが、もう元には戻れなかった。その後、引退。男性ダンサーは、リフトとジャンプができなければ、そのダンサー生命は終わったも同然だ。

現在は、母の千味子《ちみこ》と共同経営するバレエスタジオで、生徒たちを教えている。傍ら、バレエ公演の企画や、海外ダンサーの招聘《しょうへい》と交渉、他バレエ団に赴いて振付などをしたり、本を執筆したり、それなりに充実した毎日を送っている。

基は毎朝、悠子を見送った後、マチューの散歩がてら、オフィス兼スタジオに向かう。スタジオまでは徒歩で二十分という距離である。ちなみに、悠子はフリーのイラストレーターをしており、二駅先に、自身の仕事場を持っている。

突然、マチューが擦れ違った大型犬に吠《ほ》えかかった。だが、大型犬が振り返って、立ち向かう気配を見せたところ、慌てて基の脚の間に駆け込んで蹲《うずくま》った。基が抱き上げると、少し震えている。

通り過ぎたことに安心して吠えたのだろうけれど、まさか振り返るとは思ってもいなかったのだろう。基は、その虚勢が情けなくて、愛《いと》おしかった。あれほど小さな犬が嫌いだったのに、今は自分が庇護《ひご》し、世話をしてやらねばならない存在が可愛くて仕方がない。これが息子だったら、もっと可愛いだろうにと思い、子供の代わりに犬を飼う計画は、逆に子供への執着を増したと苦笑いした。

基は、マチューのリードを引いて、ゆっくり二十分以上かけて散歩し、スタジオに到着した。「モトイ・クサオケ　バレエスタジオ」。カタカナ表記の下には、英語の表記もある。基が引退するまでは、「チミコ・クサオケ」と、母の名だったが、オフィスの創設とともに変えることにした。

蔦《つた》の絡まる鉄筋三階建ての建物は、母が始めた頃は斬新なデザインだと思ったが、今はかなり古びて見える。だが、由緒あるスタジオに見えないこともない。一階がバレエスタジオ、二階がオフィス。三階が、母親の草桶千味子の住まいとなっている。

バレエスタジオは、海外の稽古場を真似《まね》て、縦長の窓が連なる洒落《しゃれ》た造りで、鏡も四方に張られて金がかかっている。大事に使えば、母が亡くなった後も、建て替えずに済むだろうから、マンションからこちらに引っ越すつもりでいる。

母の千味子も、バレリーナだ。日本人では初めてロイヤル・バレエ団に入団し、その後、オーストラリアのバレエ団で、プリンシパルを務めていたことで有名だ。六十九歳になった今は、幼児とジュニア、一般の三クラスを教えている。基の父親の、草桶洋次《ようじ》は三十年前に亡くなったが、彼も東京バレエ団のダンサーだった。

つまり、基がバレエファンに注目されていたのは、バレエダンサー一家の一人息子で、両親に幼い頃からバレエの英才教育を受け、しかも、その容姿が母親に似て美しいからだった。ファンたちは、歌舞伎の御曹司と同様、受け継がれた美とバレエのＤＮＡを、基に見ようとしていた。美形で実力もある基は、若い頃には女性誌のインタビューなどにも、頻繁に登場していたのだ。

一階のスタジオの鍵が開いていたので、基はオフィスに行かずに先に顔を出した。千味子がモップを手に、床を掃除していた。髪を後ろで纏《まと》め、黒のロングスリーブＴシャツに、ぴったりした黒のパンツを穿《は》いている。

Ｔシャツの深い襟ぐりが、長い首に似合っていた。現役時代の体型を保ったままなのは、さすがバレリーナである。顔も自然な皺はできたが、まだ充分美しい。

体型の維持は、基も常に気を付けていることだ。現役のような激しさで踊ることはできなくても、生徒には振付を踊って見せなければならないこともあるし、モトイ・クサオケの評判を貶《おとし》めることはできない。

「あら、おはよう。ガニオ、おいで」

基が来たことに気付いた千味子が振り向いて、犬に呼びかけた。千味子は、ふざけて「ガニオ」と呼びたがる。基は急いで犬の足をウエットティッシュで拭いた。

「ガニオじゃないよ、マチューだよ」

マチューはリードを付けたまま、嬉々《きき》としてフローリングの上を走って行った。基がスタジオに来ている間、マチューは三階の千味子の部屋で帰りを待つ。

「ガニオは本当に可愛いんだから。マチューなんて名前より、ガニオの方がずっといいですよねーだ」

千味子は、優美な仕種でマチューを抱き上げて頰ずりした。しかし、千味子は、稽古場に犬の毛が落ちるから、という理由で、最初はマチューを連れてくるのにいい顔はしなかった。もっとも、犬の毛が原因というよりも、悠子が犬を飼いたいと言いだし、基が唯々諾々《いいだくだく》と従ったことが気に入らないのかもしれない。

「悠子さんは変わりない？」

基の顔を見ずに訊く。

「別に変わりないよ」

だから、基は詳しく答えなかった。

「なら、いいけど」

「けど、何?」

「別に。訊いただけよ」

悠子に関しては、千味子は何となく冷淡で、一定の距離を保っている。悠子もそれを感じ取って、千味子の側《そば》にはあまり近付かないようにしているらしい。本当は、基が、千味子の家にあるスタジオで教えることも嫌なのだろう。

悠子に、『あなただけのスタジオを作ればいいじゃない』と、言われたことがある。『教室をふたつ作るよりは、ひとつをきちんと運営する方がいい』と答え、『これからは少子化で、子供が増えないから』と理由を言ったら、悠子がひどく落ち込んだことがあった。自分たちには子供ができないことを、思い出させてしまったのだろう。

確かに基も、自分たち夫婦に子供がいたらどんなにいいだろう、と思ったことは何度もある。いや、何度どころか、最近はその思いに苦しめられていた。舞踊家の血を引く三代目の子供は、どんな才能を持ち、どんな成長を見せるのだろうか。ファン同様、自分もDNAの存在を見たいのだ。

マチュー・ガニオが好きなのも、父親がデニス・ガニオというバレエダンサーで、母親はオペラ座のエトワール、ドミニク・カルフーニだからだ。マチューは、バレエエリートの両親から生まれた、綺羅星《きらぼし》中の一等星だ。

自分にも子供がいたら、綺羅星中の一等星かどうかを確かめることができたのに。それは、自分も一等星だったかどうか、という証明にもなるはずだ。その証明への拘りは、歳《とし》を取るほどに強くなっていたが、自身が一等星だという発想など皆無であろう悠子には、口が裂けても言えないことだった。


十年前になるだろうか。悠子とは友人の紹介で知り合った。それは基の熱烈なファンだった悠子の、伝《つて》を頼っての必死の作戦だったことが後でわかったが、基はいい気分だった。なぜなら、悠子は、基の世界では滅多に出会えないタイプの人間だった。賢くて話題が豊富、話していると楽しかった。やがて、基も自分に気があることがわかると、悠子は公演先まで追いかけてくるようになった。

当時、基は、二歳年下の千味子の教え子と結婚していた。当時の妻は、幼馴染《おさなな》み《じ》に近いような存在で、同じバレエダンサー。成り行きで結婚したようなところがあったし、また二人の結婚は、千味子に仕組まれていたとまでは言わないが、千味子の意向もかなりあったと思われた。

その頃の基は、必ずや引き合いに出される母のくびきから逃れたいと思っていたし、同業の妻を重たく感じてもいた。だから、積極的に近付いてくる悠子が、新鮮で魅力的だった。イラストレーターという、バレエ業界とは縁のない職種であることも気に入った。基はたちまち悠子に夢中になり、二年後、さんざん妻を傷つけた末に離婚した。

　傷心の元妻は日本を去り、北欧のバレエ団に入ったところまでは知っている。現地のダンサーと結婚して、今は二人の子供がいることを、フェイスブックやインスタグラムによって最近知ったばかりである。元妻の子供たちは二人とも男の子で、バレエとピアノのレッスンをさせて、いずれ好きな方を選ばせる、ともフェイスブックには書いてあった。

　それを知った時、基には強烈な羨望と後悔の念が湧き上がった。自分が苦しめたからこそ、彼女は今の幸せを得たのであって、自分の罪があるからこそ、自分たち夫婦は子のできない悲しみを味わっているのではないか。間違った考えだとわかっていても、罰を受けている感は拭えなかった。このことも、悠子には絶対に言えない。基は、悠子を愛している。

「おはようございます」

　小さな女の子を連れた若い母親がやってきた。午前中は、幼稚園に入る前の幼児のための、プレバレエ教室がある。そのクラスを受け持つのは、千味子のアシスタントの若い女性だが、今日はアシスタントの体調が悪いため、千味子が代講することになったらしい。

「可愛いわ」

　モップを片付けた千味子が、目を細めて幼女を眺めた。その子はバレエが好きで、歩き始めて数年もたっていないだろうに、「シャッシェ、シャッシェ」と言いながら、シャッセの真似をして、千味子のところに駆けてきた。千味子が抱き止めて、大げさに抱擁した。マチューは、横で見上げている。

「基先生もおはようございます」

母親が愛想よく、基にも挨拶した。基も笑って返しながら、小さな女の子の頬に手を触れた。

「バレエ、頑張ってね」

基は、柔らかな頬の感触に驚いて思わず手を引っ込めた。自分の子供が欲しいとつくづく思い、その思いの強さに衝撃を受けてもいた。

四十三歳になった自分は、早く子供を作らないと間に合わないのではないか。何に間に合わないのかと言えば、自分の子供がどれだけの才能に恵まれているのか、見届ける必要があるからだった。踊る才能のみならず、その才能を伸ばすべく努力できるか、他の能力はあるか、人間として信頼に値するか。しかし、考えれば考えるほど、自分の子供が欲しいという思いは、自分だけのエゴのように感じられて気が引けてもいる。

というのも、悠子はこれまでに数度、稽留流産しており、その都度子宮内容除去術を受けていた。不育症と診断され治療に専念し、それから体外受精も十回以上試したが、いずれも成功しなかった。過去の手術により、子宮性不妊となってしまったようだ。妊娠しない原因は、卵子の老化に加えて、子宮の状態にもあると言われて、悠子は衝撃を受けたようだ。

再婚した時（悠子は初婚だったが）、基は三十五歳で、悠子は一歳上の三十六歳だった。子供は自然に生まれるだろうと思っていたのに、それがうまくいかず、真剣に治療を始めた時は、悠子はすでに四十歳だった。

以来、二人はいろいろな方法を模索してきた。養子を取ることも考えたが、基は血を分けた自分の子が欲しいから、積極的に賛成はしていない。

これまで不妊治療にかかった費用も五百万以上になる。もちろん、一介のダンサーに過ぎない基には捻出できない額だったが、千味子が負担してくれた。千味子の実家は資産家で、老親の死後、かなりの額の遺産を相続していた。その意味でも、基は千味子には頭が上がらないのだった。

二階のオフィスに行き、マチューを膝に載せたまま、パソコンを開いて仕事を始めた。メールの遣り取りや、バレエ用品の発注など、細かい仕事はたくさんある。その間、電話が何度もかかってくる。主に、広告の営業だった。

そんなことをしているうちに、プレバレエのレッスンが終わったらしく、千味子がオフィスに上がってきた。マチューが膝から飛び降りて、千味子の元へ走って行く。

「お疲れ」

顔だけ上げて、母親を労《ねぎら》う。

「あーあ、体が硬くなった」

千味子が両腕を上げてストレッチしながら言う。

「お母さん、全然変わらないけどね」

世辞でも何でもなく、正直なところだった。

「変わったわよ。背中の筋力がなくなったし、硬くなった。前はもっと反れたのに」

千味子は、部屋の隅にある小さなキッチンに行き、ガスに火を点《つ》けた。紅茶を淹《い》れてくれるつもりらしい。

「基、今日、お昼どうする？」

キッチンシンクにもたれて、こちらを振り向いた。

「たまには、蕎麦《そば》でも取ろうか」

「そうしようか」

二人はほとんど毎日、一緒に昼食を食べる。店屋物を取ることもあるが、三階の千味子の住まいで、何か食べさせてもらったりすることがほとんどだった。

レッスンが休みなのは、水曜だけで、日曜は勤め人や学生たちが来る一般クラスがある。日曜は千味子が見てくれるので、基は悠子と休むことにしているが、たまに千味子が体調を崩したりすると、自分が代わりに見ることになる。

「あの子、可愛いね。シャッシェだってさ」

先ほどの幼女の話に、基から水を向けた。千味子が相好を崩した。

「あれだけバレエが好きだと、これからも続けてくれると思うから楽しみだわ。あの子のお母さんも、体はバレエ向きね」

「そうだね」

基は座っているマチューを見遣りながら、答えた。バレエ関係者は、とかく親の体型を見る。三代前の体型を見るといい、とも言われていたが、基はそこまであの親子に関心はなかった。ただ、幼女が可愛いと思っただけだ。

「ねえ、例の治療の方だけど、どうなったの？」

千味子が言いにくそうに訊《たず》ねる。

「ああ、お母さんにはさんざん金払ってもらって申し訳なかったけどさ。やっぱ、今のところ、方策がないんだよ」

「そう、残念ね」

「うん」

原因は卵子と子宮の状態だという話は詳しくしていないが、千味子は薄々わかっているようだ。

「養子とかは考えていないんでしょう？」

「俺はね。俺はあまり考えてないんだ」と、断ってから続けた。「悠子はぐらぐらしてる。決心がついていないみたいだよ。俺はどっちかというと、自分の子供でないのなら、もういいんだ。生徒の成長を楽しみに生きる。研修科に有望な子がいるからさ」

千味子は黙って聞いている。

「でも、正直に言うと、それが最近何だか変わってきてるんだよ。俺の遺伝子を受け継いだ子を見てみたいと思う気持ちがある。それがエゴだってわかってるんだけど、どうしてもあるんだよ。だから、昔の大奥とかいいな、とか思っちゃってさ」

基が笑うと、千味子も大きな口を開けて笑った。

「大奥ときたか」

千味子はまだ笑いながら、ポットに紅茶の茶葉を入れて湯を注ぐ。

「将軍が五十人子供作ったなんて話を聞くとさ、ちょっと羨ましいんだよね。俺のＤＮＡがどんな作用をするんだろうと思うと、そういう実験をやってみたいとか思って。こんな話、女の人にはできないけど」

「なるほどね」

「ただね、この間、クリニックで相談していたら、俺の精子とどこかの女の人が提供した卵子とで受精卵を作って、その受精卵を代理母になってくれる女の人の子宮に入れれば、子供が作れるって言われてさ。ちょっと心が動いた。もちろん、悠子は嫌な顔をしていたけどね」

「悠子さんの立場になったら、そうでしょうね」

「そりゃそうだよ。俺もそれはちょっと無理強いできないなと思ったけど、何だかそれも悪くないなと思ったりもした。これ、内緒だよ」

基は、紅茶の入ったマグカップを千味子から受け取りながら、口に指を当てた。

「わかってるわよ」と、千味子が苦笑する。「昔は、子は授かり物とか言ったけど、今は何でもできないことはないものね。遺伝子操作だってできるでしょうし、今に人工子宮もできるかも」

「もう実験してるらしいよ。人工胎盤を３Ｄプリンターで作ったって話、聞いたよ」

聞かされたのは、悠子からだった。情報通の悠子は、いろいろ調べて、基に教えてくれる。

「何それ」と、千味子が大声を上げた。「３Ｄ？」

「ま、実現はなかなかできないだろうけどさ」と、肩を竦める。

「それが実現されるまでは、貧しい国の女の人が子宮を提供するのね」

千味子が急に厳しい顔になった。

「残念ながら、そういう側面はあるよ。代理母も、一番人気はウクライナだからね。安いからさ。先進国では、規制が厳しい。最近は、卵子の提供者と代理母は同一にしないらしい」

「そういえば、私この間、明け方に目が覚めてね。変なことを考えたのよ。これ、悪いから、悠子さんには言わないでね」

千味子が椅子に腰掛けて、声を潜めた。

「何だよ。言わないよ」

「私が死んだら、私の遺産って、全部あなたにいくわけじゃない」

「そりゃそうだよ。一人息子なんだから」

千味子が亡くなったら、基は、この目黒区にあるスタジオの他に、軽井沢の別荘と、かなりの額の動産を受け取ることになるはずだ。

「あなたが悠子さんより先に死んだら、その遺産は全部悠子さんのものになるのよね。子供がいないんだから。それはいいのよ、だって、あなたの奥さんなんだから。でも、悠子さんが、その後すぐに不慮の事故とか病気で亡くなったら、あなたが受け取った遺産って、悠子さんのきょうだいや親戚にいくことになるじゃない。私、それ考えたら、急に目が冴《さ》えて眠れなくなっちゃったのよ。こんなこと考えるだけでも、悠子さんには申し訳ないと思うんだけど、あくまで仮定の話だから仕方ないよね」

「ああ、なるほどね」

千味子がそこまで考えているのかと驚いたが、確かに想定できる話ではあった。

千味子の実家は、大阪の船場《せんば》で商売していた家で、千味子は一人娘だった。実家には、不動産や金融資産だけでなく、骨董品《こっとうひん》だの絵画だのがごろごろあったという。千味子の母親はそれらをすべて処分して現金化し、贅沢《ぜいたく》に遣って一人暮らしを楽しんだ後、かなりの額を一人娘の千味子に残して死んだ。千味子がバレリーナとして成功したのも、実家の潤沢な資産の後ろ盾があったからだ、とも言われていた。

その金を、一人息子である自分が相続するのは当たり前だが、自分と悠子が死んだ後のことまでは考えが及ばなかった。確かにそうなれば、千味子の実家の金は、悠子のきようだいに流れてゆくのだろう。

　悠子のすぐ下の弟は、ファミレスチェーンの本部で働くサラリーマンで、その妻はパート主婦。まだ小さな女の子が二人いる。そして、三十八歳になる一番下の弟は、高校の時に不登校になり、そのまま引きこもりになったと聞いた。

　しかし悠子は、一番下の弟は売れない漫画家だ、と基に紹介した。ものは言いようだと思わなくはなかったが、基には非難する気もなかった。自分には関係がないことだ、と思ったのだ。しかし、千味子の話を聞くと、関係ないどころか、大いに関係のある位置にいる。

「そうか。気が付かなかったよ」

「もちろん、杞憂《きゆう》だとは思うわよ。だけど、ああ、あのニートの方の弟さんを、うちのお金が潤す可能性もあるんだと思ったら、ショック受けちゃったのよ」

　結婚式の時、悠子の一番下の弟は数年ぶりの外出だと言って出席してくれた。基の関係者は皆、スタイルのいいバレエ関係者なのに、弟は、オタクっぽい不潔な男だった。そのことが、千味子は不快だったらしい。しかも、不倫の末に結ばれた略奪婚だったせいか、千味子の関係者の間で、悠子の評判は極めて悪かったのだ。

「基、この気持ち、わかってくれる？」

　千味子が眉を顰《ひそ》めて言った。

「わかるよ。俺もそのこと聞いて、ちょっと不快になった」

生まれつきちやほやされて、自分に自信がある基には、悠子の弟の鬱屈などわかるはずもなく、またわかろうとする気もなかった。だから、千味子の指摘は苦い澱《おり》のように心に残った。

「どうすればいいんだろう」

「どうしようもないわよ」

いつの間にか、マチューが千味子の膝の上でうとうとしていた。

「俺に子供がいたら、財産は二分されるね」

「それはそうよ。できればその子に全部残してやりたいわね」

千味子は、悠子に渡すのも嫌なのだろうと思ったが、それは無理だ。悠子とは、もう離婚できない。悠子との結婚は、不倫という代償を払った末の、二度と失敗できない結びつきだった。そのせいか、悠子との精神的な紐帯《ちゅうたい》は強いように思う。

「卵子提供と代理母のことを、もう一度話してみるよ」

しかし、成功するかどうか自信はなかった。悠子が他の女性の卵子を使うことは、絶対に嫌だと強硬に反対しているからだ。それは、わからないでもない。しかし、他に自分の子供を得る方策はない。

「悠子さんに、わかってもらうしかないわね」

「しかし、お母さん、卵子提供も、代理母も金がかかるよ」

「いくらくらい？」

「二千万とか言われたよ」

千味子が肩を竦めた。

「私が出すわ。孫の顔を見ることができるのなら、安いもんじゃない」

だったら、後は説得するだけだ。基は決意を新たにした。すると、千味子が小さな声で呟いた。

「悠子さんのところは、バレエに向いてないしね」

それは、悠子の血縁が体型も精神もまったくバレエ向きではないことを意味した。千味子が悠子を気に入らないのは、遺産のことだけでなく、遺伝子にも拘りがあるからだと基は気付いた。千味子は自身が基というサラブレッドを産んだから、自分がバレエダンサーの前妻と離婚したことが気に入らないのだろう。

「それは、代理母に頼んだって同じだよ」

基は妻を庇《かば》ったが、千味子が悠子を遠ざける真の理由を確認した思いで、憂鬱になった。

4

男が両手で、人形大の少女の白い腹を押している。すると、膣《ちつ》からイクラがぽろぽろ出てきて、飯茶碗《めしぢゃわん》に盛られた白い飯の上を覆う。まるで、少女の形をしたふりかけ容器を描いているかのようだが、イクラはふりかけではなくナマだ。ごつごつした男の手もリアルに描かれ、今にも箸を持ってイクラ飯をかっ込みそうである。

そのイラストを見た時、悠子はしばらく、イクラのひと粒ひと粒の輝きから目を離せなかった。著名なアーティストの作品だったが、そこから感じられるのは、エロでもユーモアでも美でもなく、食用になる魚卵と同じものが女の体内にも存在していることを、改めて知らされたような、嫌な気分だった。

自分のイクラは、このイラストのような輝きや艶もなく、すでに萎《しな》びて体内のどこかに滓《かす》となって消えたはずだ。不育症と卵子の老化を告げられた時は、自分では気付かぬうちに肉体はすでに老いている、という現実に衝撃を受けた。

悠子の膚はまだ張りがあって美しく、顔には皺ひとつない。最近、吊《つ》り気味の目尻が少し優しくなったくらいで、経年変化はほとんどない。とても年相応には見えない、と誰からも褒められ続けてきたのに、突然の女廃業を告げられたも同然で、屈辱すら覚えたものである。

「結婚した時にすぐ、卵子を凍結保存しておけばよかったね」とは、夫の基の弁だが、それは今だから言える言葉だ。悠子も基も、不妊症の治療をするまでは、卵子の凍結保存のことなどまったく知らなかったし、たとえ知っていたとしても他人事《ひとごと》だっただろう。セックスをすれば、いつか子供ができるだろうと漠然と思っていた自分たちは、幼稚と言えるほどに甘かったのだ。

例えば、若くして癌《がん》を患った女性がいるとする。強い抗癌剤を使う治療のせいで、生殖機能が将来失われる可能性が考えられる場合、あらかじめ卵子を凍結保存する方法があるという。その場合は、「医学的卵子凍結」と呼ばれる。

そして最近は、健康に問題のない普通の女性たちの間でも、卵子凍結をする人が増えているのだという。仕事の状況が許すまでは子供を作りたくない女性や、現時点ではパートナーがいないけれど、いずれ子供を持ちたいと思っている女性などが、いざ妊娠を望む時に卵子が老化して妊娠不可能になる事態を想定して、凍結保存しておくのだとか。それを「社会的卵子凍結」と呼ぶのだそうだ。

アップルやメタなどのＩＴ大手は、女性社員が卵子凍結をするための資金援助までしている。かように「社会的卵子凍結」は、アメリカでは普通に行われているのだと聞いて、悠子は驚いた。

三十六歳で基と結婚した自分は、卵子の老化を想定して、三十五歳になる前に（本当は三十歳になるまでがいいらしい）、「社会的卵子凍結」をしておけばよかったのだろうか。いや、そんなことは考えてもいなかった。結婚にしても相手が現れるとは思えず、生涯独身で子のない人生を生きるだろう、と覚悟していたのだから。

悠子は基と結婚してから、流産を繰り返し、不育症だと言われた。その後、体外受精を試したが、やはり流産。そのうち、卵子が老化したため受精も不可能に近いと宣言された。確かにその後、何度体外受精を試しても妊娠しなかった。夫の基は健康体なのだから、子作りができないのはすべて自分のせいだ、と落ち込んだものである。

そんな経験の後、悠子は、人は諦めることも肝要だ、と思うようになった。人間はすべてを得られるわけではないのだから、自分たち夫婦は子供を持たない人生というものを粛々と受け入れて生きていくしかないのではないか、と。

子供のいない夫婦は大勢いる。子供が欲しくてもできなかった夫婦もいれば、敢《あ》えて作らなかった夫婦もいる。が、彼らは子供のいる夫婦よりも、助け合って仲良く生きているように見える。もちろん、どちらかが亡くなったら、一人で生きるのは寂しく、さぞかし心細いことだろう。しかし、それが自分たちの運命だと思うことも、重要なのではないだろうか。

悠子には、二人の弟がいる。下の弟の則之《のりゆき》は三十八歳で独身だ。両親と一緒に実家に住んでいる。自称漫画家だが、作品を見たことはなく、また売れたという話も聞かない。要するに、漫画好きの引きこもり中年である。

則之はおそらく、この先、結婚することはないだろう。子供も、もちろん持てない。実家からほとんど出ずに、親から少額の金をもらって暮らし、いずれ年老いた両親を見送った後は独りで生きるしかない。悠子は、それも則之の運命だから仕方ない、と思うようになった。

基や千味子も含めた世間の人々は、則之の努力が足りないから引きこもるようになったのだ、と責めるかもしれない。しかし、それは、則之のせいではない。努力をしても報われない人もいれば、努力という営為すらできない人間もいるのだから。

則之のような弟が身近にいると、いろいろな人の生き方を認めるしかないと思えるようになるのだが、一人っ子で、親戚も少ない基にはそれがわからない。

悠子の結婚式の時、則之は人前に出る決心をして何とか出席してくれた。母親がアオキで買ってきた吊るしのスーツは、則之にはきつくて、ボタンは留められなかったし、ネクタイの結び方も変だった。そして、生《なま》っ白《ちろ》い膚で太り気味の体軀《たいく》は、いかにも不健康だった。それでも、一番苦手な、人前に出ることを克服してくれたのだから、悠子は嬉しく思ったが、式で初めて則之に会った基も千味子も戸惑っていた。

特に、基は則之という義弟の存在を認めたくなさそうだった。自分が肉体を鍛えて切《せっ》磋《さ》琢《たく》磨《ま》し、厳しい競争を勝ち抜いてきただけに、緩んだ肉体を見ただけで、その肉体の持ち主は精神が弛緩《しかん》しているとまで思うのだろうか。

則之を紹介した時、基は、「弟さん、ジムとかに行くといいよ」と、悠子に囁いた。それができたら苦労はしないと思ったが、悠子はどう説明していいのかわからず、曖昧な笑みを浮かべただけだった。則之は、基の表情を見て何かを悟ったらしく、その後はこわばった顔で俯《うつむ》いていた。

あの子は人一倍敏感だから、他人の反応が気になって、それで表に出られなくなるのだ、決して怠惰だからではない、とあの時、基にきちんと説明しておけばよかったと、悠子は後悔したものだ。その時、遠慮のない基に少し驚いたのが、齟齬《そご》の始まりだったのかもしれない。

基は幼児の頃から、両親の指導のもとバレエダンサーになるべく道を歩んできた。食事制限と毎日の練習に耐えて、技も表現も磨いてきたのだから、努力というものを信じている。いや、信じざるを得ない。

また、常に観客を意識するように自意識を鍛えているから、人の目がどれだけ厳しいものかも知っている。だから、よりよく見せるように、また努力をする。努力をして報われた成功体験を持つ人は、努力を信仰するようになる。

恋愛している最中は、気付かなかった。基と結婚して一緒に住むようになってから、悠子は何かにつけて、違いを感じるようになった。それが、今の大きな不安だ。

最近感じる「違い」は、悠子が諦めたのに、基がまた異様なほど、子供を欲しがり始めたことである。一度は、「仕方ないね、諦めようか」と嘆息しながら笑ってみせたのに、最近は「まだ可能性がある」と、ネットであれこれ調べたり、アメリカのエージェントから、資料を送付してもらったりしているらしい。

基はまだ子供を持てる可能性があると言うが、基の精子と他の女性が提供してくれた卵子とで受精卵を作り、他の女性の子宮で産んでもらうしかないのだから、悠子は何の関与もできない。基は、悠子が何も関われなかった子供を、自分たち夫婦の子供として育てるつもりがあるということなのだろうか。

悠子には、どうしてもわからない。何とも腑《ふ》に落ちないのだった。しかし、悠子が子供を諦めれば諦めるほど、子供を欲しいという基の気持ちは募る一方らしく、二人の気持ちは大きく擦れ違い始めていた。

そんなにしてまで子を持ちたい理由を訊くと、基は「自分たちの家族を作るためだよ」とか、「草桶ファミリーの名を絶やしたくない」など、いろいろな論法で悠子を言いくるめようとする。

だけど、悠子にはわかっていた。バレエダンサーとして頂点を極めた基の今後の執念は、自分の遺伝子を継いだ子供が欲しい、ということなのだと。そして、努力すれば可能だと信じていることも。

悠子にはもう一人、雅之《まさゆき》という名の一歳違いの弟がいる。雅之はファミレスチェーンの本部で働いているのだが、入社して初めて店長を務めた平塚市の店で、店によく来ていた地元の女の子と知り合って、後に結婚した。

雅之の妻の名は奈緒《なお》という。奈緒は則之と同年で三十八歳になったばかりだが、アイドルのような格好をしたり、金髪に染めたり、あまり趣味がいいとは言えない。でも、悠子は、率直な義妹が好きでよく話をする。LINEでもしょっちゅう連絡を取り合う仲だ。

結婚式に雅之夫婦が現れた時、基がたじろいだ表情をしたのを覚えている。奈緒は当時三十歳だったが、前髪を切り揃えて、十代にしか見えないような短い丈のドレスを着ていた。基が、則之の存在に続いて、奈緒にも驚かされたのは間違いない。

雅之と奈緒の間には、二人の女の子がいる。上の子は小学校二年生で、下の子は四歳。下の子は三歳児健診の時、言語発達遅滞という診断が下っていた。

つまり、悠子には引きこもりの末弟がいて、すぐ下の弟のところの二人の姪《めい》のうち、下の娘には言語発達遅滞があるという事実。そして何よりも、姉として二人の弟と共に賑《にぎ》やかに育ってきたという生い立ちが、完全な家族などないのだから、子供ができなくても仕方がないではないか、と諦めを促しているところはあった。

それが、バレエ一家のサラブレッド的一人息子であり、ダンサーとして輝かしい成功を収めた基には、理解できないのかもしれない。

そこまで考えが至った時、悠子は少し恐怖を感じた。もしや、自分たち夫婦は、今後、互いを受け入れることができないのではないかと心配になったのだ。

だけど悠子は、基と不倫の末、バレリーナの妻とは別れさせて結婚したのだから、何としても婚姻関係は保ちたかった。それが、バレエ業界からさんざん悪口を言われた(であろう)、門外漢の悠子の矜持《きょうじ》でもある。その思いは、とどのつまり、悠子を選んだ基にも、共通していることだろう。

では、どうして惹《ひ》かれたのかと訊かれると、悠子は、草桶基の熱烈なファンだったからと答えるしかない。今でも、まるで筋肉標本のような肉体を見ると、何と美しいものを目にしているのだろうと感激するのだった。

そして基も、まったくバレエ的に鍛えられていないけれど、ほどよく脂肪のついた女の体を実は好んでいるのだった。互いにないものを欲しがる、二人の相性はよかった。とはいえ、悠子は、基が元妻のフェイスブックやインスタをよく見ていることは知っていた。自分も時々覗いている。そこにあるのは、いわゆる「幸福」の姿だ。デンマーク人の優しく理解ある同業の夫と、ハーフの可愛い子供たち。バレリーナとしても成功し、女としても充実した毎日を送る元妻の姿は、彼女を裏切った基としては安堵《あんど》を覚えつつも、今の生活を物足りなく感じさせるものなのかもしれない。だが自分には、元妻のSNSは、彼女の意地のように思えた。

元妻のことを思い出した悠子は、彼女のフェイスブックを開いて見た。律儀に数日おきに更新されている。最新は、四十一歳の誕生日を、夫に祝ってもらったと書いてあった。

レストランで、ブラックドレスを着た元妻が、デンマーク人の夫と頬を寄せてシャンパンのグラスを掲げていた。バレリーナ特有の長くまっすぐな首に、華奢なネックレスが似合っていた。

この人が突然、この仕事場を訪ねてきたことがあったと思い出し、悠子は鋼鉄の玄関ドアを見遣った。

マンションの玄関はオートロックだから、訪問者は必ずインターホンを押す。その姿をモニターで確認してから玄関を解錠するのだが、彼女はどうやって入ったのか、いきなりドアの外に立っていた。

　インターホンを取っても、モニターには姿が映し出されていないので、「もしもし、もしもし」と呼びかけていると、控えめにドアがノックされたのだ。直接部屋まで来て部屋のインターホンを鳴らしたと知って、同じマンションの住人か、他の部屋を回ってきた宅配業者かも、とドアを開けると、彼女が立っていた。

　雨の日だったので、トレンチコートのような形をした黒いレインコートを着て、滴の垂れるビニール傘を持っていた。髪は引っ詰めているので後れ毛が目立ち、雨の日の廊下のせいで顔は青白く見えた。悠子は一瞬誰なのかわからず、見覚えのあるこの顔は誰か、と考えていた。

　そんな悠子を見て、元妻は「草桶です」とだけ名乗った。悠子は「ああ、草桶カナさんですね」と、返した。なぜフルネームを言ったのかわからない。

「お入りになりますか？」と問うと、「いえ、ここで結構です」と、元妻は首を横に振り、狭いワンルームの奥に目を遣った。

　悠子が釣られて振り返ると、作業机の上は散らかっていた。冷めたコーヒーの入ったマグが置きっ放しになっていて、洟《はな》をかんだティッシュペーパーがそのまま丸めてあり、パソコンは、通販サイトのページが開かれていた。つまり、だらけている時の、仕事場の光景だった。あの時、音量を絞らずにかけていたＣＤは、何だったか忘れた。

　部屋の様子をしばらく観察していた元妻は、悠子にこう言った。

「あなたは私を知っているけど、私はあなたを知らないので、それはアンフェアかと思って、お姿とお顔を拝見しにきました。正直なところ、どうして基があなたのような方に惹かれたのかわかりません。バレエをする人は、バレエをする人に惹かれるし、憎み合いもします。そういう狭い世界なんです。でも、きっと、あなたにもいいところがおありなんでしょうね。私にはわからないけれど」

それから、「どうも失礼しました」と言って一礼し、踵《きびす》を返した。

悠子は元妻の突然の訪問を、基には言わなかった。元妻に見下されているような気がしたからだろうか。それとも、妻を裏切った基は、妻と別れるのが大変だと愚痴をこぼしていたが、とっくに彼女の方が見切りを付けていたようにも感じられたからか。

いずれにせよ、その一瞬の邂逅《かいこう》だけなのに、妙に忘れ難かったのはなぜだろう。滾《たぎ》る憎しみをぶつけられたのでも、涙を流されたわけでもなかったけれど、冷ややかな軽蔑を投げ付けられたような気がして、悠子はしばらく気を滅入らせたのだった。

インターホンが鳴った。元妻のことを思い出している時に、なぜこんな偶然が起きるのだろう。悠子は薄気味悪く思いながら、モニターを覗いた。

すると、友人の寺尾《てらお》りりこがモニター画面の中で手を振っていた。へんてこなベレー帽を被っているが、モノクロの画面なので、色はわからなかった。

そう言えば今朝、「近くに行く用事があるから、ちょっと寄ってもいい?」という遠慮がちなLINEがきていたのを思い出した。もうそんな時間かと、慌てて元妻のフェイスブックの画面を消した。

「邪魔してごめん、いいかな？」

りりこの不機嫌そうな声。

「大丈夫。上がってきて」

りりこは、悠子の美術大学時代の友人である。日本画科出身のりりこは絵描きとなり、年に一回、原宿のギャラリーで個展を開く以外、商業的な仕事はほとんどしていない。絵ばかり描いていても生きていけるのは、実家が病院を経営しているからだ。りりこは独身で、もちろん子供はいない。恋人もいない。

「こんちは。お邪魔します」

鋼鉄のドアを開けてやると、細身のりりこがすっと中に入ってきた。ベレー帽は鮮やかな朱だった。黒い髪によく似合うが、それ以外は黒のブラウスに黒のスカート、黒いソックスと、黒ずくめの格好をしている。まったく化粧をしていないので、薄い眉と腫れぼったい目が、りりこを性悪の魔女のように見せている。

「仕事の邪魔してごめん。すぐ帰るからさ」

りりこはそう言いながらも、土産の洋菓子らしい箱を持ったまま、どんどん部屋の中に入ってきた。菓子の箱を悠子に手渡した後、断りもせずに、デスクの上にあったゲラを見て訊ねる。

「これは何？」

装丁のイラストを頼まれた作家の新作だ、と答える。その作家が、イラストレーター年鑑を見て、悠子の仕事が気に入り、指名してくれた。だから、優れたアイデアを示さないとならないのに、何も思いついていなかった。

「へえ、どんな小説？」

「男が妻の元から失踪する話」

「何で失踪するの？　承認欲求が満たされてないから？」

りりこはゲラの束を持ち上げて、ぱらぱらとめくった。

「承認欲求なの？」

悠子が首を傾げると、りりこはすぱっと断じた。

「そうだよ。承認欲求が満たされないから、そこにいるのが嫌で、結局、満たされる方に向かうよって話でしょう。失踪話って、たいがいそうじゃん」

だとしたら、基が子供を欲しがるのも、承認欲求の表れなのかもしれない。悠子はふと思った。完璧な自分には、子供を作る能力も備わっているのに、それを正当に示せないのが不満だから、証明したいのかもしれないと。

基が一番のポジションで立つと、美しい大腿《だいたい》四頭筋がよじれながら太い骨に沿って浮き出てくる。あんなに美しい男なのだから、子供が欲しいのは当たり前なのだとも思う。

いつの間にか、笑っていたらしい。

「おいおい、一人で笑っちゃって何だよ」

りりこがにこりともせずに言う。

「思い出し笑い」

「気持ち悪いなあ」

りりこが作業机の前に座って、脚を組んだ。黒いスカートとソックスの間に、白い素足が見える。

「これ、開けていい？」

菓子の箱を持ち上げてみせると、りりこが頷いた。

箱を開けると、大きなシュークリームがふたつ入っていた。銀座ウエストのだという。

「この世で、このシュークリームが一番美味《おい》しいと思うんだ」

「銀座まで行ったの？」

「うん、行った」

「たった二個のために？」

「当たり前」

悠子は呆《あき》れたが、キッチンに立って湯を沸かし始めた。

「もっくん、元気？」

りりこは基のことを「もっくん」と呼ぶ。この呼び名は、バレエファンの間では、失礼だと禁じられていた。だが、悠子は「うん、元気だよ」と答えて、シナモンティーのティーバッグをポットにふたつ入れた。少し糖分があるので、手がべたついた。

りりこは、悠子がメモ用に束ねたファクスの裏紙に、勝手にいたずら描きをしている。

「ねえ、あれから子供のこと、どうしたの」

りりこには、悠子の卵子が老化で使えないこと、不育症であることなど、万策尽きたという話はしていた。

「モトが急にやる気出しちゃって困ってる」

「卵子バンクってこと?」

りりこが顔を上げた。細く腫れぼったい目に不審が表れている。

「アンド代理母ってヤツだよ」

「悠子の関与はないわけだ。悠子はそれでいいの?」

りりこが手を動かしながら訊ねる。

「わかんない。考えたこともなかったから、動揺してる。だって、卵子も提供されたもので、子宮も違う女の人のを借りるわけでしょう。もう、どんな感じになるのかさえも、わからないんだよね」

「でも、嫌でしょう?」と、さらりと言ってのける。

「うん」と素直に頷いた。

「もっくんは男だから平気なのか。自分の種なら、どこで芽吹いたっていいわけだ」

その言い方には、少し悪意が感じられた。りりこは、男嫌いと称している。学生時代から、誰とも付き合ったことがなく、四十四歳で未《いま》だ処女だと嘯《うそぶ》いている。かといって、同性愛者でもないらしく、そんな噂も聞いたことはなかった。だが、猥談《わいだん》が好きだった。

ふと、りりこの手許《てもと》を見ると、男根が女陰にめりこむ様を、線画で滑稽に描いていた。眉を顰める悠子にわざと見せる。

「ねえ、これを本の装画にしなよ。作家、喜ぶんじゃない」

「セックスをしたことないくせに、何描いているのよ」

りりこは答えずににやにやしながら、男根にリアルな筋を入れた。りりこは、浮世絵風の春画を描いている。個展も春画が主なので、変な中年のおじさんがたくさん来て困ると言っていた。

『オープニングに来て、勝手に飲み食いしやがって、いやらしい顔で絵をじっくり見ては、私とべたべた話したがるんだよ。私が色情狂だと思ってるから、あわよくばと思ってる。そのくせ、一枚も買いやしないんだ』

悠子はシナモンティーを淹れて、マグをふたつデスクに持って行った。りりこが礼を言ってから、シュークリームを齧《かじ》った。カスタードクリームが見える。

「美味しいね。百万キロカロリーくらいありそうだけど」

悠子はシュークリームの上のシュー皮だけ取って、カスタードをなすりつけながら食べた。体型維持に気を遣う基との暮らしでは、糖質の高い洋菓子は買わないことにしているから、旨《うま》かった。

「さっきの話の続きだけど、どこで芽吹いたってって言ったけど、相手は選べるわけだよね。つまり卵子の質とかは。要するに売り物なんだから」

「そうだよ」

首肯した後に、もしかすると、自分にとって、それが一番嫌なことなのかもしれないと思った。質のいい卵子ということであれば、高くても、若くて健康な卵子を買う。若くて健康な卵子を使えば、きっと健康ないい子が生まれるだろう。そう、あのイラストのような艶のある瑞々《みずみず》しいイクラを使えば。そして、産んでもらうのは、貧しい国の、腹を貸してくれる経産婦。

「選ぶってところが、嫌なんだよね。なんつーか、そういうところにも、値段がついちゃうところが」

悠子が呟くと、りりこがシュークリームに空いた穴に、指を突っ込んでカスタードをすくい取った。

「さあ、凌辱《りょうじょく》してやるぞ」

「馬鹿だね」

笑ったものの、今、思い付いた自分の考えにまたもうち沈む。よい卵子。よい精子。これは、優生思想そのものではないかと思ったのだ。反射的に、則之や姪のことが頭に浮かぶ。なのに、そこに自分たち夫婦も荷担するかもしれないのだ。忸怩《じくじ》たる思いがあった。不意に、自分たちが卵子提供か代理母という選択をするとしたら、自分の遺伝子は排除されるという事実に気が付いた。基がそれを望んでいるのではないか、と思うと、動悸《どうき》がするほど悲しかった。

悠子の変化に気付かず、りりこがカスタードの付いた人差し指をこれ見よがしにぴんと立ててから、ちゅっとしゃぶってみせた。

「おフェラ、なんちゃって」

幼稚な下ネタばかり繰り出す、悪趣味なりりこの相手をするのが面倒臭くなった悠子は、にこりともせずに返した。

「おフェラって、古くない？」

「じゃ、今、フェラチオのこと何て言うの」

「フェラチオだと思う」

「じゃ、いいじゃない」

りりこはめげない様子で、またメモ用のファクスの裏紙に絵を描き始めた。漫画のタッチで、浮世絵風な瓜実顔《うりざねがお》の男が踊っている絵だった。男は気取って目を瞑《つぶ》り、右を向いて、空中を跳んでいる。パ・ドゥ・シャ。タイツの股間がやたらと強調されて膨らんでいるから、踊っている時の基を描いたのだとすぐにわかった。そもそも、「もっくん」と呼ぶのも、タイツ姿の基に対する厭味《いやみ》である。

「何、これ。モト？」

悠子は苦笑いをした。

「いやいや、股間自慢のホワイトサイド様だよ」

「この顔が、ジェームス・ホワイトサイドなわけないじゃん。モトのこと描いたんでしょう？」

りりこは答えず、王子様風の衣装を描き加えている。りりこの絵は自分なんかよりはるかにうまい、と感心しながらも、友人の夫である基をそこまで揶揄《やゆ》するのは、どこか気に入っていないからだろうと悠子は思う。

基と結婚することになったと伝えた時も、りりこは「へー、そうなんだ。それは、よかったね」と、本心から祝っているわけではないことが、あからさまに伝わるような言い方をした。かといって、悠子が不快に思ったわけではない。何事にも興奮しないりりこならば、そんな反応しかしないであろうことは容易に想像がつく。

りりこは、男嫌いで性的経験は一度もない、と公言しているが、男女の性行為には興味を抱いていて、それしか描こうとしない。りりこと相対していると、下ネタばかり口にする童貞と喋っているようで、疲れるのだった。

「どうして、りりこは春画しか描かないの？」

悠子は、りりこにからかわれないように、クリームの付いた指を注意深く舐めながら訊いた。

「どうしてって、何が不思議？」

りりこは顔を上げずに答える。絵に顔を近付けて、熱心に描いている様は、まるで小学生だ。

「だって、りりこは経験したことないわけでしょ。なのに、どうしてかなと思って」

「おお、本質的な問題に斬り込んできたね」

　りりこがふざけたが、目は笑っていない。今度は、勃起した男根の線画を描き始めた。すらすらと手慣れた様子だ。

「私ね、男根の形が好きなの。美しいし、何かおかしみもあるじゃない。だから、セックスしている場面を描きたくなる。でも、私自身はしたいとはちっとも思わない。だって、男根はよくても、男自体は気持ち悪いから」

「だったら、セックスも気持ち悪いもののように思わないの？」

「全然。あんな変な行為はないよ。大きくなった男根を女陰に挿《い》れるんだよ。面白いじゃない。私は性行為マニアなの。あらゆる人の性交を間近で見て描きたい。自分でやったら、描けないじゃない」

　悠子は、春画は性器が誇張されて描かれているので、グロテスクだと思う。だが、りりこはその誇張が好きなのだと言う。

「セックスは生殖でもあるよ」

　悠子は、子供を作ることが第一義となった基との性行為を思い出してわざと言った。本心でないことは、自分でわかっていた。

「それは、悠子たちの場合でしょ」と、りりこはにべもなく言い当てる。「私の好きなセックスは生殖じゃないの。ただのまぐわいだよ。そういや、タカシ叔父さんが言ってたな。タカシ叔父さんの子供の頃は、まだ近所に野良犬がたくさんいて、野良犬同士がまぐわってると、近所のおばさんが出てきて、バケツで水をかけるんだって。可哀相《かわいそう》だよね。犬のセックスを見て嫌がるのは、たいがい女の方なんだって。男はみんな、まあ可哀相だから放っておけよって言うってさ」

野良犬のまぐわいを、男たちが放っておけと言うのは、りりこの想像ではないか。悠子の感覚では、男たちは逆に恥じ入りそうだ。そのくらい、実際の性行為の様は滑稽で哀《かな》しい。りりこは、そのことを知っているのだろうか。

しかし、りりこには、勃起した男根のような荒々しい好奇心が漲《みなぎ》っている。といって、それは欲望からではなく、何かを吟味しているような冷徹な気配があった。付き合いは長いが、よくわからないことの多い友人だ。

ちなみに、「タカシ叔父さん」というのは、りりこの母親の独身の弟で、すでに七十歳を過ぎているはずだが、りりこの家族と同居していた。五十代で早々と役所勤めを辞め、裕福な姉の家に転がり込んで、好きな絵を描いて暮らしているのだ。そんな義理の弟の闖入《ちんにゅう》を許す、りりこの父親もかなり変わっていた。「万事、金があるからだよ」とは、基の意見だが、その通りだろう。

「りりこは、当然、子供は持ちたくないわけだ」

悠子が念を押すと、りりこはボブの髪を強く振った。

「要らない、要らない、要らない。絶対に要らない。お腹の中で育って、大きくなって膣から出てくると思うと気持ち悪い。サナダムシが体の中にいる人知ってるけどさ、それと同じじゃん。その人のは途中で切れたから、まだ頭の部分が残っているんだって。サナダムシって、鉤《かぎ》を腸の壁に引っかけて、しぶとく居座るらしいよ。そんな異物が自分の中に入っていると思うだけで、卒倒しない？　エイリアンだよ。それは人間の子供も同じじゃん」

「その意味では、男根だって同じじゃない。体内に入ってくるんだからさ」

「だから、私はセックスするのは嫌なんだって」

「だけど、他の人のセックスには興味があるんだよね」

「うん、他の人って言うか、セックス一般ね」

「セックス一般？　りりこのこと、よくわからない」

りりこが顔を上げた。

「わからなくていい。それよっか、今度、悠子ともっくんのセックスシーン見せてよ。絵に描きたい」

「やめてよ、最低」

悠子は気を悪くしたが、りりこはまったく気に留めていない様子だ。

「もっくんは体を鍛えているから、男根とのバランスもよさそうだな」

りりこが嬉しそうに笑いながら、また別の男根の絵を描き始めた。それは異様に長かった。

「ね、悠子は長いのと太いの、どっちが好きなの？　何かさ、太いと『男根』と言いたくなるけど、長いと『ペニス』と呼びたくなる。そんなことない？」

「考えたことないよ」

基とのセックスは、急速に回数が減りつつあった。それは、悠子が不育症で、しかも卵子が老化していて、子供を持つのは不可能に近いと宣告された時からだった。二人とも意気消沈して没頭できずにいるうちに、熱が冷めた感がある。

りりこは性行為を面白がっているが、ひとつだけ抜け落ちている視点がある。それは、性行為によって、人は傷つけ合うこともある、ということだ。

「だから、りりこはセックスが嫌なのかな」

思わず、口にした悠子に、りりこはきょとんとした顔をした。

「何のこっちゃ」

「何でもないよ」

悠子は何食わぬ顔で、スマホに目を落とした。そろそろ夕飯の相談で、基からＬＩＮＥがくる頃だった。ついでに、メールチェックをしていると、りりこが唐突に訊いてきた。

「ねえ、さっきの話だけど、悠子は代理母に頼んでまでも、子供が欲しいの？」

「私はわからなくなった。私と基の子供なら、どんな子が生まれるのだろうと楽しみだったし、心の底から欲しかったよ。だけど、卵子提供や代理母に頼むのなら、そこまでして、と思う気持ちの方が強い」

「そういうのって、喧嘩にならないの？」

　喧嘩はしないが、齟齬は大きくなるだろう。悠子はそう思ったが、敢えて言葉にはしなかった。気が付くと、りりこが悠子の顔をじっと見ていた。観察されていると思うと、少し腹立たしかった。

「他人事だと面白いでしょう」

　りりこは肩を竦める仕種をしてみせた。

「子供のことなんか、面白かないよ。ただ、そんなにしてまで子供が欲しい、もっくんの心理に興味がある」

「そうだよね、私もそう」

　顔を伏せると、思いがけないことに涙が出そうになった。りりこの方を見ると、絵に没頭するふりをして、顔を背けていた。

5

　基は、ニースのバレエ団に二年以上いたことがある。その時は、アパートで自炊していたらしい。だから、フレンチが得意だ。結局、今夜も基が料理を作って、白ワインの栓を開けることになった。基は糖質制限をしているから、作る料理は野菜と動物性蛋白質がメインで、炭水化物の類《たぐい》は一切ない。

「たまには、パスタとか食べたいね」

悠子がワインに口を付けて言うと、基が太い首の上に載った小さな顔を横に振った。

「白い食い物は、百害あって一利なしだ。そんなに食べたきゃ、俺のいない昼飯の時に食えばいいんだよ」

血糖値が急上昇するのを防ぐために、基は最初に野菜サラダから食べる。基は自分の作った、アボカドとグレープフルーツ、タコやエビなどが入った彩り豊かなサラダを、サーバーでかき混ぜてから、グレープフルーツをまず口に放り込んだ。酸味に顔を歪《ゆが》めている。その基の顔を、おこぼれを期待するマチューが、真剣な表情で見上げている。

「今日、お昼に何を食べたの？」

「長寿庵《ちようじゆあん》の蕎麦だよ」

「お蕎麦は糖質だよ」

「でも、茶色いから、白よりいいと思ってさ」と、気休めを言う。

基は父親を早くに喪《うしな》ったせいか母親の千味子と、とても仲睦《なかむつ》まじい。ほとんど毎日、稽古場で顔を合わせて、昼食も一緒に食べる。千味子が作ることもあるし、二人で外食することもあるらしい。千味子が苦手な悠子は、二人の仲のよさが気に入らないが、親子でバレエ教室を経営しているのだから、どうしようもないのだった。

「長寿庵まで、わざわざ出かけたの？」

「いや、出前だよ」

「茶色だって白だって、糖質は糖質じゃない」

糖質を摂取したことに文句を言っているのではないと、悠子自身は気が付いている。二人して、昼食の相談をしている図が目に浮かぶのだ。

「そうだけど、俺も現役じゃないから、これくらいはいいかと思って。あんまり糖質を取らないのも偏り過ぎだろうから」

「そうね。私も今日、りりこが持ってきたシュークリーム食べたよ。こんな大きいの。甘くて美味しかった。あの子、シュークリームが好きなのよ」

　基が顔を上げる。

「へえ、どこのシュークリーム？」

「銀座ウエストだって」

「昭和だね。シュークリームだったら、恵比寿のウェスティンデリが一番美味しいんだそうだ。予約しないとなかなか手に入らないんだって。今度、りりこさんに教えてあげたら？」

　そうね、と口の中で返事する。りりこが、二人の性行為を見たがっていたと伝えたら、基は何と言うだろう。露骨に嫌がるだろうか。あるいは、舞台上の演技のようにやれるよ、と言うかもしれない。

　ふと、その反応を知りたいような気もした。ダンサーの基は、常に自分を客観視しながらも、舞台上のおのれに酔《よ》い痴《し》れているようなところがある。バレリーナの前妻を捨てて悠子を選んだのも、自己主張の場が違うから、自分の引き立て役になると考えたのかもしれない。そんな胡乱《うろん》な考えも、以前は露ほども持っていなかったのだから、二人の関係は少しずつ変質してきているのだろう。

「りりこさんて、リアルな春画、描いているだろう?」

基が、空になったグラスにワインを注《つ》いだ。

「そう、十八禁よ。だから、ネットでも全部出せないし、個展を開ける画廊も限られているんだって。結構、場所探しに苦労しているみたい」

「そんなのでもアートって言えるのかな。俺にはよくわからない」

基はアルコールを飲むと、少し顔が赤くなる。りりこの話題になったら、赤らんだ顔がさらに濃くなった気がした。

「一応、アートと本人は言ってるし、思っているのよ。固定ファンもいるみたいよ。個展をやると、必ず見にくる人もいるって」

「りりこさん目当ての男たちだろう? あんないやらしい絵を描く女の顔を見たいと思ってくるだけだよ。悠子の友達だから、悪く言いたくないけど、俺はあの絵、嫌いだな。芸術性も何もなくて、単なるポルノに過ぎないと思うよ。男と女がセックスしているところを、いやらしく描いているだけだ。要するに、江戸時代の枕絵だよ」

「それが、りりこの制作意図なのよ。彼女は、枕絵作者になりたいんだと思う」

アルコールのせいで、基の首に太い血管が浮き出ている。りりこが見たら、男根のようだと言うだろう。そんな想像をして思い出し笑いをする。その横顔を、不満そうに基が眺めていた。

「何がおかしいの?」

「りりこのことで、思い出し笑い」

「どんなこと?」

何でもない、と口の中で答える。血管が浮き上がっているので、首が性器に見えるなんて言ったら、基は怒るに決まっていた。そういえば、「怒張」と言うんだっけ。またしても笑いがこみ上げる。

何ごとか察したのか、基が不愉快そうに話し始めた。

「りりこさんは、どうして枕絵なんか描きたいのかな。俺にはわからないよ。そもそも、悠子とりりこさんの仲がいいってことも信じられない。苦手だよ、あの人。俺、りりこさんと二人きりで無人島に流されたって、セックスはしないな」

「あっちも、そう言うと思うよ」

基が一瞬戸惑った顔をしたのを、悠子は見逃さなかった。自信家の基は、自分と寝る気のない女がいるということが、信じられないのかもしれない。ニースにいる時は、女だけでなく、男からも頻繁に誘われたらしい。

「じゃ、モトは、りりこが私の代わりに子供を産んでくれると言ったら、セックスする？」

「しないよ。俺だって、選びたいよ」

選びたい。その言葉に過剰反応しそうだった。自分の夫は、よい卵子を選んで、よい子宮をあてがって産ませるのか。そのことに、何の痛痒《つうよう》も感じないのか。

「じゃ、モトはどんな人を選ぶの？　どんな人とだったら、子供を作ってもいいの？」

悠子はたたみかけるように訊いた。基が何と答えるか興味があった。だが、基は悠子の気持ちを察したらしく、慎重だった。

「言っておくけど、俺は悠子の子供しか欲しくないよ。セックスだって、誰ともしたくないよ。俺がしたいのは、悠子だけだもの」

「だけど、子供が欲しいんでしょ？」

基は少し躊躇《ためら》った後に、あらぬ方を見た。その視線の先には、悠子の描いた絵が飾ってあった。学生時代に、油で描いた自画像である。悠子は拙いと思っていたが、基はとても好きな絵だと言って、居間に飾ってくれたのだ。

「正直に言うと、欲しい。笑われるかもしれないけど、俺、最近、江戸時代の将軍が羨ましいと思うようになった。大奥にたくさん女がいて、いくらでも子供を作れる。自分の種で、どの女にどんな子ができるのか、いろいろ実験できて面白いと思う。男の夢かもしれないね」

「大奥？」と、悠子は基の発想に思わず笑った。「江戸時代じゃないし、基は将軍でもない。あなた、妻の私とだけしかセックスできないのに、私には子供ができないのよ。どうする？」

「だから、困ってるんじゃないか」

困っているという言葉が出てくるとは思わなかった。自分は、困惑の段階などとうに過ぎて、今や諦めつつあるというのに。

「私たちが子供を持つとしたら、誰かに卵子を提供してもらって、その卵子とあなたの精子で受精卵を作って、それを代理母に移して産んでもらうしかないのよ。何千万円もかかるし、卵子を選ぶのだって大変だし、代理母探しなんて日本国内じゃできないんだから、もっと大変でしょう。私は全然、現実的じゃないと思う」

「金は何とかなるよ」

千味子が出すのだろう。これまで不妊治療にかかった金も、千味子が出してくれたのだが、草桶家の後継者を産まなければならないのかと、悠子には重荷だった。

「お金だけの問題じゃないのよ」

「だけど、大きな問題だぜ。俺たちだけじゃ、払えないもの」

「だから、やめるしかないと思うの」

「おふくろが出すって言ってるんだよ。おふくろだって、孫の顔が見たいんだろうから」

悠子は口を噤んだ。うまく説明できなかったが、自分は金額の多寡ではなく、自分たちが金を払って選ぶ、という行為が嫌なのだった。金を払うことになれば、結局はよりよい卵子によりよい子宮を選ぼうとするだろう。金額の大小が結果を生むからだ。それは同性である女の体を、金で切り刻むことにならないか。

　すると、基が苦しそうに頷いた。

「悠子の気持ちはわかっているよ。ほんとに、わかってるんだ。悠子には関わりのない子供を、自分たちの子供として育てなくてはならなくなったら、それは辛《つら》いことだと思うよ。でもさ、俺って前に結婚してたじゃない。その時、前の妻との間に子供ができていて、その子を引き取ることになったら、悠子は母親として振る舞うだろう？　つまり、連れ子だと考えてくれたらいいと思うんだ」

　しかし、子供のいる基を好きになる場合と、妻しかいない基を好きになる場合とでは、かなり違う気がした。

「子供のいる基を好きになったのなら、丸ごと受け止めると思う。でも、この場合は、私はまったく関われないから、どうしたらいいかわからない」

「生物学的に関わることが、そんなに大事？」

「あなたもそう思うのなら、養子を取ればいいじゃない」

　基が黙ってしまったので、悠子は腹立たしかった。

「ほら、そうなると答えられないでしょう。あなたは身勝手なのよ。自分の遺伝子が残せればいいんでしょう？」

「それがそんなに悪いことかな」基が下を向いたまま、ぽつんと言った。「俺は自分の子供が生まれたら、嬉しいと思う。慈しんで育てると思う。逆の場合でもいいんだ。俺に生殖能力がなくて、悠子が精子バンクを使って産んでも、嬉しいと思う。喜んで育てるよ。要するに、何かを慈しみたいんだ。俺たちがいなければ死んでしまうような弱い生き物を。もちろん、それが俺の精子から生まれたのなら嬉しいさ。俺は、ヴァージョンアップされた俺自身というものに会いたい。それが俺自身を知ることでもあると思うから。それに、俺って、もう四十三歳じゃない。来年には四十四歳だ。四十五歳までに子供を持たないと、子供が大学を出る頃には七十近くなっている。できれば大学院まで出してやりたいから、こっちもそれまで生きていなきゃならない。子供を持つなら、早いに越したことはないよ」

基はそこまで考えているのか、と悠子は衝撃を受けた。

「じゃ、モトはお金を払って、女の人の卵子を買うことをどう思うの？　この間のエージェントの青沼さんの話だと、年齢や容姿でランクがあると言ってたでしょう？　私、それを聞いて少し嫌な気になったのよ」

思い切って言うと、基は千切ったフランスパンを皿に置いた。

「どうして嫌な気になるの？」

「だって、ランク付けされるのって、女として屈辱に感じる」

基は薄く笑った。悠子は何となく馬鹿にされたような気がした。

「何がおかしいの？」

「だってさ、この資本主義の世の中は、すべてランク付けされるのが宿命じゃないか。俺はランク付けされる世界に生きてきたから、よくわかる。ランク付けは、もう誰にも抗《あらが》えない傾向だよ。それが、いい悪いじゃないんだ。もう世界の常識になってるってことだよ。肉だって米だって等級がある。食べログ見てみ。レストランだって、点数を付けられてランク付けされる。うちのバレエ教室だって、評価されてランク付けされてるんだ。それは悠子だって同じだろう。イラストレーター年鑑は、ランク付けのためのカタログじゃないか。それが人体に適用されない方がおかしいよ」

「つまり、私は甘いってことが言いたいの？」

「そんなことは言ってないよ」

「いいえ、言ってるも同然でしょう。私は女の人の体だけが、ランク付けされて売られるのが嫌なのよ。現に、卵子提供はどうか知らないけども、代理母は、決して豊かではない国の貧しい女の人がやってるじゃない。それって、収奪じゃないの」

「そこまで考える必要があるのか。俺はアメリカみたいに、合理的に考えるのが一番いいと思う。持っている人が、持てない人に売ればいいんだ。大いなる人助けだよ。だから、持てない人はそれに対価を支払う。それだけだ」

「人助けって便利な言葉だよ。本当にそうなのかしら」

「精子バンクの精子だって格付けされてるよ。みんな同じ、平等だ。子供を持てばハッピーになれるかもしれないんだから、人類全体が協力すべきだよ」

そうだろうか。反論したかったが、言葉が浮かばなかった。

「じゃ、子供は誰のものなの？」

「欲しい人のものだよ」

「そうかな。子供自身の人生はどうなるの？」

「それこそ甘いよ。俺が物心ついた時は、すでにバレエを習わされていた。ともかく、この道で生きるんだと小さい時から叩《たた》き込まれた。だから、俺の人生は両親のものだったんだよ。やっと自分のものだと信じられるようになったのは、コンクールに出て優勝してからだ」

「あなたはそれを繰り返したいのね」

「悪いことだとは思わない」

話しているうちに興奮してきた基に辟易《へきえき》して、悠子は次の言葉を呑み込んだ。「では、あなたはコンクールに落ちていたら、どうしてたの」

6

リキの勤める北向総合病院は、古くて使い勝手が悪い。レンガ風のタイルで覆われた五階建ての建物は見るからに陰気でみすぼらしく、正面玄関の急な階段も病人には辛そうだ。道路から建物までの距離がないために車廻《くるままわ》しがなく、道路からいきなり急な階段を七段も上らねばならないのだ。

救急車だけは、建物の脇にある搬入口に横付けされるのだが、その停車場所も狭いから、路上にはみ出して急病人を降ろす。

玄関前の階段を何とか上りきると、飲み物の自動販売機が左側に二台も置いてあるのに気付く。夏の暑い盛りなどは確かに便利だけれど、まるで会社の寮か、雑居ビルの入り口のようで、病院としての品位はまったく感じられないのだった。

建て替えの噂は、ここ十年ずっと囁かれ続けているが、肝腎の金が足りないらしく、実現の可能性は限りなく低いという。しかし、その割には、いつも混んでいた。たいして評判もよくないのだが、近所に総合病院がないせいだろう。ちなみに、患者は、ほとんどが老人である。

正面玄関を入ってすぐの待合室で真っ先に目に付くのは、安っぽい白いボードに穿《うが》たれた受付窓口だ。受付の窓は広く大きく、中で白いシャツに紺色のズボンという事務方の制服を着た男の職員が、忙《せわ》しなく動き回っているのが見える。

受付の左側には、会計の窓口がある。こちらは受付窓口の半分ほどの広さである。窓口の前はカウンターになっていて、右側にレジがある。左側にも席があるが、それはただのお飾りで、会計はリキ一人の仕事だった。

正面から見て、一番左、つまり会計窓口の左側にある窓口は、予約受付用だ。だが、いつも無人である。北向総合病院では、予約を取っても常に混んでいて待たされることが多いため、文句を言われてしまう医師が、積極的に予約制度を使わないからだ。「予約できないんですか」とたまに訊かれることもあるが、そのたびに事務方は「先生がお決めになるので、こちらではちょっと」と馬鹿正直に答えていた。

待合室には、藤色のビニールで覆われた細長いベンチが、背中合わせに三組並んでおり、それは会計と予約受付の窓口と直角になるように配置されていた。待合室が狭いために、そのベンチの端は、窓口のすぐ側まで迫っている。会計窓口とベンチの間は、人が一人、やっと通れるくらいの幅しかなかった。

ベンチは、大人がゆったりと四人は座れる計算になっている。しかし、待合室は常に満席だから、ベンチが空いていることは滅多にない。患者たちは互いに詰め合って、必ず五人で座っていた。

今日も、会計の窓口に座るリキの前には、五人掛けになったベンチの端っこで、半身を大きくはみ出して座っている年配の男が、リキの手許を覗き込むようにして、ぬかりがないか見張っていた。

診察の終わった患者は、看護師から渡された書類入りのクリアファイルを、会計窓口に持ってくる。それを受け取って、後ろの会計処理に回すのが、窓口にいるリキの仕事だ。回すと言っても、体を捻《ひね》って後ろに座っている会計処理の係に渡すだけだ。

すると、診察内容や保険の種類など、複雑な計算を行った末に金額が出て、リキの元に戻ってくる。リキはそこで名前を呼び、金を支払ってもらう、という単純なシステムだった。薬局は院外である。

「タカハシさん、タカハシショウゾウさん」

計算済みのファイルが回ってきたので、名前を呼んだところ、ベンチの端に座って覗き込んでいた男が顔を上げて、痰《たん》の絡んだ声で返事をした。七十代前半か。白い毛を頭に生やした鳥を思わせる風貌、痩せさらばえて疲れた表情をしているが、意外に服装は若者風だ。濃い色のジーンズを穿き、ノーブランドのスニーカー。白いTシャツの上に、カーキ色のシャツを羽織っている。シャツはクリーニングから戻ってきたばかりのように、きちんと折り目が付いていた。

「タカハシさんですか？」

「そうだよ」

タカハシはぞんざいな返事をして、リキの手許のファイルを改めて覗き込んだ。リキの事務能力に不信感を抱いていて、本当に自分のものか、確かめているかのようだった。

「千六百四十円になります」

タカハシは無言で頷き、黒いナイロン製のリュックサックから、使い込んだ財布を取り出した。千円札二枚と、百四十円を出す。五百円玉を集める人は老女に多い、と思いながら、リキは五百円玉の釣り銭とレシートを手渡した。釣り銭を財布に仕舞い終えたタカハシは去るかと思ったが、リキの目を見て突然喋りだした。

「あのね、あなた、聖路加《せいるか》とかに行ったことありますか？　聖路加国際病院。そう日野《ひの》原《はら》先生のね。あそこの会計はみんな自動化されていてね。自分で機械でやるんですよ。だから、すごく早い。コンピューターのシステムがね、完成されているんだね。だから、こんなね、会計だけで、二十分も三十分も待たされないんですよ。私の前の人なんて、四十五分くらい待ってたよ。なんぼなんでも四十五分はないだろ、と思うけどね」

「すみません」

リキが神妙な声で謝ると、すわクレームか、と背後の事務方が一気に緊張したのが伝わってきた。

「いやいや、あなたを責めてるんじゃないの。この病院、レトロでしょう。これはこれでいいとは思うんだよね。だって、聖路加のシステムなんて入れたら、おばあちゃんたちはやり方がわからなくて困っちゃうよね。まあ、私は対応できますけどね。言いたかったのは、それだけです」

結局は自慢か。耳を澄ませていた事務方が、ほっと脱力するのがわかった。

でも、リキは正職員じゃないから、そんなことはどうでもよかった。頑張ったところで、昇給もなければ、正職員に昇格することもないのだから、ともかく与えられた仕事を無難にこなせば問題は生じない。こういうのを奴隷根性というのだろう。奴隷根性は人をネガティブにすることはあれども、決して幸せにはしない。

「ま、あなたに言っても、しょうがないんだけどね」

タカハシは自嘲するような笑いを浮かべた。

「はあ、そうですよね」リキは素直に認めた。その通りだ。自分に言われたところで、どうしようもない。「私が決めることじゃないですから」

「そうだよね。あなた、何だか、いつもつまらなそうだものね」

リキは、はっとして顔を上げた。意地悪な指摘だが当たっているのが、悔しい。何か言おうと唾を飲み込んだ瞬間、背中に計算済みのファイルの角が当たったのに気付いた。振り向くと、テルが無表情を装ってファイルを手渡そうとしている。

「こちら、よろしくお願いしますね」

リキはファイルを受け取り、ファイルに書いてある名前を呼んだ。

「ミヤギさん、ミヤギイクエさん」

タカハシは話すのを諦めて帰って行った。リキが振り向くと、テルが小さな口腔《こうくう》内に収まりきれない、大きくて丈夫そうな歯を見せて笑った。ついで、ちらっと壁の時計を見る真似をする。昼の休憩の時にゆっくり話そう、という意味だろう。

「あのお爺さん、リキに気があるんじゃない?」

「やめてよ、まさか」

リキは気持ち悪さに身悶《みもだ》えした。

「わかんないよ。だって、いつもつまらなそうだって言ったのなら、いつも観察しているってことでしょう？　見たことないの？」

「タカハシショウゾウなんて名前は平凡だもの。覚えてないよ。お爺さんはみんな同じだし」

「ほんと、みんな同じ」

テルがプラ容器の蓋を不器用な手付きで開けた。今日は自作の弁当らしいが、大量の赤いケチャップのようなものが見える。

「それ何？」

「茹で卵や野菜」

小ぶりの茹で卵がふたつと、冷凍ものらしいインゲンが数本、ケチャップの海に埋もれていた。

「ケチャップ多くない？」

「ケチャップ好きなんだ。私の唯一の贅沢だよ」

「それは知ってるけど、それにしても多くない？」

「中身が足りないから仕方ないよ。オニ貧乏だもん」

テルは病院の仕事の他に、週末は風俗のバイトもしているのに、どうして金がないのだろう。

「何でないのよ」

テルは、見たことのないラベルのカップ麺にポットの湯を注ぎながら、困った顔をした。

「また帰ってきたの。だから、貸してやったんだよ」

「ああ、そっか。なるほど」

テルには、腐れ縁とも言える彼氏がいる。中学時代からの付き合いで、テルが東京に出てきた時にいったん別れたのだが、男が東京まで追ってきて、テルの部屋に転がり込んだ。その後、風俗のバイトをしていることに怒って出て行ったかと思うと、また戻ってきて謝って元の鞘《さや》に収まる、というパターンを数度繰り返している。

男は「ソム太《た》」と呼ばれている。本名はソムチャイ何タラという、もっと長い名前だが、省略して日本人風にした、とテルが語っていた。ソム太は、日本とタイのハーフだ。母親はタイ人で、父親は日本人。二人は愛知の電気製品の製造工場で働いていた。だが、ソム太が赤ん坊の頃に、父親は仕事を辞めて去って行った。

母親は鬱病になり、ほとんど家から出られなくなったらしい。だから、ソム太が面倒を見ていると聞いたが、ソム太は高校中退で、仕事も不定期の工事関係だから、いつも金がなくてテルを頼っている。

テルが風俗のバイトを辞めたくても辞められないのは、自身の奨学金の返済だけではなく、ソム太とその母親がくっ付いているからだということは最近知った。でも、しばらくソム太の噂を聞かなかったから、そろそろ戻って来る頃ではないかと危惧していたのだ。

「これで何度目？」

周囲に聞こえないように、リキが囁くとテルが苦い顔をした。

「五度目くらい。リキに何か言われると思ってたよ、またかって」

「私、何も言わないよ」

リキは、昨夜の残り物を詰めた弁当の蓋を開けた。豚コマとキャベツの炒め物と飯だ。飯の上でふやけた、のりたまふりかけを見たテルが、一瞬羨ましそうな顔をした。

「ソム太のお母さんの状態が、あまりよくないらしいんだ。だから、放っておけないからって、ひと晩泊まっただけで、すぐに帰って行った」

ソム太の家は本当の赤貧で、タイ人の母親は誰からも見放され、廃屋のようなアパートの一室に布団を敷いて横たわっているのだという。

「それでお金貸したの？　大変だね」

「しょうがないよ。ソム太を助ける人なんて、日本に誰もいないんだもん。ソム太が、貸してくれてもすぐに返せないよ、ごめんねって泣きそうな顔するから、あげるから遣《よ》って、って言っちゃった」

テルは人が好くて損をするタイプだ。親が生活費も含めて多めに借りてしまった奨学金を、せっせと働いて返すのはテルだし、彼氏の家は窮乏しているから、見放すことができなくなっている。

テルの家も裕福ではないし、もともと大学に進学するつもりはなかったらしい。だが、大学くらい出てなきゃカッコ悪いのではないかと思って、奨学金を申し込んだのだという。それがすべての間違いだった、とテルは後悔している。『大卒ったって、地方の名もない大学じゃ、全然意味ないよ』と言うのを何度も聞いた。

「どのくらい貸したの？」

リキは箸を置いて訊いた。

「あるだけ貸したから、五万ちょっと。だって、わざわざ私に金を借りに、ヒッチハイクで東京まで来たんだよ。一日一食だって。哀れじゃん」

「そりゃ可哀相だけどさ。テルだって、給料日まで二週間もあるんだよ。大丈夫なの？」

「週末は店に出るから、何とかなると思う」

そうは言っても、風俗業界にも、テルみたいなのがたくさん参入していると言っていた。競争は激しいらしい。見るからに不幸そうで、歯並びの悪いテルに、金払いがよくて優しい客は付きそうにない。

「駄目なら、遂《つい》にＡＶ出るかも」

「やめなよ、一生後悔すると思うよ。私、少しくらいなら貸してあげられるけど。と言っても、一万が限界だけど」

リキの生活にも余裕なんかない。貯蓄したくても、給料はほとんど手許に残らないから、その日暮らしに近い。しかし、借金とソム太を抱えたテルよりはマシだ。それに、世の中に、余裕のある人間がそうはいないことは、支払い時の患者の様子を見ればわかる。万札を出す患者なんか、ごく稀だ。リキは、金のない患者を見るたびに、いつもほっとして、その後、寂しくなるのだった。

「いいよ、リキだって苦しいの知ってるもん」

テルが、ケチャップに染まった茹で卵を囓りながら呟いた。つるりと転がりそうな卵を器用に割り箸で押さえ、黄身の部分に注意深くケチャップをなすり付けている。卵とインゲンを食べてしまうと、大事そうにプラ容器に蓋をした。残ったケチャップを、また使うのだろう。

「そうそう、リキにこれ言おうと思ってた。昨日の夜、電話がかかってきたんだよ、プランテから」

「プランテ？　何て？」

確かやる気のないことを書いて、エッグドナーの審査に落ちたのではなかったか。その後、自分はそもそも応募をやめたとも口走っていた。

「やっぱりやらないかって」

「でも、審査に落ちたとかって言ってなかった？」

「いや、応募の項目を適当に書いたんで、ちゃんと書き直してください、これでは審査もできませんって言われたから、放《ほ》ったらかしただけ。何か、急に嫌になっちゃったんだよ。こんなことまでしなくちゃならないのかって、惨めな気持ちになってさ。そしたら、昨日、青沼さんて人から、急に電話がかかってきてびっくりした。申込書の項目は埋めて頂けましたかって訊くの。だから、まだやってないし、興味をなくしたって言ったら、そんなに詳しく書かなくてもいいから、是非、一度遊びに来てください、お話をさせてくださいって。そして、よかったら、エッグドナーになることを考えてみて頂けませんかって勧誘するの。採卵は簡単だし、海外にも行ける。それに、若いうちに、困っている人を助けたくはないのかって言うんだよね。助けるって言われても、こっちが助けてもらいたいくらいじゃないか。何言ってるんだって思った」

テルは、ラーメンを一本ずつ大事そうに啜って笑った。代理母の話をした時は、あれほど嫌悪感を示したのに、エッグドナーならいいというのか。リキは怪訝《けげん》な思いだった。

「じゃ、興味が出てきたの？」

「うん、興味ってか、私、今お金ないからさ」テルはあっけらかんと言った。「もう何をやっても同じかな、と思うようになってきた。知らない男のちんこ触って、舐めたり、挿れられたりするのと、卵子採られるのと、どっちがいいかなって話だよ、私にとっては。お産したことないから代理母はできないけど、できるのなら、もう、それでもいいっかって気分。子供も産んでやってもいい、っていう気になってきた。売れるものなら、何でも売ろうかと思う」

「ねえ、テル、自棄っぽくない？」

「うん、自棄だよ。マジで」

テルはきっぱり言い切った。だが、リキにも、それを止める気も諭す気もない。似たような気持ちは自分にもあった。このままでは、一生、貧乏暮らしが続くことになる。若いうちはまだ微《かす》かな希望があるからいいが、年老いたら、もっと惨めなことになるだろう。

病を得た貧しい老人の姿は、北向総合病院で嫌というほど見ている。そして、孤独な老人の姿も、北海道の介護老人ホームでたくさん見てきた。

ホームの老人たちは、面会者が来ない人がほとんどだった。たとえ会いに来ても、数十分で帰ってしまう子供たち。みんな家族から放り出されて、死ぬのを待たれている感じだった。

あまりの寂しさから、足繁《あししげ》く面会にやって来る、遠い親戚だと称する男に、財産を全部渡してしまった老女もいた。調べてみたら、その男は親戚でも何でもなかった。慌てて駆け付けてきた息子たちに、馬鹿だの耄碌《もうろく》してだのと面罵されながらも、その老女は、内心笑っているように見えた。

自分も、彼ら彼女らと同じ運命を生きるのは間違いない。金もないし、家族もいない。たとえ誰かと結婚したところで、同じ貧乏人同士に決まっているから、余裕はないはずだ。そんな相手との間に子供でも生まれたら、万事休すだ。ソム太のタイ人の母親と同じ道を辿《たど》ることになる。明日は我が身だ。

「私ら、八方塞がりだよね。お先真っ暗」

「うん、お金欲しいよ、ほんとに。ねえ、リキ、代理母やらないの？」

青沼からは、そろそろ代理母になれるかどうかの答えが欲しい、と言われていた。承諾するなら話を進めるし、駄目なら駄目で、エッグドナーになってほしいということだった。

「決めかねてる。私、妊娠したことは一度あるけど、子供産んだことないんだよ。初産がそれかと思うとね。ちょっと二の足踏む」

「だったらさ、どんな夫婦なのか、会ってみればいいじゃない。意外に感じいいかもよ」

「どうかな」

「まあ、相手なんてどうでもいいじゃん。金だよ、金」

あの時、テルはこう言ったのだ。『自分の産む子供だけは好きな人と作りたいな。それに、子供産んでみたら、すごく可愛かったってことないかな。自分の中には母性があると思うしさ。そんなこと考えると、ダイリボなんてできないよ』

テルは、今回ソム太に金を貸したことで変節したように思えた。

「テル、ずいぶん変わったね」

テルはカップ麺の汁を飲みきり、中に割り箸を突っ込んでから、小さく嘆息した。

「私、実は、ソム太と別れようと思ってるの」

驚きはしなかった。別れ話を何度聞いたことか。またか、とリキが呆れ顔をすると、テルが苦しげな表情をした。

「今度はマジ。ソム太は可哀相だと思うけど、ソム太親子に金を貸し続けている私も可哀相じゃない？　そうでしょう？　だって、今まで一銭も返してもらってないんだよ。何かさ、前から思っていたんだけど、私ってあの親子にとって、絶好の金蔓《かねづる》なんじゃね？　と思った」

テルの声が大きくなり、しんとした休憩室に「金蔓」という言葉が響いた。テルがはっとして周囲を見回す。事務の正職員の中年女性が、熱心にスマホを眺めている他には、検査技師の男が二人、ひそひそと話しながら、コンビニ弁当を食べていた。たとえ聞かれたとしても、リキとテルには誰も関心など持っていないだろう。

リキは声を潜めて訊ねる。

「だけど、ソム太のこと、好きなんじゃないの？」

「うーん」と、テルが考え込む。「微妙だよね。嫌いじゃないよ。付き合い長いしね。腐れ縁には違いないけど、いい加減にあっちも自立してほしいと思う。だから、私、エッグドナーになって、あいつらからドロンしようかと思ってるんだ。だって二、三週間、海外に行けるんでしょう？　だったら、好都合じゃない？　仕事なんか辞めて、アパートも引き払って海外に行くの。その後のことは、その後に考えればいいと思って」

テルはさばけた口調で言った。

「奨学金の返済は？」

「ちゃんと返すよ。でもね、私は休暇が欲しくなったの。それがどんなものであれ、今の自分には絶対に外国なんて行けないし、休むこともできないじゃん。そう思ったら、もう、どうでもいいかと思えてきた。若いうちにしか卵子が売れないんだったら、売ってやろうじゃんって感じ」

テルの話を聞いているうちに、三百万円もらって、一年間のんびりできるなら、代理母になってもいいのではないかと、リキも思えてくる。妊娠中は、何もしなくていいのなら、その間に、出産後の道をゆっくり考えればいいのだ。今のように生活に追われていると、別の道を考える余裕などまったくないのだから、新たにどこかに踏み出すにも、時間と金が必要だった。

日曜の午後、二人は待ち合わせてプランテに行った。

先にテルが青沼に呼ばれて、部屋に入って行った。長い時間がかかったのは、書類にいろいろ書かされていたからだろう。

やがて、テルが少し上気したような顔で部屋から出てきた。最初の日に、リキも手渡された小さなエビアンのボトルと、交通費の入っているらしい白封筒を手にしている。

「どうだった？」

テルは何度も頷いてみせた。

「うん、やることにした。だって、渡航先はタイですかって訊いたら、ハワイだって。

タイって最初聞いてたから、それじゃソム太のお母さんの故郷じゃんって、ちょっと嫌だったんだけど、ハワイならいいや。一度行ってみたかったし」

「ハワイなら、私も行きたいな」

「一緒に行こうよ」

それもいいかもしれない。採卵は怖いけど、テルと一緒に二、三週間もハワイに滞在できるのなら、どんなに辛い目に遭っても、採算は取れるような気がした。

「大石さん、どうぞお入りください」

今度はリキの番だった。様々な色合いのピンクで埋め尽くされた部屋に入る。青沼は、可愛らしい花柄のワンピースを着て、にこにこ笑っていた。

「ようこそ、大石さん。今日はお友達と一緒に来てくださって、本当にありがとうございます。お友達は、エッグドナーを承諾してくださったんですよ。若くて、前向きな方で本当に助かります。こちらは、連れだって来てくださったお礼と、今日の交通費です」

白い封筒が手渡された。紹介料のようなものが出るとは思わなかったので、嬉しかった。あとで、テルと何か食べようと思う。

「ところで、あの時、ご提案したサロゲートマザーの件ですが、少し考えて頂けましたか？」

「はい。お話だけでも聞いてみようかと思って」

「ありがとうございます。ご夫婦の方は、こちらなんですよ」

青沼は、机の下からクリアファイルを取り出した。夫婦の顔写真だけを見せてくれる。

「こちら、草桶さんご夫婦です」

「クサオケ？」

変な名前だと思った。テルなら、「くさい桶？　何が入ってたの？」と言いそうだ。夫のほうは、五分刈りに近い短髪で、少し横向きに撮られた写真だった。その気取った感じに既視感があったが、見覚えはなかった。

そして、妻のほうの写真に視線を移してから、はっと息を呑んだ。確かに自分に少し似ているような気がしたが、写真の女のほうが年齢は上なのにずっと美しく思えた。意志を感じさせるからだろうか。自分と何が違って何が似ているのだろう、リキは写真から目が離せなかった。

第二章　時間との闘い

1

リキのアパートの駐輪場には、五台分のスペースしかない。その五台は、すでに決まっていた。いつも子供を泣かせているシングルマザーのママチャリ、バイトで駆け回っている大学生のスポーツタイプ、疲労の色濃い中年サラリーマンの黒い自転車。誰かの無印良品。そして、リキの通勤用の中古自転車だ。

この五台が、駐輪場を占拠して久しく、並びもほぼ決まっていた。持ち主のわからない無印良品が右端に寄せてあるので、リキは左端にぴたりと寄せるようにしている。他の三台の順番も決まっていた。

だが、いつの頃からか、銀色の薄汚い自転車が、無理矢理、割り込むようになった。どんなに皆が整然と並べていても、夜遅く帰ってくる銀チャリの持ち主が乱暴に割り込むから、まず銀チャリを出さないと、自分の自転車を引き出せなくなった。

たまにペダルやハンドルが互いに食い込んで、容易に取り出せないこともある。しかも、銀チャリは古くて大きな自転車なので、やたらと重い。だから、自転車を出すのは、慌ただしい朝の、面倒な作業になっていた。

銀チャリの持ち主は、夜遅く帰って昼前に出て行く。二階の東端の部屋の住人らしいと見当は付いているものの、文句を言おうにも姿を見たこともないし、どんな人物かも知らなかった。

そのためか、銀チャリは、最終的に道路に投げ出されていることが多かった。まるで、五人の苛立ちを表すかのように、ハンドルが大きく捻《ね》じ曲がっていたこともあるし、サドルが抜けそうになっていたこともある。停《と》めるスペースがないだけで、銀チャリの持ち主には気の毒ではあったが、それでも強引な停め方が気に入らないのか、いつも邪険な扱いをされているのだった。

今朝も、リキの自転車の上に覆い被さるように、銀チャリが載っかっていた。朝早く出て行った、スポーツタイプの自転車に乗る学生が、銀チャリが邪魔だから、乱暴に除《の》けて自分の自転車を取り出した結果らしかった。というのも、学生の自転車がすでにないからだ。

リキは嘆息してから布バッグを斜めがけして、弁当の入った紙袋を下に置き、銀チャリを取り除く作業を始めた。しかし、今朝はペダルが複雑に絡み合って、なかなか外すことができない。しかも銀チャリは施錠されていてペダルを思うように動かせないから、自転車を抱え上げなければならない。重さに喘《あえ》ぎながら、数分かかって、ようやく食い込みを外すことに成功した。

「このやろ」

リキは、むかつきを抑えきれずに銀チャリを蹴倒した。

「おい、ちょっと待て」

その時、上から男の怒声が聞こえた。驚いて振り仰いだリキの目に、外階段を駆け下りてくる男の姿が見えた。半白髪で小太りの男は五十絡みか。灰色のジャージに、襟首の緩んだ白Tシャツという寝起きらしい姿だ。

「俺の自転車に何をする」

「あ、すみません」

まずいところを見られたと思ったが、即座に謝った自分にも腹が立つ。

「めちゃくちゃな停め方してたんで、私のが抜けなかったんです」と、付け加える。

「どこがめちゃくちゃなんだよ。入れる場所がないんだから、仕方ないだろうが。それなのに、おまえらが放り出すから、壊れる寸前だ。こないだなんか雨に濡《ぬ》れてたよ」

「それは知りません」

「でも、おまえ、今蹴っただろう。俺、見てたんだからな」

男も腹に据えかねて、早起きして見張っていたのだろう。ということは、リキの奮闘を、素知らぬ顔で上から眺めていたことになる。

「私のせいじゃなくて、誰かが私の自転車の上にあなたのを載せていったんで、私のが取れなかったんです。それで腹が立ったんです」

男は聞いているのかいないのか、意地でも自分では起こさないとばかりに、倒れた自転車の前で腕を組み、しんねりと目を瞑っている。

「何だよ、それ。責任転嫁するなよ。素直に謝れ」

「さっき、すみませんって言いました。蹴ったのは、確かに悪かったけど、上に載ってたんで、私も腹が立ったんです」

「ふざけんなよ。俺なんか、毎日腹立ててるよ」

リキの態度が反抗的と思ったのか、男の怒りは治まりそうにないどころか、エスカレートしていく。

「すみません、私、もう行かなきゃならないんで」

男を押し退《の》けて自転車に跨《また》がろうとすると、男に二の腕を摑まれた。思いがけないほどの強い力で、腕が痛い。

「やめてよ、セクハラ」

腕を振り払い大きな声を出したが、男は動じない。

「何がセクハラだ。俺の自転車を起こしてから行け」

仕方なく、リキは男の自転車を起こしてスタンドを立てた。その時、足音がして、外階段を中年サラリーマンが下りてきた。黒い自転車に乗っている、いつも疲れた顔の男だ。今朝も、目の下のピンク色の隈《くま》がくっきりと浮き出ていた。リキは助けを求めるようにサラリーマンを見たが、すっと視線を外された。

「ねえ、あんた、これ見てよ」

銀チャリの男がサラリーマンに話しかけたが、サラリーマンは無言で自転車を出すと、さっさと行ってしまった。

「何だよー」と、苦笑する男。

「あの人だって、同じようなことしてたかもしれないですよ。あの人にも何か言わないんですか」

男はむっとしたように言い返した。

「何で言わなきゃならないんだよ。今、蹴ったのはおまえだろが」

「男同士だから、争いたくないんだ」

リキは小声で文句を言う。男は男同士で庇い合ったり、融通を利かせたりする。銀チャリの男は、リキが若い女だから、上から目線で怒っているのだ。

「何言ってるんだ、おまえ。自分のやったこと棚に上げて」

怒る男の目頭に、灰色の目脂《めやに》が溜まっているのが見えた。リキは目を背けた。顔も洗わずに下を見張っていたのだろう。自分は、罠《わな》にかかったも同然だ。

相手にするのも馬鹿らしくなって、リキは自分の自転車に跨がった。すると、男はリキの布バッグを摑んだ。

「待て」

「何すんのよ」

「泥を拭いてから行け」

「やめてください」

「待てって言ってんだろう」

答えずに男の手を払い、逃げるようにして、懸命に自転車を漕《こ》いだ。男は追ってこなかったが、怒鳴っている。

「おまえに洗わせてやる。いいか、覚えとけよ」

ぞっとして、今夜アパートに帰るのが怖くなった。脅迫されている、と警察に連絡しようかと思う。が、そんなことをしたら、恨まれて逆効果になりそうだ。どうしたらいい。

それにしても、男の怒りが自分だけに向けられているのが悔しい。男の自転車を自分の自転車の上に載せたのは、紛れもなくあのバイト学生であり、サラリーマンの中年男も、銀チャリを力任せに放り出したことだって何度もあるはずだ。

突然、トラブルに巻き込まれた不快さと不安が、リキの心を重くしている。しかも、この騒ぎで遅刻しそうだった。リキは必死に自転車を漕いだが、なぜか、信号は赤になり、前に人が立ちはだかって進めない。

結局、北向総合病院に着いたのは始業時間ぎりぎりだった。急いでタイムカードに打刻するも、二分遅れだ。たった二分でも、遅刻には違いなく、勤怠評価に響く。だが、そんなことよりも、今後もあの二階の男とのトラブルが続くのではないかと思うと、憂鬱で仕方がないのだった。

そんな日に限って、テルの姿が見えない。慌ててスマホを見ると、「疲れたから、今日は休むね」というＬＩＮＥが入っていた。男と揉《も》めていたので、まったく気付かなかった。

——了解。お大事に。

適当なスタンプを送り、テルに愚痴りたかったのに残念だと思いながら、ロッカーで制服に着替え、事務室に向かった。

何とか午前中の退屈な業務を終えて、昼休みになった。休憩室に行こうとして、弁当の入った紙袋を駐輪場の前に置き忘れてきたことに気が付いた。銀チャリを取り除く時に、紙袋を下に置いたことを思い出す。

中身は握り飯ふたつと茹で卵、もやしとキュウリの和《あ》え物《もの》、という貧相な内容だけれど、今朝は奮発して握り飯の中に鮭《さけ》を入れたので、ショックは大きかった。プラ容器に入れてあるが、今頃は野良猫の餌になっているに違いない。

やむを得ず、リキは病院の隣にあるセブン-イレブンで、握り飯とカップ麺を買った。予定外の出費が痛かったが、それよりも今夜、アパートの部屋に無事入れるのかどうかが心配だ。

カップ麺を啜りながら、「その後、体調どう?」と、テルにＬＩＮＥを送った。テルからは、「実はバイトしてるんだ。今、客と一緒」と返事があった。金がないと言ってたから、そんなことではないかと思ったが、二階の男のことや、代理母のことなどを相談したかったから、テルが欠勤したのは残念だった。

夕方、ミヨシマートに寄って、総菜売り場で半額になったトンカツとマカロニサラダを買い、おそるおそるアパートに帰った。自転車を引いて、音のしないように駐輪場に近付く。銀色の自転車は見当たらなかった。まだ帰ってきていないらしく、ほっとして駐輪場の定位置に停めてから、一階の西から二番目の自室に向かった。

ドアの前に、紙袋が置いてあるのに気付いた。朝、置き忘れた弁当の袋だ。二階の男が拾って、ここに置いておいてくれたのだろうか。いや、あの剣幕からすると、そんなことをしそうにない。紙袋を持つといやに軽い。気持ちが悪いと思いながら、とりあえず紙袋を手にして部屋に入った。

照明を点けて、プラ容器を開けてみると、案の定、空っぽだった。しかも、食べ散らかしたままで、紙切れが一枚入っていた。「次はあんたのタラコを入れて」。

ぎゃっ、と叫び声が出た。ゴミ箱にプラ容器ごと投げ捨てて、上から足で踏んづけた。どうしようもなく不快で気分が悪く、たまらなく嫌だ。泥を投げつけられ、呑まされたように、体も心も汚れて、その汚れが永遠に取れない気がする。

嫌だ、嫌だ、嫌だ。口に出して言ったら、止まらなくなった。嫌だ、嫌だ、嫌だ、嫌だ。ああ、嫌だ、気持ち悪い。そのうち、涙まで出てきた。唯一の逃げ場だった自分の部屋にいても、休まらないのなら、この先どうやって生きていけばいいのだ。引っ越す金もないじゃないか。

その時、廊下で足音が聞こえたような気がして、リキは息を止めた。二階の男が、自分の帰りを見張っていたかもしれないと思うと、恐怖だった。リキは慌てて部屋の照明を消して、息を殺した。

暗闇でスマホが鳴った。電話だ。テルからかと思って、闇の中で光る発信元を見ると、北海道の母親からだった。電話で話すのは数カ月ぶりだし、怖い思いをしていたところだったから、ほっとして甘え声を出した。

「もしもし、お母さん」

「リキ?」

「うん、どうしたの」

用事があればLINEで済ます母からの、久しぶりの電話なのに、暗い声に嫌な予感がした。

「あのね、佳子《よしこ》叔母ちゃんがさっき亡くなったの」

「えっ、佳子叔母ちゃんが?」

「このところ、調子がよくなくてね。だけど、つい二週間前はすごく元気だったんだよ。ウナギ食べたい、なんて言ってたくらいだったからね。結局、スーパーでパック買って、チンして持ってったんだ。パックだって高いんだよ」

母親は沈んだ調子ながらも、ぺらぺらとよく喋る。放っておくと、いくらでも喋りそうで、気味が悪かった。

　佳子叔母というのは、リキの母親の妹で独身。まだ四十八歳かそこらだ。農協に勤めた後、「道の駅」でパート勤めをしていた。五年前に乳癌の手術をして、予後はすこぶるいいと聞いて安心していたが、二年前に胃にも癌があることがわかった。こちらは乳癌が転移したものではなく、原発で、しかも質が悪かったらしい。

「あんたに会いたいって、最期まで言ってたよ」

「私も会いたかったたな」

　リキは子供の頃から、この叔母に可愛がられて育ち、実の母親よりも好きだった。だから、会うことも叶《かな》わずに亡くなってしまったことが悲しかった。

「時間との闘いだって、言っててね。あんたがお嫁にいって、赤ちゃんが生まれるまで見届けたいけど、間に合わないかもしれないって焦ってたね」

　佳子叔母は、リキの姉のような存在だった。だが、四十歳頃から、少し変になった。結婚できないことを気に病んで、同級生や知り合いの動向をやたらと気にするようになったのだ。佳子叔母はよく通勤に使っている軽自動車にリキを乗せては、あちこちの家々を巡ったものだ。

『あそこのうちの上の子は札幌に出て行って、上司と不倫したんだよ。それで、まだ結婚できてないってさ。あっちの家の子は、お見合いをたくさんしたけど、うまくいかなくて、まだ駄目。その向こうの家の人は一年先輩で、札幌の短大に行ったはいいけど、あっちで就職して帰ってこない。帰れないのは、結婚できてないからだってさ』

〝未婚の女巡り〟だ。リキはまだ二十一歳だったが、自分もいずれそんな風に言われるとしたら心外だったし、同級生の非婚を安心した風に語る叔母が悲しかった。だから、金を貯めて東京に出ようと思ったのだ。

「もしもし、リキ、聞いてる?」

母親がしんと静まったリキを慮《おもんぱか》った。

「うん、聞いてる。お母さん、私、お葬式行けないよ。お金ないから」

「仕方ないね。佳子もわかっていると思うから」

北海道の北東部の田舎にあるリキの実家には、娘の帰省費用を出せるほどの余裕はない。

「ああ、でも、ショックだな」

「でも、佳子の最期は安らかだったよ。安心して」

言葉の途切れたリキを、母が気遣った。

「うん、わかった」

「じゃ、また」

母は忙しなく電話を切った。電話の向こうでは、父が誰かに電話している声が響いていた。佳子叔母の近親者は母だけだから、母たちは葬儀の準備で忙しいのだろう。

故郷にいられない自分を悲しんだことなど一度もなかったのに、今日は心が弱っているのか、帰りたかった。

草桶基と悠子の夫婦と会ったのは、その三日後の日曜日だった。テルと二人で「プランテ」を訪れてから、二週間が経っていた。

とりあえず、一度だけでも先方と会ってみてほしい、返事はそれからでいいから、と青沼に頼まれて、あまり気が進まないままに出かけることになった。

待ち合わせ場所は、渋谷の高層ホテルの中にある、イタリアンレストランだ。リキは、高層ホテルに足を踏み入れたことなど、まったくないから戸惑った。何を着て行けばいいのかもわからず、会社勤めの経験のあるテルに訊いて、身支度したほどだ。

「ランチなら、いつもの格好で平気じゃね」とテルに言われ、黒のパンツにTシャツ、カーディガンという普段着のままで行ったが、貧乏だから、エッグドナーや代理母になろうとしているのかと、侮られるのが嫌で、気分はよくなかった。

しかも、エッグドナーならば、匿名のままでいいのに、代理母は面接があるのが、まさしく子を産む雌としての能力を検分されるようで居心地が悪い。果ては、こんなことまでして金を稼ぎたいのか、という自己嫌悪に陥り、途中で何度も引き返そうかと思ったほどだった。二階の自転車男のこともあって、気が塞いでいたのも事実だ。あの朝以来、二階の男から煩わされることはなかったが、ずっと怯《おび》えて暮らしていた。

リキが、レストランに着いたのは、約束の時間を数分過ぎていた。すると、入り口に青沼が心配そうに立っているのが見えた。青沼は、異国の女が好みそうな、鮮やかな青い色のワンピースを着ている。

「ああ、よかった。いらっしゃらないかと心配してたのよ」青沼が嬉しそうに駆け寄ってくる。「草桶さんは、もういらしてますよ」

そうですか、電車逃しちゃって、と口の中でもごもご言い訳した。が、青沼は聞いていない様子で、リキが逃げるのを怖れるかのように、腕を摑んだ。

黒服のウエイターが行き交う店内は、豪華な内装だった。ガラス張りの窓際の席は、懐の豊かそうな客で埋まり、彼らは談笑しながら下界を見下ろして食事をしている。リキは気後れして、足が前に出なかった。

青沼に背中を押されるようにして、のろのろと奥に歩いて行く。個室の扉が開いていて、そこに姿勢のいい男が、にこやかな笑みをたたえて立っていた。黒いスーツに、シャツ姿の男は紹介されるまでもなく、草桶基本人だとわかった。

妻の悠子はテーブルに着いていたが、リキの姿を見て慌てて立ち上がった。こちらはグレイのブラウスに黒いスカート。首に真珠のネックレス。夫婦ともに、金のかかった、品のいい服装をしている。

「ようこそ。今日はわざわざありがとうございます」

基が感極まった様子でお辞儀した。ダンサーと聞いていなければ、気障な仕種だと思ったかもしれないが、洗練されていて感じは悪くなかった。

「さあさ、座ってくださいな」

青沼が椅子を引いてくれて、リキは白いクロスの掛かったテーブルに着いた。青沼が横に座り、向かい側に草桶夫婦。基が改めて自己紹介をした。

「初めまして。私が草桶です。こちらは妻の悠子です」

「はあ」と、首を前に突き出すように挨拶する。

「こんにちは。今日はお休みなのに、すみません」

悠子が微笑みながら言った。この人は気が進まない様子だと、リキは見て取った。自分と同じく、これから起きることとの予想ができずに戸惑っている。

基が、メニューを広げてリキの前に置いた。

「大石さん、お飲み物は何がよろしいですか？」

万事に気の利く男のようだ。妻を差し置いて、何もかも、てきぱきと物事を決めそうだ。子供のことも、基が率先して決めているのだろうと想像がついた。

「お水でいいです」

基が好ましそうに頷く。リキは、自分が審査されていることに怖じてはいたが、それでも眼前に座る草桶夫婦が、最初から自分を好んでいるということが伝わってきて、次第に落ち着きを取り戻した。彼らは逆に、自分たちが気に入られようとして必死なのだ。

そして、基はリキが自分の子供を産んでくれることを願っている。

しかし、悠子はどうなのだろう。基と同じ気持ちなのだろうか。リキは、妻の悠子の方を見た。悠子は慎《つつ》ましやかで、あまり喋らない。夫の基にすべてを任せている様子だが、時折、リキを見る眼差しが何となく懐かしかった。あ、佳子叔母ちゃんだ。リキは唐突に思った。青沼は、リキと悠子が似ている、と驚いていたが、むしろ悠子は、卵形の顔の輪郭が、亡くなった佳子叔母に似ていた。

おそらく自分が悠子に少し似ていることで、草桶夫婦は安心するだろう。それは、少しでも本物の親子に近付くための条件なのだ。が、それは自分には何も関係のないことだ、とリキは思った。

「大石さん、唐突な話で大変申し訳ないと思っています。青沼さんから、聞いておられると思いますが、僕らは長年、不妊治療を続けてきました。でも、どうしても子供を授かることができなかった。昨年は、悠子の妊娠はほぼ不可能という診断が、下されてしまいました。僕らの受けた衝撃は、経験したことのある人でないとわからないでしょう。それでも諦めきれなくて、青沼さんに相談したところ、サロゲートマザーという方法があると聞いて、それに望みを託すことにしたのです。現在、代理母になってくれる人がいる国は限られています。アメリカの一部の州、ウクライナ、ロシアなどです。でも、僕らは、できるならば、日本の人にお願いしたいと思っているのです。法律的に叶わないのはわかっていますが、外国の代理母さんにお願いするとなると、そんなオートマティックなことでいいのか、とどうしても違和感を覚えてしまうからです。女性の体は子を産むための機械ではないです。僕らはできれば、僕らが親近感を持てる女性に産んでほしいのです。そして、産んでくれる女性には、僕らの気持ちをわかってほしいと思っています。自分の子供は、なるべく自然の妊娠、自然の分娩《ぶんべん》に近いものであってほしいと願っているからです。産む女性からしてみれば、この考えが、利己的だと非難されても仕方がないとは思っています。その非難は甘んじて受けます。しかし、どうしても子供を欲しい僕ら夫婦の悲願を聞き入れては頂けませんか。大石さん、単刀直入にお願いします。大石さん、人工授精で、僕らの子供を産んで頂けませんか。産んで頂いた暁には、その子は僕らの正式な養子ということにさせて頂きます。また、妊娠期間中、そして出産後の体力が回復するまでの間の面倒は見させて頂きます。あなたの大事な体を使わせて頂くのですから、できる限りのことはさせて頂きますので、ご心配なく。どうぞ、どうぞ、このことを考えてみてください。よろしくお願いします」

基が長く語って頭を下げた。数秒遅れて、悠子も頭を下げる。大人の男女に頭を下げられたことなどないリキは、困惑して、がぶりとグラスの水を飲んだ。

青沼が、口を挟んだ。

「カリフォルニアの、私の知っている斡旋《あっせん》業者は、代理母さんの卵子を使わないことをルールにしているんですよ。それは、代理母さんに、自分の子供だという意識が強くなると、後々、トラブルの元になるからなんです。そして、子供の福祉を第一に考えているからです。だから、提供卵子と、ご主人の精子とで受精卵を作って、それを代理母さんの子宮に入れる形にしています。でも、それがうまく着床するかというと、やはりね、失敗例も多いのですよ。母体の安全を考えても、人工授精が一番いいのです。大石さん、いかがですか？」

「いかがですかと言われても、子供産んだことないし」

リキの言葉が続かない。何と言っていいのか、わからなかった。

「そうよね。いきなりこんなことを言われても、戸惑うばかりよね。ごめんなさいね」

青沼が謝罪するように、リキの肩に手を置いた。

「すみません、お気持ちも考えずに、こっちの都合ばかり喋って」

基がしょげた様子で項垂《うなだ》れる。

「あの、人工授精ってどうするんですか？」と、リキ。

青沼が一瞬、悠子の顔を見遣った。説明するのを遠慮しているような様子だ。しかし、悠子は促すように頷いた。

「いろいろあるのですが、確実なのは、カテーテルで精子を子宮に入れる方法です」

リキは、基の顔を見る。この男の精子を胎内に入れて、この男の赤ん坊を産むのか、と。不意に、悠子と目が合った。悠子は何も喋らないが、リキが何を考えているのか、わかっているのだと思った。

「あなたはお若いから、まだぴんとこないかもしれません。でも、僕らにとって、子供が出来るかどうかって、時間との闘いなんです。せめて、五十歳になる前に欲しいと願ってます。それなら、子供の成人を見届けられるし」

時間との闘い。佳子叔母と同じ言葉。みんな切羽詰まっている。

「お願いします。僕ら、時間がないんです。ほんとに、これは時間との闘いなんです」

引っ越したい。自由になる金が欲しい。私も、私の事情で切羽詰まっているのだ。リキは、大きな溜息を吐いて考えるふりをしていたが、心の中はすでに決まっていた。

2

早く早く早く。早くしないと、間に合わない。叔母の佳子は、いつも急《せ》いていた。

『リキちゃん、女はね、だらだらしてたら、間に合わなくなるんだよ』。いったい何に間に合わなくなるのか、なぜ焦らなければならないのか。叔母は理由をはっきりとは言わなかったが、その無言の風圧は、常にリキの背中を押し続けた。それは、リキが中学に上がる頃にいっそう顕著になったから、叔母は三十歳を過ぎて、急に焦りを感じ始めたに違いない。

『こんな田舎から早く出て行きたい』とも言っていた。結婚を機に、都会に行って楽しく暮らしたかったのだ。実際、その言葉は、リキに故郷を飛び出させるきっかけになったのだが、叔母の方はこれといった結婚話もなく、と言って、一緒に遊び回る仲間もなく、冬場は半年も雪に閉じ込められるような人口五千人弱の小さな町で歳を取り、病を得て死んでいった。何も良いトピックのない人生だった。

漠然とリキは、「間に合わない」とは容色が衰えることかと考えていたのだが、ここにきて、叔母は女の生殖能力の限界について言及していたのだ、と思い至った。生殖能力があることが結婚可能の証《あかし》だったのだ。叔母にとって結婚とは即《すなわ》ち、つまらない町からの脱出であり、経済的にも精神的にも貧困から逃れる術《すべ》だった。そして、自分は期限切れになったから、姪のリキが無事に結婚して子を産み、幸せになるよう願って死んでいったのだ。

今、自分は二十九歳だ。エッグドナーになれるのは三十歳未満だから、来年はもう「間に合わない」。確かに、女の人生には、「間に合わない」がついて回る。

リキは、斜向《はすむ》かいに座る、悠子の穏やかな顔をそっと見遣った。佳子叔母をうんと垢抜けさせて、知的な眼差しにしたその人は、デザートのジェラートをひと匙《さじ》口に運んでから、リキの視線を感じたのか顔を上げた。

この人も、「間に合わなかった」と断じられた人なのだ、とリキは思った。なのに、夫の基は、子供を育て上げるのにかかる時間のことを気にしている。女の限界と男の限界。なぜか悲しくなったリキは、青沼とバレエの話に興じている基を見た。まるで男根のような、長くて太い首の上に小さな顔が載っている。一重瞼は少し重そうだが、目尻が上がっていて愛嬌《あいきよう》のある顔立ちだった。基とセックスして、基の子を産んでみたいという女も少なくはないだろう。

だが、基の方はそれでは困るのだ。あくまでも、基と悠子の子供として育てるのだから、子供の母親と特別な関係になってはいけない。従って、金目当てで、健康だけが取り柄の若い女に産んでもらって、トラブルを避けたいと願っている。

例えばリキが、人工授精ではなく、基と直接性交して妊娠したいと申し出たら、草桶夫婦はどうするのだろう。成功確率が高まるなら、と基は応じそうな気がする。基には、目的のためなら何でもやってしまいそうな危うさがあるが、悠子はどうだろう。

そこまで考えた途端、リキは我に返った。よく知りもしない男の性器を、生殖のためだけに自分の膣に挿れることができるのか。俄《にわか》に、この状況がものすごくいやらしいことのように感じられて、恥ずかしくなった。大真面目で生殖の話をしていても、もとは男と女の性交から始まるのだ。リキは、内心ひどく慌てた。

「すみません、トイレに行ってきます」と、立ち上がった。

唐突だったので、青沼が心配そうに腰を浮かせた。

「入り口の方にありましたよ。一緒に行きましょうか」

案内を断って、一人で部屋を出た。席にカーディガンを置いてきたから、逃げたとは思わないだろう。

用を足して手を洗いながら、リキは鏡に映った自分の顔を見つめた。さっきは心が決まっていたけど、また揺れ始めている。

本当にこれでいいのか。金のためだけに、好きでもない男の子供を産んでいいのか。この先、本当に好きな男が現れた時に、その男には何と釈明するのか。黙っていたとしても、経産婦だとばれないか。北海道の親が知ったら、何と言うだろう。そして、出産したら、その子が欲しくならないか。三日前に亡くなった佳子叔母の呆れる顔が、脳裏に浮かぶ。叔母は、『まだ間に合うのに』と、責めるに違いなかった。

しかし、こうして迷うたびに、とどのつまり、自分は金のためにすべてを諦めるだろうと思うのだった。百万以上のまとまった金が、喉から手が出るほど欲しかった。派遣の仕事を続けていたら、一生かかっても貯められない金が。

その金さえあれば、銀チャリ男などいない、もっとマシなアパートに引っ越す費用ができて、派遣稼業から足を洗えて、別の仕事に就くための職業訓練ができるかもしれない。専門学校に行ってもいい。あるいは、本当に休暇と割り切って、一度も行ったことのない海外旅行に行ってもいいし、何か趣味を始めてみてもいいのだ。東京に出てきてからずっと、働きづめで何の希望も持てない生活に、嫌気が差していた。

とめどなくリキの思いは乱れ、考えをまとめることができない。呆然《ぼうぜん》と自分の顔を見ながら考え込んでいるところに、ドアが開いて悠子が入ってきた。

「大石さん」悠子が、鏡越しに笑いかけた。「さっきはごめんなさいね。草桶があんなことを長々と喋るから、却《かえ》って迷ってしまわれたんじゃないのかしらって、心配してたんです。あの人は、自分の考えを滔々《とうとう》と語るタイプなの。許してね」

「いいえ、大丈夫です」

洗った手をハンドドライヤーにかざして出て行こうとすると、悠子が「待って」と手で制した。

「私、正直に言うけど、今回のことはあまり乗り気じゃなかったんです。だって、代理母になる人の負担が大き過ぎるじゃないですか。同じ女として、何となく割り切れなかったんです。そこまでして子供を持たなくてもいいんじゃないかって、すごく迷ってね。でも、大石さんに今日お目にかかって、大石さんが産んでくださるのだったら、私が育ててみたいと思ったの。これは本当です」

「どうしてですか？」

「わからないけど、何か親近感があるの。自分の妹みたいな気がしたのよ。でも、それはあなたからしたら、とても自分勝手な理屈よね。私たち夫婦は、徹頭徹尾、自分勝手だと思ってます。ほんと。だから私は、そのことを許してほしいと思ってるの」

「でも、私だってビジネスだし」

「そう？」と、悠子が痛ましそうな顔をした。「ほんとにそうなの？」

「そうです。私はお金が欲しいんです。だから、ビジネス」

リキは、鏡越しに合っていた目を逸らしながら言った。

「ビジネスって、もっと対等な感じがするけど」

悠子は自信なさそうに言った。

「そうかな」

リキは、佳子叔母の顔を思い浮かべる。そうかな、佳子叔母ちゃん。私が子宮を差し出して、あっちがお金をくれるのは対等じゃないの？　一千万くらいもらえば対等になるの？

悠子が髪に手をやりながら、鏡越しに話しかける。

「余計なお世話だと思うけど、付き合っている人とか、好きな人とかいないの？　あなたの歳なら、誰かいるんじゃない？　あなた、綺麗だし」

リキは無言で首を横に振った。私は、全然綺麗じゃない。全然綺麗じゃないんだから、お世辞を言わないで。心の中でも、もう一人の自分が激しく頭《かぶり》を振っていた。

リキは美人ではない。百六十六センチある身長だけは恵まれていると思うが、体格がよく、筋肉質で体重はある方だ。なのに顔立ちは古風で、飛び出たおでこと、同じ質量を感じさせる丸い顎を持っている。小学生の時、男子に「女子プロレス」「ひょうたん女」とからかわれたことがあって、トラウマになっていた。佳子叔母は美人だったが、リキの造作を少しずつよくして、うんと魅力的にしないとなれない美しさだった。

「いないの、そう？　でも、男の人が嫌いとかじゃないんでしょ？」

「べつに」

素っ気ない返答をすると、悠子が反省したように言い訳した。

「ごめんなさい。問い詰めてるよね、私。そんなつもりはないの。ただ、あなたみたいな若くて綺麗な人がどうして代理母になってくれるんだろうと、不思議でならないの。後で悔やまれるんじゃないかと思うと心配で」

それは本音なのだろう。

「後悔したとしても、私は後は関わりは持たないと思うから平気です」

我ながら突っ張っていると思った。

「そうかしら」悠子は首を傾げた。「私は子供がいないからわからないけど、子供を持ったら、そこから違う気持ちになるような気もするの。何か違うチャンネルが開くというか、違う気分になるような気がするの。あなたは、子供に会いたいと思うんじゃないかな」

「絶対、大丈夫です」

「そう、だったらいいのよ。ごめんなさいね」

なかなか気を許さないリキに、本音を問うのを諦めたらしく、悠子は体を躱《かわ》して戻ろうとした。すると、また入り口のドアが開いて青沼が入ってきた。立ち話をしていた二人を見て、目を丸くする。

「ちょっとしたトイレ会談ですね」

「ええ。草桶が自分だけ喋ったので、大石さんがご不快だったのではないかと気になったもので」

悠子が苦笑する。

「草桶さんが、お二人が帰ってこないので、気を揉んでいらっしゃいましたよ」

青沼は気を利かして迎えにきたらしい。悠子は苦笑して奥の個室に入った。

「私、行きます」

　リキは青沼を置いてトイレを出た。


「遅かったですね。うちの奥さんと何か話してたんですか？」

　リキが扉を開けて入って行くと、コーヒーカップをソーサーに戻した基が話しかけてきた。

「はい、少し」

「大石さんが躊躇われているのではないかと、心配していました。もし、少しでも嫌な気持ちがあるのでしたら、断ってください。僕は残念ですが」

　基が落胆したような顔で言う。

「そんなことないです。ただ、ちょっと迷っただけです」

「それはそうでしょうね。あなたはまだ若いし、これからの人生どうなるかわからないものね。なのに、こんなお願いをして申し訳ないと思っています。もし、引き受けてくれたら、あなたにはご希望の額のお礼をするつもりです」

「それって、どのくらいですか？」

「あなたのご希望は？」

　問い返す基の顔は真剣だった。

「一千万」

ありえない額だと思いながらも、どこか基と自分を試す気持ちがあった。「いいですよ、出しましょう」一瞬、間があったが、基が存外明るい声で言った。「あなたが、人工授精と妊娠・出産を引き受けてくださるのなら。そして、出産した暁には、何もクレームを付けないで、子供をすんなりと僕らに渡してくれるのならば」

基の精子で子供を産んで、基に渡せば一千万円もらえるのだ。リキは無言で頷いていた。一世一代の大ビジネスだ、これは。途端に、基が両手を打ち鳴らした。

「ありがとう。本当にありがとう。大石さんには、心から感謝します」

拍手の音を聞きつけたかのように、扉が開いて悠子と青沼が姿を見せた。

「大石さんが、引き受けてくださった」

基の報告を聞いて、「わー、よかったですね。大石さん、ありがとうございます」と、青沼も手を叩いて大袈裟《おおげさ》に喜んでみせたが、悠子は微笑んだだけだった。

「では、大石さん、近いうちに事務所にいらしてくださいね。簡単な契約書を作成させて頂きます。いえ、ただの覚え書きですから、あまり気にしないでね。一回の出産につきいくら、と金額をきちんと決めて、その支払い方法などを決めませんとね。分割の方がいいでしょう？」

「一括でいいんじゃないですか。こっちも面倒臭いですよ」と、草桶。

「草桶さん、税理士さんと相談なさった方がいいと思いますよ。大金が動くと、使途などを訊かれますからね。それに、急に大金が入ると、こういう若いお嬢さんは動揺しますからね。また気が変わられることもありますし」

青沼が囁いたが丸聞こえなので、基が苦笑している。

「そんなことないでしょう」

その向こうで、悠子が一人、覚悟を嚙み締めるように唇を引き結んでいた。


リキの手の中には、「謝礼」と書かれた白い封筒があった。

「今日はありがとうございました。これでタクシーにでも乗って帰ってください。こうなった以上、大石さんの体は大事な体だから、おいしいものを食べて、風邪を引いたり怪我《けが》をしたりしないようにお願いします」

基から帰りがけにそう言って手渡された封筒はしっかり糊付《のりづ》けされていて、アパートに帰って開けてみると、手が切れそうな万札が五枚入っていた。手取り十四万のリキにとっては、月収の三分の一に相当する大金だ。一瞬、心が躍った。これで古着屋ではない店で、新しい服を買おうか、それともテルを誘って焼き肉でも食べようか、と。

しかし、一千万の代償として、自分は子宮を差し出して孕むのだ。妊娠は四十週。その前後も合わせると、ほぼ一年は妊娠・出産に身を捧《ささ》げることになる。しかも、産んだ子供は草桶夫婦の養子となり、自分はただの経産婦となる。

そう思うと、なんとも虚《むな》しくなるのを止められなかった。虚しくなると、体の中心が空洞のような、その空洞を何かで埋めたいような、異様な渇望感が湧いてくる。

これまでに寝た男は三人いる。最初は高校三年の時で、相手は左隣に座っていた同級生だった。完全な友人で、気軽に口を利いていたのだが、夏休みにコンビニでばったり出会って新鮮に感じた。相手も同じだったらしく、その後、ゲーセンでまた出会ったことで、互いに好奇心が募り、町外れにあるモーテルに徒歩で向かった。

だが初体験と言っても、完璧ではなかった。同級生はやっと挿入できそうなところで射精してしまい、リキの太腿《ふともも》を精液で汚した。それがよほど恥ずかしかったと見えて、意気消沈したまま肩を落とし、リキを労《いたわ》ることもしなかった。

以後、教室でも顔を背けるようになってしまい、卒業後は札幌の専門学校に行ってしまったから会ったことはない。後に、その同級生が、自分との性交を仲間に言い触らしていたと聞いて、リキは唖然《あぜん》としたものである。不快な初体験もどきだった。

二人目は、介護老人ホームにいた時の上司で、三十歳の既婚者だった。いわゆる不倫である。妻が妊娠中だったせいか、リキは完全に妻代わりとして扱われていた。

その男とのセックスによって、リキはエクスタシーを知ったのだが、リキが性交に夢中になった直後に、妻が出産を終えて通常の生活に戻り、男は平然と素知らぬふりをするようになった。この男と何度も行ったモーテルは初体験の時と同じだったが、このときは男の軽自動車で通ったのだった。

三人目は、例の洋品店で一緒に働いていた北関東の顎鬚男である。ほぼ半同棲《はんどうせい》状態だったから、一度妊娠もしたし、掻爬《そうは》も経験した。だが、リキが男というものに、つくづくうんざりしたのも、この未熟な顎鬚男のせいだった。

顎鬚男と喧嘩別れしてから、三年が経っている。以来、誰ともセックスはしていない。なのに、代理母になると決まった途端に、疼《うず》くような性欲に苦しめられているのはなぜか。まるで体の芯が、おまえ、快楽の方はどうしてくれるんだ、と叫んでいるかのようだった。

リキはテルに訊いてみようと、ＬＩＮＥで電話した。

「どうだったの、あっちは？」

テルはすぐに電話に出た。草桶夫婦と会うことは伝えてあったので、その首尾を聞きたそうだった。

「うん、感じは悪くなかったよ。特に奥さんが優しかった」

「へえ、奥さんが一番嫌がるかと思ったけどね」

「私もそう思ってたけど、優しそうな人だった」

「ダンナって、あの草桶基でしょ？　有名らしいじゃん。奥さんはバレリーナじゃないの？」

「違うみたいだよ」

悠子の柔らかそうな体を思い出しながら、リキは答える。悠子の魅力を、他人に説明するのは難しかった。

「で、やるの？」

「やる。私、もう、こういう暮らしにうんざりしちゃったの」

リキは決然と言った。

「なら、よかったじゃんか。私も代理母やれるもんなら、やりたいよ」

以前、子供は神聖なるものだと憤慨した本人とは思えない言葉だった。ソム太親子に金を取られて、テルも追い詰められているのだろう。だからこそ、リキは、一千万の報酬で折り合いがついたことをテルに報告できなかった。

一千万がすんなり支払われても、テルに金を貸すことはできない。それは自分の体への対価なのだから。逆の場合でも、同じことだ。体を使った仕事の対価は、すべて自分のためでしかない。

そのことがわかっているのか、テルも正確な額を訊こうとはしなかった。少しあってから、テルが思い出したように言う。

「私はエッグドナーになることに決めたよ」

「じゃ、病院辞めるんだね？」

「そうだよ。リキだって、妊娠したら辞めるんでしょう？」

「当たり前じゃん。そのためにやるんだから」

「マジあんなとこ辞めて、休養したいよね」テルが明るい声で言った。「私も、ハワイでのんびりしちゃうからね」

「ハワイか、行きたいな」

「行こうよ、一緒に」と、テルは楽しそうだ。

「実は私、代理母になると決めた途端に、どういうわけだか、すごくセックスしたくなっちゃったんだよね。何か体が疼くんだよ。こんなこと初めて」

あはは、とテルの笑い声がした。あの歯並びの悪い口を開けて、大笑いする様が目に見えるような声だ。

「わかるような気がする」

「こんな時、どうしたらいい？　オナニーなんかじゃ嫌なんだよ。男って買えないの？」

「買えるさ」と、テルはあっけらかんと答える。「みんな買ってるよ」

「みんなって？」

「風俗関係だけどね。私はソム太が可哀相だから、行ったことないけど、みんな自分が買われた憂さ晴らしに、買ってるみたいだよ。ホストクラブと同じ原理だよ。買われたから、買い返すみたいな。お互い様な感じ」

ソム太が可哀相と言うけれど、テルにはそんな金はないのだろう。仲間の話に適当に相槌《あいづち》を打つテルの様子が窺えて、リキは胸が痛んだ。

「それはどうやって買うの？　危険なことはない？」

「大丈夫でしょ。たまに、挿れてもいいかって訊かれることもあるらしいけど、法律違反だって断るんだって。それは女の風俗も同じじゃん。本番は禁止だもの。でも、みんな、気に入れば挿れてもらうみたいだよ。何、リキはあれを挿れたいの？　ほんとのセックスがしたいわけ」

「うん、挿れたいんだよ。思い切り気持ちよくなりたいの。だってさ、子宮を売るんだよ。その前段階があるだろって感じなの。それが足りないんだよ」

「そうだよね。前段階がなくて、いきなり妊娠はおかしいよね」テルが、たった今気が付いたみたいに、早口で同意した。「じゃ、評判のいいとこのアドレス訊いて送っておくから、申し込んでみてよ。ところで、金はあるの？」

「あるよ。今日の謝礼をもらったから」

「いくらもらったの？」

謝礼なら訊いてもいいと思ったのだろう。

「うん、少しだけどね」

五万とは言えなかった。

「リキの気持ちはわかるよ。頑張って」

しばらくして、テルからサイトのアドレスが届いた。「マシュマロクラブ」といううちゃらい名前だ。「この三番目のダイキがいい感じだってさ。でも、人気があるから、日曜は混んでいると思うって」という、テルのコメントが付いていた。

リキは早速、サイトを見た。勧められたダイキのプロフィールは、二十八歳、百七十六センチ、六十五キロ。血液型O型。「東出《ひがしで》昌大《まさひろ》似の癒やし系」とある。コメント欄を見ると、褒める言葉ばかりが並んでいる。確かに評判はよさそうだ。

リキはＬＩＮＥに登録した。すると、すぐに申し込みのテンプレートが送られてきた。利用日時の第一希望は、今日の夜にして、時間は百二十分。「初めて」と書く。合流時の自分の名前は、「ぷちとま」にした。待ち合わせ場所は、渋谷ハチ公前。待ち合わせ時の服装は、いつもの黒いパンツに白Ｔシャツとカーディガン、スニーカーだ。目印に「ＤＥＡＮ＆ＤＥＬＵＣＡの黒い布バッグ」と書いた。ちなみに、ＤＥＡＮ＆ＤＥＬＵＣＡのトートバッグも、メルカリで四百円で買った中古品である。

すぐに返事がきた。「ぷちとまさん、お申し込みありがとうございます。幸い、キャンセルが出ましたので、ご希望に沿うことができます。夜八時にハチ公前のお待ち合わせでよろしいでしょうか。僕はジーンズに黒いＴシャツ、赤のキャップを被っています。目印は、左手首の、白いバンドのアップルウォッチです。よろしくお願いします」

少なくとも、ＬＩＮＥの返事は素早くて好感が持てるものの、とんとん拍子に欲望が叶えられる手筈《てはず》が整っていくことに、心だけが追いつけない。行くべきか、やめるべきか。リキはしばらく考えていた。

その時、部屋の前をうろうろするような足音が聞こえた。二階の銀チャリ男だろうか。やがて、控えめにこつこつとドアがノックされた。リキは両手で耳を塞いだ。部屋の外にいる人間は、リキが中にいることを知っている。それでも、応対したくなかった。リキがしばらくじっとしていると、足音は去って行った。

リキは急いで身支度を始めた。とりあえず街に出て、ダイキに会うかどうかは先にこっそり観察してから決めることにした。リキは封筒から万札を三枚抜き取り、残りの札が入った封筒は、冷蔵庫のドアポケットに入れた。

3

リキは、渋谷に向かう電車の中でもう一度、ダイキのプロフィールを確かめた。コメント欄に「良」マークしか付いていないから安心して申し込んだものの、待ち合わせ場所に近付くにつれて、急に不安になったのだ。

テルは、仲間から聞いた評判をもとにダイキを推薦してくれたが、テルの仲間うちでの高評価が、男のどういう面についてなのか、もっと詳しく訊けばよかったと悔やまれた。顔やスタイルがよいのか、信頼できる性格なのか、それとも性的なテクニックか。

ダイキ自身の「自己紹介」には、「職業柄、人の話をよく聞いて、的確なアドバイスができます」と書いてあった。おや、ダイキには別の職業があるのかと驚き、よく読むと、「元教師で、今は商社マン」とある。

商社マンとは意外だった。それに、元教師とあるが、何の教師だったのか、はっきり書いていないところが怪しい。たとえ教師や商社マンが本当だとしても、まだ二十八歳なのだから経験は浅いだろう。

そんな怪しげな男に、体を見られて触られ、果ては挿入されるかもしれないのだ。こんな不安な思いを抱えたままで、本当に快楽など得られるのだろうか。リキは急に弱気になって、さっさと帰ったほうがいいのではないかと、顔を上げて車内を見回した。が、じきに渋谷だった。

奨学金のことも含め、何ごとにも短慮としか思えない行動を取ってしまうテルと比べて、リキは自分を慎重な質だと思っている。しかし、慎重であるはずの自分が、代理母になることを簡単に承諾し、こうして男を買いに街まで出てきている。

もっと熟考すべきではなかったかと反省しつつも、今のリキは、一千万を手に入れることと、性の快楽をどうやったら手っ取り早く得られるか、ということを優先して考えていた。間に合わない、と急かす佳子叔母の薫陶が思わぬ形で表出し、止めることのできない列車がとうとう出発したかのようだった。

渋谷に着いた。やはりハチ公前で待つのは躊躇われて、リキは井の頭線とJRを結ぶ通路から、ハチ公前の広場を見下ろすことにした。ダイキを遠目に捜してみて、気に入らなかったら、帰ろうと思っている。

ハチ公前広場は外国人観光客や、待ち合わせらしい男女で混み合っていた。ダイキはどの男だろう。樹木を透かして、赤いキャップを目印に捜したが、なかなか見つけることができない。

何となく視線を感じて、乗降客の行き交う連絡通路の奥に目を遣った。柱の陰から、真っ赤なキャップを被った男がこちらを見ている。その男は、手首にした白いバンドのアップルウォッチを見せつけるように、左手でキャップの庇《ひさし》に触ってみせた。

あっと思った途端、男が近付いてきて親しげに笑った。白い歯並びが思いの外、清潔に感じられてリキは立ち竦んだ。

「ぷちとまさんでしょ？」

ダイキが、リキのDEAN&DELUCAのバッグを指差す。

プロフィールには百七十六センチと書いてあったはずだが、実際のダイキは、それより数センチは低そうだ。しかも体型は細めで、リキの体のほうがよほど厚みがあるかもしれない。色黒で目が大きく、顔立ちは濃く派手だった。が、何となく垢抜けない。

「そうです」

一瞬間を置いたものの、リキは正直に答えた。間を置いたのは、二階から見下ろしていたのを知られたのが、恥ずかしかったからだ。しかし、ダイキも恥ずかしそうな顔をしていた。同じく相手を偵察していたのだろう。

「俺、セラピストのダイキです。初めまして」

セラピストと名乗られて、リキは驚いた。セックスの快楽を与えてくれるのではなかったか。

「あ、こちらこそ」と、お辞儀する。

「いやあ、ぷちとまさん、可愛い人なんでびっくりした」

どこかの地方の訛りがある。

「えっ、私、可愛いですか？」

お世辞にもほどがあると腹立たしく思うくらいには、リキは世間慣れしている。

「うん、可愛いよ。その服も好き。そのカーディガン、ヴィンテージ？」

ダイキは羞《は》じらうように、そっぽを向きながら言った。古着屋で買ったカーディガンを、ヴィンテージと褒められたリキは、ものは言いようだ、と悪い気はしなかった。

「あのう、俺でよかったら、いろいろ相談に乗りますよ。どう？」

ダイキが心配そうに、リキの顔を覗き込む。

「もちろん、いいですよ」

「よかった。こういう時ね、俺、いつもどきどきするの。気に入らないから帰ります、なんて言われたら、目も当てられないでしょう」

ダイキは大袈裟に胸を撫《な》で下ろす仕種をした。顔を見ただけで帰るような女がいたのだろうか。リキは訊いてみたかったが我慢した。

ダイキが左手首のアップルウォッチで時間を確認する。

「じゃ、場所変えようか。二人だけになれる静かなところに行こうよ。それから、ぷちとまさんの要望を聞いて、その通りにするから」

自然と連れだって歩く格好になった。ダイキは、リキを階段に誘導する。

「ラブホに行こうと思うんだけど、構わない？　それとも、初回だから、カフェとかで、まずお話ししてからにする？」

「いや、いきなりラブホでいいです」

「よかった。あのう、あまり緊張しないでね。俺、あなたが嫌だってこと、絶対にしないです」

いからさ」

　半同棲していた顎鬚男は、リキが嫌だと言っても平気で、いろいろなことを命じたり、させたりした。介護老人ホームにいた時に不倫していた男も同じだった。まるで、セックスの時に男の言いなりにならない女は、何の価値もないと言いたげだった。

　だが、ダイキは、リキが嫌なことは絶対にしない、と言う。それはリキが金を払って、ダイキを買ったからだ。そう、ビジネス。でも、女が身を売る時は、男に「嫌なことはしないからね」とは言わない。どころか、命の危険が伴うことだってありそうだ。

　自分も一千万という大金で、自身の子宮を一年間貸すことにした。だったら、クライアントである草桶夫婦が嫌がることは絶対にしてはいけないのだろうか。例えば、他の男と恒常的に性的関係を持つとか、酒やタバコを嗜《たしな》むとか、草桶夫婦のことを他人に喋るとか。それは商道徳に悖《もと》るのか？

　すると、悠子の言葉が蘇《よみがえ》った。

『ビジネスって、もっと対等な感じがするけど』

　女が身を売ったり、子宮や卵子を提供する時、女は自身の体や命を切り売りする。確かに、それは本当のビジネスとは言わないだろう。

精子提供は簡単だけど、卵子提供は排卵誘発剤を使って、卵を成熟させ、卵巣に針を刺して卵を採取するという。手順を聞いただけで、怖ろしかった。しかし、妊娠はもっと怖ろしかった。自分の子宮は、人生に関係のない子供を宿しても正常に機能し、その後も機能してくれるのだろうか。やはり、自分は神をも怖れぬ、とんでもないことに手を染めているのかもしれない。

急に考え込んだリキに、ダイキが心配そうに訊いた。

「大丈夫？　嫌ならキャンセルしてもいいよ。でも、せっかく会ったんだから、お茶でも飲んで帰ろうよ。次回ってこともあるし」

「いや、大丈夫です」

思いもかけないダイキの優しさにほだされる。思えば、男からこんなに優しくされたことはなかった。

「そう、じゃ、行こうか」

ダイキがリキの手を取った。体つきは華奢なのに、掌は分厚くて大きく、餅のように柔らかかった。

「柔らかい」

思わずリキが言うと、ダイキが掌の中でリキの手を捏ねるようにした。

「オイルマッサージが得意だからだよ。俺、うまいんだ。任せて」

その語尾には官能的な誘いがある。リキが思わずダイキの顔を見ると、ダイキが真剣な顔で見返した。「ほんとだよ。信じて」

　自分の言葉をリキが信じていないと思って、本気になっている。男の自信は何で作られるのだろうと、リキは不思議に思う。

「信じるけど」

「けど、何？」

「女が感じている根拠ってあるの？」

「そりゃわかるよ」と、ダイキが呆れたかのような声を上げた。「こっちはイカせるプロだもん」

　リキが黙ると、ダイキはムキになった。

「ほんとだよ。きっといい気持ちにさせてあげるから」

　リキは、違和感を覚えて足を止めた。でも、その違和感の正体がわからない。

「ほんとだよ」

　ダイキが、立ち止まったリキの手をぎゅっと握った。恥ずかしがっていると思っているのだろう。逆に違和感が増して、リキはダイキの顔を見遣った。私が求めていることって、こんなことだっけか。

　しかし、ダイキはもうリキのほうを振り返らず、ぐいぐいと円山町《まるやまちょう》のホテル街に連れて行こうとした。途中、自販機を見つけて、リキに訊ねる。

「飲み物買うけど、何がいい？」

「お水でいいです」

「お水？　ビールもあるよ」

「いや、水でいいです」

ダイキは、ミネラルウォーターと缶ビールを二本買い、缶ビールは自分のリュックサックに入れて、ミネラルウォーターはリキに手渡してくれた。

「あの、お金払います」

「いいよ、これくらい」

「すみません」

リキはバッグに入れていいのかどうか、迷いながら手で持った。すぐにバッグに入れるのは、図々《ずうずう》しいような気がした。冷えたミネラルウォーターのボトルから滴が垂れて、手を濡らす。

「ここでいいかな」

ダイキが指差したのは、路地に入ったところの突き当たりにある、地味なラブホテルだった。入り口にある写真パネルで部屋を選び、無人のフロントでカードキーを取り出す。リキは迷いながらも、どうしたらいいかわからずに、ダイキとともに部屋に入った。

部屋に入ると、ダイキが手慣れた様子で狭そうな風呂場に入り、湯を出した。リキは、東京に来てからラブホテルに入ったのは初めてだったから、調度を眺め回した。

暗い色のカーテンが掛かった窓があるものの、外から板が打ち付けられていて閉じ込められているような気がする。隅っこに、ちゃちなソファセットがあった。

ダイキが缶ビールのプルタブを起こして、ひとつをリキに手渡した。

「出会ったのも縁だから、乾杯しようよ」

言われるがままに、ぐちゃっと缶を合わせた。湯船にお湯の溜まるけたたましい音を聞きながら、リキはクッションのほとんど感じられないソファに腰掛けて、缶ビールを飲んだ。ダイキはベッドの端に座り、にこにこしながらリキを見ている。

「何か、俺に質問とかある？　このシステムにでもいいよ」

ダイキのプロフィールに書いてあった二十八歳という年齢が本当ならば、リキのほうが一歳年上だが、膚の感じや顔付きからすると、本当は五歳くらい上ではないかと思った。が、年齢のことを訊くのは遠慮した。

「あの、『自己紹介』のところに、元教師って書いてあったけど、何の先生だったんですか？」

ダイキは、訊かれちゃったか、とでもいうように首を竦めた。

「中学の先生だよ。俺、沖縄で教師してたの」

「ほんとに？」

「ほんとに」

ダイキは歯を剝き出すようにして笑った。どうやら、この白い歯並びが自慢らしいと気付く。

「何で辞めたの？　学校の先生っていい仕事じゃない。安定してるし、なかなかなれないって聞いたことある」

うーん、とダイキは答えを探すように宙を眺める。

「ひとことで言って、東京に行きたかったんだよ」

「あ、私と同じだ」

「ぷちとまさんも同じ？」

ダイキが嬉しそうな声を上げた。

「うん。私もともかく田舎から出ていきたかったからね。沖縄ならいいけど、私の田舎なんて、北海道のすごく小さな町だもん」

「北海道なんていいじゃん。俺、憧れるよ」

「いや、遠いから簡単に帰れないし、そうでもないよ」

佳子叔母の葬儀に行けないことを思い出して、胸が痛んだ。

「沖縄だって同じだ。簡単に帰れない。それに、沖縄って言っても、俺のとこは那覇じゃないからさ。那覇にはしょっちゅう遊びに行ってたけど、もっとでかい街に行きたいなと思って。それも大阪じゃなくて、どうせなら東京だよね」

ダイキは沖縄のどこの出身だとは明かさなかった。

「じゃ、東京でも中学の先生やればよかったのに」

「いや、無理、無理。やれないよ。東京のガキ相手なんて、考えるだけで無理」

「それで、今は商社マンなの？　すごいね」

「すごくないよ」

「どこの？」

「ま、それは勘弁して」

昼間は会社勤めで、夜は風俗の仕事をしているのだろうか。しかし、中学教師を辞めて東京に出てきて、商社マンとして働きながら、女性専用風俗の「セラピスト」になるという道が、リキにはどうしても理解できない。

詳しく聞きたかったが、ダイキが手を伸ばして、リキの膝を撫でた。

「そんな俺のことよりも、ぷちとまさんは何を悩んでるわけ？　よかったら、聞かせてくれないかな」

「悩んでるっていうか」と、すぐ言葉に詰まった。「何ていうんだろう。ちょっと自分が決めたことで、これでいいのかっていう感じかな。迷っている。でも、決めたことは確かで、もう決まりなの」

我ながら、曖昧な言い方だと思う。

「結婚、決めたの？　相手がそれでいいか迷ってるとか？」

リキは手を振った。

「違う、違う。そうじゃない」

ダイキが首を傾げる。よくわからないのだろう。

「女性用の風俗ってさ、性の悩みを持っている人が多く来るんだよね。この間のお客さんは、セックスレスだって。ダンナさんともう五年以上レスで、このまま歳を取っていっていいのかって悩んでた。だから話を聞いてあげてから、施術したんだよ。すごく喜んでくれたんで、俺も嬉しくなった。あと、処女のまま死ぬんじゃいやだっていう人も来たよ」

「その人っていくつ？」

「四十代後半だったかな」

「セックスしたの？」

「した。本当は売春になるからしちゃいけないんだけど、人助けだと思ってしてあげた」

ダイキがあっけらかんと言う。

「人助けですか」

「うん、俺の仕事って、そういう側面はあるよ。女の人って、自分の欲望とうまく付き合えないようにできてるんだよね。欲求不満でも、それを表に出せないじゃない。男は風俗とか受け皿が整っているからいいけどさ。だから、気の毒だと思うよ。だって、満足さえすれば一応は治まって、また楽しく暮らせるんだもの。女の人にもそういう欲求があるってことを、もっと社会が認識しなきゃいけないんだ。てか、女の人自身も知るべきだよ。溜まったら、また俺たちを利用してくれればいいんだよ」

なるほど。ダイキは確かに中学教師だったかもしれない。説得がうまい。小さく嘆息すると、その様子を見ていたらしく、ダイキが問うた。

「ぷちとまさんも、そんな感じなの？」

「いや、そういうのも確かにあるんだけど、私の今の状況を何て説明していいかわからない」

なぜ、快楽だけが欲しいと言えないのだろう、と自分が訝《いぶか》っている。本当はそうではないからか。自分を誤魔化すために、またビールを飲んだ。

湯が溜まったらしく、音が変わった。ダイキが立ち上がって、風呂の湯を止めてきた。

「お風呂、もう入れるよ。時間がなくなるから、入る前に料金の説明と、オプションとか決めようか」

ダイキはリュックサックから、クリアファイルを取り出した。カラーコピーで料金が書いてある。百二十分で、一万六千円。

「延長は、三十分五千円。初回は三千円引きだから、お得だよ」

「時間って、会った時からですか？」

「いや、今からでいいよ」と、また腕のアップルウォッチを見る。

「すみません。じゃ、申し込んだ通り、二時間でお願いします」

「メニューは、オイルマッサージと性感マッサージでいい？　それが普通のコースなんだよ。恥ずかしかったら言って。アイマスクあるから」

ダイキはリュックサックの中から、アイマスクを出して見せた。

「それって他の人も使ったんですか？」

「いや、新品。百円ショップで買った」

「アイマスクも売ってるんだ」

「何でもあるよ。オイルはちゃんと本物のアロマオイルだからね」

ダイキが、どぎつい緑色の液体が入っているプラスチックボトルを見せた。液体はとろりと揺れているが、リキには、それが洗口液に見えた。

「香りは、シトラス」

「シトラスね」

「お風呂に入ってきなよ。リラックスするのが一番なんだから」

頷いて風呂場に入ったが、まだ決心がつかなかった。とうとう、服のまま風呂場から出た。ダイキは驚いた様子もなく、クリアファイルを手にしたまま立っていた。

「どうしたの、やめる？」

「何か違う気がして。うまく説明できないんだけど」

ああ、つくづく自分は理屈っぽくて、しちめんどくさい女だと思う。慎重な質だなんて自称しているけれども、要するに、優柔不断で勇気のない人間でしかない。

テルなら、こういう時にどうするんだろう。と、想像した時、テルはソム太が可哀相だから男は買わない、と言っていたことを思い出した。リキは、お金がないせいだと思っていたけれども、それは間違いで、真実だったかもしれない。テルの心を舐めていた気がして、恥ずかしくなった。同時に、ソム太という存在のいるテルが羨ましい。実は、快楽を得るべきではないかと思っていたが、間違っていた。妊娠する前に、快楽を得る前の段階、つまり恋愛を必要としているのではないかと思い至る。

「泣いてるの？」

ダイキに言われて、リキはびっくりした。

「いや、泣いてなんかいないけど」

慌てて指で目許を拭うと、確かに涙が流れている。

「大丈夫？　よかったら話しなよ」

リキは途端に気が抜けて、風呂場の前のカーペット敷きの床にぺたんと座り込んだ。涙が頬を伝った。代理母のことで、自分がいかに無理をしていたのか、初めて知った気がした。そして、佳子叔母の葬儀に行けないことが悲しく、辛いと思っていることも。

「俺でよかったら話しなよ」

「こんなことする前に、誰かと恋愛したかったと思ったの」

「こんなことって、このこと？」

ダイキがクリアファイルを指差した。

「違う。ある仕事のことです」

「どんな仕事？」

「言いたくない」と、首を横に振った。「てか、言っちゃいけないことだと思う」

「いいよ、無理に言わなくて」

ダイキがリキの頭を撫でてくれた。いい子、いい子するように。

「そのことが重荷で、仕方がないの。でも、やることに決めたの。だって、私はお金がないから、欲しくてたまらなくて。まとまったお金さえあれば、アパートも引っ越せるし、いろんなことできると思うし。私はもう疲れたの。お金がなくて、いつも倹約して、今月はどうやって暮らそうと悩むことに」

「わかるよ。俺だってそうだもん」

「だって、商社マンでしょう？」

リキは涙に濡れた目で、ダイキを見上げる。ダイキが苦い笑いを漏らした。

「いや、フリーの商社マンだよ。会社には属してないの。個人輸入だからさ。そう儲《もう》かるわけじゃない」

なあんだ。可笑しくなって少し笑った。

「それに俺、沖縄だけど、離島の出身なんだよ。人口二千もないちっちゃな島。そこは中学までしかないの。高校はだいたいみんな本島に行くんだよ。俺も本島の高校と大学に行ったけど、離島出身だからって苛められた。島に戻って教師やったけど、本島を知っちゃうと、もうつまらなくていられないんだよ。それなら、東京に行こうと思った」

「なあんだ」と、声にする。

「なあんだ、だろう？　俺がこの仕事してるのも、食い詰めたからだよ。でも、いろんな女の人と知り合うから面白いなと思ってる」

「それって、綺麗ごとじゃなくて？」

自分のどこに、こんな意地悪なことが言える神経があるのだろうと思う。だが、ダイキは気を悪くした様子もなく、明るく笑っただけだった。そこは、いかにも子供を相手にする教師っぽかった。

「いや、俺は根っからの女好きだもの。セックスも好きだし、これは天職だと思ってる。あなたも、俺に任せるといいよ」

そうではないのだ。誰もわかってくれない。リキは、おのれの孤独の深さに、溜息を吐いた。

「あ、今、おっきな溜息吐いたでしょ。聞こえたよ」

「え、そう？」

「吐いてたよ、はああって。そんなに俺といるのが嫌なの？」

ダイキが阿《おもね》るように言って、大袈裟に溜息を吐く真似をした。

「そうかな、わかんなかった」

リキは首を傾げた。ダイキがしつこいので、少々うんざりしている。すると、間髪を容《い》れずにダイキが低い声でのんびり呟いた。

「煮い切らんにぃ、なんか知らんくどぅさあ」

急にイントネーションが違って聞こえたため、皮が一枚剝けて、本当のダイキが姿を現したかのような気がした。リキは思わずダイキの顔を見た。眉が濃くて目が大きいだけに、逆にダイキの肉体の貧相さが際立つ。

よく知りもしない男と二人きりで、ラブホの空間にいることが不思議だった。どうしてこんなところに自分はいるのだろうと、時間と場所の記憶をなくしてうろたえているような心許なさだ。

リキの動揺を悟ったのか、ダイキがリキの両肩にそっと手を置いた。

「リラックス、リラックス。リラックスしないと、気持ちよくならないよ」

両手で、肩を撫で回す。

「でもね」

「いいから、いいから。ここに座って。ね、リラックス」

脇の下に手を入れて、体ごと持ち上げられる。ベッドに腰掛けさせられると、カーディガンをくるりと剝がされた。ダイキは、リキのTシャツの上から分厚い乳房にいきなり触った。ユニクロのキャミソールのカップ下にある乳首を、指先で探し当てようとするので、リキは身を捩《よじ》って避《よ》けた。

「いいね、立派なおっぱいでいいね。俺、こういうおっぱい大好き。ほんと、ぷちとまさん、素敵だよ。いい女だよ」

Tシャツをするりと頭から抜かれて、キャミソール姿で呆然としているリキに明るく言う。乗らないリキを見て、作戦を変えたのだろう。

「お風呂入るなら、俺が洗ってあげるよ。恥ずかしがることないよ。こっちは慣れてるから。みんな、最初は照れちゃうんだよね。知らない男と一緒にいるのがちょっと怖いし、どうしたらいいかわからないからさ。そうだろう？」

一瞬、姿を現したダイキの本性のようなものは、また注意深く、どこかに潜り込んでしまったようだ。

「いや、でも、いいです」

リキは立ち上がって、ダイキの手を払った。自分の欲しいものは、こんな男に与えてもらう性の快楽ではない、と強く思った。ダイキはそんな事態に慣れているのか、平然としている。

「じゃ、ちょっと話そうか」

「いや、話しても仕方ないんで」

「あれ、そうなの？」

ダイキは、いきなり支えを外されたかのような、おどけた仕種をした。

「すみません、ダイキさんを傷付けるつもりとかは全然なくて」

そう言いながら、リキはダイキがこんなことで傷付くはずがないと思っている。

「いやあ、ショックだよ。だって、俺、一応セラピストだからさ。職能的にショックを受けている」

職能的という言葉を、リキは知らない。

「セラピストの資格、本当にあるんですか？」

「正式なのはないけどね」

ダイキはへらへら笑って、板のように硬いソファに腰を下ろした。まだ残っているビールを飲み干す。

「でも、中学の先生だったんでしょう？」

「そう、マジでそう。でも、俺のことなんか、どうでもいいよ。それより、ぷちとまさんの話をしようよ。施術要らないんだったら、何でマシュクラに申し込んだの？」

マシュマロクラブというふざけた名前を縮めて、マシュクラと呼ぶらしい。

「何となく」

「欲求不満とかじゃないの。気持ちよくなりたくないの？」

「そういう気持ちがあったけど、ここにきたら、何か違うような気がした」

リキは正直に答えた。

「さっき恋愛したいって言ってたね。そういうこと？」

「まあ、そうだけど」つい、本音を口走ってしまったことが恥ずかしくて、リキは慌てた。「何か、もっと前の段階があるな、とか思って。誰かを好きになりたかった」

「俺じゃ駄目？」ダイキがふざけて、自分の顔を指差す。「俺って、東出昌大に似てるって、よく言われるんだよ」

「眉だけ似てる」

「きびしいな。てか、俺じゃなきゃよかったとか、そういうこと？」

「いや、だって指名したし」

満足げに、「うん」とダイキは頷いた。

「でさ、さっきぷちとまさんが言ってた仕事のこと、ちょこっと聞かせてよ。俺でよければ助言する」

「ジョゲン？」

「アドバイス」

通じないと思ったのか、ダイキが言い直した。

「そのくらいわかるよ」

「だよね」と、ダイキは白い歯を見せつけるようにして笑った。「マジ、仕事のこと聞きたい。あれだけ悩んでいたんだからさ」

日本では、卵子提供も代理母も法整備ができておらず、社会できちんと認められていない、と聞いているから、他人に話すこともいけないのだろうけれど、リキの口からつるりと言葉が出た。

「他人の子供を産む仕事」

「へえ、すげえ」

ダイキが驚いたように、大きな目をさらに丸くする。

「でしょ？　本当はいけないいらしいから、誰にも言わないで」

「言うわけないよ」

「うん、ありがと。私はお金がないんで、ほんとに疲れちゃったの。だから、もっといい仕事したいといつも思ってる。でも、そんないい仕事なんて、この世にないじゃん。バイトとか派遣なんて、時給安いもの。友達で、ダブルで風俗やってる子がいるけど、あまり儲からないって言ってた。だから、そんな気も起きないし、知らない男と二人きりになるのも嫌だし、だったら、いっそ子宮を売ろうかと思ってるの。つまり、子供のできない夫婦の子供を代わりに産んでやる仕事。でも、そのことがまだ割り切れてないんだよね」

「代理母ってやつか」ダイキが身を乗り出した。「そういう仕事があるって聞いたことあるけど、直《じか》で聞いたのは初めてだな。でも、女の人なら誰でもできそうだから、今後あり得るね。新ビジネスだね」

「ビジネス」また悠子の言葉を思い出した。「でも、対等じゃないでしょう？　何か私だけが損している気がするんだよね」

「そうかな。でも、代理母なら、結構な金くれるでしょう。その金と合わない気がするわけ？」

いや、とリキは首を横に振る。

「お金はたくさんくれると言ってる。ただ、何か割り切れないだけなの」

「じゃ、やめればいいよ。それだけのことじゃん」

訛りがあるのに、語尾に「じゃん」と付けるのがわざとらしく聞こえた。

「子供を産むのが怖いし、リスクもあるからさ」

「だよな」

「でも、人助けになるのかなとも思うし」

突然、ダイキが大きな声で笑った。

「人助けって、俺みたいな仕事だよ。欲求不満の女の人を気持ちよくさせて、幸せにしてあげる。でも、その場限り。その程度のことを、人助けって言うんだよ」

「妊娠・出産は、そうは言わない？」

「ちょっと、でか過ぎるかな」

「人助けではない？」

「うん。もっと大きなことだよ。だから、ビジネスってことじゃない？」

「ビジネスなの？」

リキは混乱して繰り返した。悠子に、『ビジネスって、もっと対等な感じがするけど』と言われて以来、「人助け」だと思おうとしているのに、ダイキは否定する。

「気に入らないなら、取引ってのはどう？」

「取引か」

確かに、「取引」の方がしっくりくるようだ。が、しかし。まだ何か割り切れない。

「あ、また溜息吐いてる」と、ダイキに指摘された。「そんなに嫌なら、やめればいいじゃん。それだけの話だよ。だって、悩んで泣いちゃうほど嫌なんでしょ？」

図星だ。しかし、一千万という金額は魅力的だった。一千万円も手に入れることができるのなら、仕方がないとも思える。考え込んだリキの顔を、ダイキが覗き込んだ。

「相手は、子供を産んだらいくらくれるって言ってるの？」

「言いたくない」と、頭を振った。

テルにも金額は伝えていない。言ったら、唖然とするに決まっていた。そして、代理母に是非に、と乞われたリキを羨ましがるだろう。

「気持ちと折り合いがつくなら、やればいいよ」

「つかないから迷っているの」

堂々巡りだった。やはり、金額ではないのだ。一億円積まれたら、もちろんやるだろう。いや、一千万でもやる。五百万でもやるだろう。けれども、心の中にわだかまっているものは何か。その芯を摑まえられずに、ずっともやもやしている。

ダイキがリキの肩をぽんと叩いた。

「ね、あまり考え込まないで。もう一時間も経ったよ。時間がもったいないから、風呂に入っておいでよ。俺、マッサージしてあげるからさ。性感抜きのただのマッサージなら、いいでしょう。だから、気にしないでリラックスしなよ。風呂から出る時に、これ穿いてきて」

手渡されたのは、くるりと丸めた紙製のパンツだった。リキはパンツを受け取った。水道代やガス代がもったいないので、アパートで風呂に入るのは週に二、三回で、普段はシャワーだ。

マッサージくらいならいいだろう。それに、久しぶりに風呂に入りたかった。

リキは狭い風呂桶に、体育座りの格好で両足を抱えて浸《つ》かった。湯はすでに温《ぬる》くなっていたが、体の中にはびこっている、しちめんどくさい意地のようなものが溶けてゆくような気がした。

不意に、ダイキに一万六千円払って、さらにホテル代も自分持ちだとしたら、二万以上の出費になることに気が付いた。残りは三万もない。草桶夫婦にもらった五万円をまるまる残していれば、北海道の実家に帰ることもできたのだ。佳子叔母の初七日にも間に合ったのに、無駄遣いをしてしまった。

私はいったい何をやってるんだろう。居ても立ってもいられないような気がして、ざばんと大きな音を立てて風呂から出た。

「すげえ音。大丈夫？」

浴室のドアの外から、ダイキの声がした。

「大丈夫です」

「早くおいでよ。二十分も入ってるよ」

ごわごわする紙パンツを穿き、バスタオルを体に巻いて出ると、ダイキが水着のようなぴったりしたパンツを穿いた姿で待っていた。ベッドには、ホテルの薄っぺらいバスタオルが敷いてある。

「うつぶせに寝て」

背中にとろりと生温い液体がかけられた。シトラスというよりは、トイレの芳香剤の匂いがしたが、リキは黙ってされるがままになっている。

「凝っているところない？」

「首と肩」

「性感マッサージは本当にいいの？」

「それは今度でいいです」

「今度」と聞いて気をよくしたのか、ダイキが張り切って返事をする。

「了解」

自慢するだけあって、ダイキのマッサージはうまかった。厚みのある掌が器用に動いて、リキの柔らかな肉を摑み、凝りの芯を探り当ててゆく。首と背中の凝りが揉みほぐされて、気持ちがよかった。

いつの間にか微睡《まどろ》んでいたらしく、浅い夢を見ていた。テルと一緒の風俗店で働いている夢だった。テルも自分も、なぜかごわごわした紙パンツを穿いてお喋りをしている。すると、草桶基が入ってきて、この人がいい、とテルを指差す。リキは夢の中で、半分ほっとして、半分妬んでいた。

「凝ってたね」ダイキの声で目が覚めた。

「そろそろ時間だよ」

リキは体を捩って、ダイキを見上げた。微かに息を切らしたダイキの額に、汗が滲《にじ》んでいた。

「あのう、セックスしてくれませんか」

なぜ、そんなことを口走ったのか、自分でもわからなかった。マッサージを受けて気持ちはよかったが、性感が刺激されたわけではない。挿入されたいほど、ダイキが気に入ったわけでもない。このままでは金がもったいないと、けち臭く考えたのは少しあったかもしれない。自棄ではないものの、今までの自分と違うことをしたい、という願いも若干あった。ともかく、これといった明確な理由はないままに、リキはラブホのベッドの上で、両腕を広げて仰臥《ぎょうが》した。

「じゃ、三十分延長ってことでいい？」

「いや、一時間延長でお願いします」

「了解。コンドーム持ってるから安心して」

ダイキがパンツをずり下ろして、性器をしごくところを横目で見てから、リキは目を固く瞑った。

ダイキが体内に入ってきた時、リキは変な感慨に浸っていた。これでは、佳子叔母の供養にならない。佳子叔母なら、残り時間が少ないのに、どうしてそんな無駄なことをしている、と怒るだろう。確かに、恋心も抱いていないよく知らぬ男と、金を払ってまで性交するなんて、これまで考えたこともなかったし、たとえ考えたとしても、自分が実践できるとは思ってもいなかった。

だが、リキは満足だった。自分の上に乗っているダイキの硬い体を抱き締める。自分の金で、ダイキの性的奉仕を買っているのだから、ダイキを抱き締めることは、自分を抱き締めることでもある。

「いいね、ぷちとまさん、いいよ。すごくいい」

ダイキはそう言いながら、体を動かし続ける。そして、大きな声を上げて果てた。荒い息を吐きながら、リキの髪を優しく撫でて、「いった?」と訊ねる。

リキは強く頭を振った。これまで付き合った男たちには気を遣って、いかなくても「いった」と嘘を吐くことが多かったが、ダイキには正直でいいのだと思った。でも、ダイキは多分、正直ではない。

「次は絶対にいかせるからさ、また呼んでよ。いや、後で俺のLINE教えるから、直でいいよ。店を通さないで会おうよ。その方が安いし。俺、ぷちとまさんともっと話したいし、また会いたい。いいでしょ?」

「いいけど」

「ぷちとまさんは、何か変わってる。これまで会ったことのないタイプだよ」

シャワーを浴びてきたダイキが、濡れ髪のままで黒いパンツを穿きながら言った。

「どういうタイプ?」

「ひとことで言えないから、考えておくよ」

また会った時に話そうということか。リキはダイキとなら、金を払って関係を持ってもいいと思った。自分が、得体の知れない風俗の男と性的関係を持つことが、草桶基に対する復讐《ふくしゅう》のような気がしたのだ。

基は、自分の子を産む女はもっと清潔であってほしい、と願うはずだ。リキには、自分はこうやって、あの「取引」と折り合いをつけていくのだろうという予感があった。

駅からの帰り道、リキはテルにLINEで報告した。「ダイキ、結構よかったよ」。テルからは、「わっふーい！」と、ウサギが叫んでいる変なスタンプが送られてきた。その数分後、コンビニに入った時に、テルから電話がかかってきた。リキは外に出て、ぼそぼそとテルと話した。

「気持ちよかった？」

「いや、そうでもなかったけど、セックスしちゃった」

声を潜めて言う。

「へえ、挿れたんだ」

「そう、挿れた」

ダイキの男根を自分の膣に挿れた。いや、その前に指を入れられ、舐められもした。ダイキのことは好きではないが、そう嫌いでもない。愛はなくても、セックスはできる。リキはまず恋愛だと思ったが、とりあえず先にセックスをしても、何かが生まれてくるかもしれない。

「テル、セックスから何か生まれるかな」

「何もないよ。子供が生まれるだけじゃん？　擦《こす》れて痛くて最悪なだけだよ」

テルは醒《さ》めた口調で言う。

「でも、ソム太とセックスするんでしょう？」

「そりゃするよ。彼氏だもん」

「ソム太とは気持ちいい？」

「まあまあかな。ソム太は奉仕してくれる」

「お客とはどう？」

「いやいややってるよ。客が私の胸に汗垂らしたりすると、ゲロ気持ち悪くて、やめてって叫びたくなる」

それなら、ダイキは全然マシだとリキは思った。


翌日、リキは病院に着いた後、できるだけ早く病院を辞めたいことと、契約の更新はしない旨を、派遣会社にメールで伝えた。その知らせはすぐに病院にも届き、早速事務長との面談があるだろう。だが、病院側も、派遣会社から新たな事務員が来れば問題はないのだから、すべては滑らかに進むはずだ。が、退路を断った気がした。

昼休み、リキはいつものように休憩室に行き、テルと昼ご飯を食べた。リキの弁当は、昨夜コンビニで買ったおにぎりとカップ麺だ。テルは珍しく、スーパーで買ったという鶏挽肉《とりひきにく》のハンバーグ弁当だった。

「夜七時以降に買いに行くと、弁当が六割引になってるの。いつも売り切れてるんだけど、昨日はあったからトンカツ弁当と、ハンバーグ弁当ふたつ買った。ねえねえ、ふたつで五百円もしないいんだよ。トンカツの方は昨日食べちゃった」

テルは嬉しそうに言って、割り箸を割った。ハンバーグは小さいけれど、シュウマイや野菜とがんもの煮物などが入っていて豪華だった。

「いいな、豪華じゃん」

「今度、リキにも買ってきてあげるよ」

「うん、ありがと。でも私、派遣会社に辞めるってメールしたんだ。だから、もうじき辞めるの。テルも辞めるでしょう?」

テルが弁当から顔を上げた。

「それだけどさ。もうちょっと考えようと思ってるんだ」

昨日は、一緒にハワイに行こうと言っていたのに、どうした風の吹き回しだろう。

「ソム太?」

「うん、ソム太に言ったら、卵子のことは反対だって言われちゃった」

「何で?」

「私の子供がどこかで生まれたら可哀相だって。ソム太はさ、本当のお父さんに会ったことがないから、子供をそういう目に遭わせたくないんだって」

「なるほどね」

「だからさ、私、愛知に帰ってソム太と暮らそうかと思ってるんだ。二人で稼いだら、まだ暮らせるじゃん」

怖ろしいほどの落胆が、リキを襲った。テルが卵子提供を決意したからこそ、自分も代理母を承知したところがある。

「テルと一緒だったから、いろんなことが我慢できたし、代理母になる決心もしたのに」

やっとの思いで言うと、テルが謝った。

「ごめんね。リキに付き合うつもりだったんだけど、ソム太もそう言うし、私も東京にいるの疲れたし、金も貯まらないし。もう自己破産とかして、やり直そうかと思ってるんだ」

「自己破産したら大変らしいから、もうちょっと頑張ったら」

テルがハンバーグを崩していた箸を止めた。

「リキはさ、代理母になるのに、お金をいくら貰うか、私に言わなかったじゃない。多分、すごい金額だから、言いにくいんだろうなと思った。でも卵子提供なんて、貰っても五十万くらいじゃない。私の借金はまだ四百万以上もあるんだから、それじゃ追っつかないし、よく考えたら割に合わないと思って」

　ああ、テルはお金のことを気にしていたのだ。それでもリキは、草桶基に一千万と吹っかけたことを言えなかった。テルが硬い表情で言う。

「青沼さんには、断っておくよ」

「わかった」

　リキの意気消沈ぶりを見てさすがに哀れに思ったのか、テルがまた小さな声で謝った。

「リキ、ごめんね」

　その時、スマホにメールの着信があった。まるで計ったかのように青沼からだった。土曜にでも、草桶夫婦との契約のことで、事務所に来てほしいという。

「覚え書き程度のものですから、あまり堅苦しく考えないでください。それを交わしてから、大石さんには前渡し金が支払われる段取りです。そのお金で生活環境と体調を整えて頂いて、それから人工授精の日取りなどを決めましょう。よろしくお願いします」

　人工授精の日取り。いよいよ、草桶基の精子を胎内に入れる日がくる。

「誰からのメール？　青沼さん？」テルは勘がいい。リキが頷くと、「頑張ってね」と励ましてくれたが、何をどう頑張るのかリキにはわからなかった。

4

　思うように仕事が捗《はかど》らなかったため、悠子の帰宅は九時を回った。

基に、「遅くなりそうだから、先に食べてて」と、LINEしたら、「じゃ、そうする」と返答があったのに、テーブルの上の料理は手つかずだった。ワイングラスもふたつ出ていたが、飲んだ形跡がない。

基の生活は規則正しい。毎朝六時に起床して、ストレッチをしてから、コーヒーとサラダやフルーツなど、簡単な朝食を摂《と》る。そして、マチューを連れて散歩かたがた、のんびりと稽古場に向かうのだ。週に二日、夜に教えるクラスがあるが、ない日は買い物をしながら帰ってきて夕飯を作る。六時半には必ず二人で食事をしようと言われているので、悠子もその時間までには帰るようにしていた。

夜のレッスン日は、代わって悠子が食事を作り、基の帰りを待って食事する。日曜は二人で外食することもあるが、夕食はほとんど同じ時間に、あまり代わり映えのしないメニューを食べるのが二人とも好きだ。

今夜もそうだが、よく食卓に上るのは、イタリアンプレート風のメニューだ。野菜を茹でて彩りよく並べ、ついでに生ハムやチーズやキウイなども載せて、オリーブオイルと塩で食べる。体型維持に気を遣う基が好む適当な料理だ。いや、料理と言えるほどのものではないが、これだけでも結構、腹が満たされる。

しかし、遅くまで仕事をして空腹だった悠子は、パスタでも足そうかと冷蔵庫を物色し始めた。冷凍エビとチーズを見つけたので、ペンネとからめようかと思案する。でも、基はパスタには手を付けないだろうから、自分が食べるためだけに、これから調理するのは、少し面倒に感じられた。逡巡《しゅんじゅん》しているところに、背後から基の声がした。

「お帰り」

寝室から、基が現れた。うたた寝でもしていたのか、髪が乱れている。

「ごめんね、遅くなって」

「いいよ、いいよ。お疲れさん」

基は、こういう時は優しい。

「先に食べてなかったの？」

「うん、ちょっと寝ちゃった」

「モトがこんな時間に寝るなんて、珍しいね」

「それよっか、この動画見て」

基が嬉しそうにスマホを差し出した。黒い画面に、丸いレンズのようなものが映っている。

「何これ？」

「ま、いいから見てなさいよ」

基が、悠子の眼前にスマホを差し出した。やがて、レンズの中に小さな虫のようなものが、多数蠢《うごめ》いているのが見えた。

「これ何？」

「俺の精子だよ」

悠子は驚いて、いたずらっぽい笑いを浮かべている基の顔を見た。

「どうやって撮ったの?」

「拡大して精子を見られるキットを売ってるんだよ。それをネットで買ってみたんだ。ついでに精子を元気にするというサプリも買って飲んだ。病院のじゃないから半信半疑だったけど、結構効いてるみたいで驚いたよ。な、俺の精子、元気だろ?」

基は嬉しそうに動画に見入っている。

「ほんとだ、元気だね」

悠子が同意すると、基は面映《おもは》ゆそうに笑った。

「うん、実を言うと感動したよ。四十三歳になっても、元気なんだなって。最近、妊活やめたじゃない。だから、まだ俺の精子はちゃんと生きているだろうかと心配になったんだ。それで、本番の前に確かめようと思って買ったんだよ」

「へえ、そんなキットがあるなんて知らなかった」

基と悠子は先週、リキと代理母の契約をしたばかりだ。リキに子供を産んでもらうことが現実となったため、基は急に不安になったのだろう。しかし、嬉しそうに動画を何度も再生しては見入る基に、悠子は複雑な思いを抱いた。

妊活は、女にはきつい。タイミング法でも妊娠できずに、人工授精に切り替えた時、悠子が妊活をやめたくなった理由は、卵管造影や、カテーテルを子宮に入れられる時の痛みだった。子宮口から無理に管を入れるので、大きな苦痛を感じるのだが、悠子が感じた痛みは、肉体的な痛みだけではなく、もっと根源的な痛みだったような気がした。

恥ずかしい格好をして、基の精子を他人の手によって、子宮に注入されるということ。それは、いつかテレビで見た、家畜の種付けを思い起こさせた。人間も家畜も、原理は同じなのだということを、我が身で痛いほど感じられて、悲しみと恥ずかしさを覚えたのだった。

そんな思いをしているのにどうしても成功せず、とうとう「不育症」と「卵子の老化」だと診断された。これまでの努力が無駄になったと落胆したものの、これでやっと苦痛から解放される、という思いもなくはなかった。だったら、養子をもらうという手もあるし、あるいは夫婦二人で生きていくのもいい、と考えを変えようと思った矢先に、基は意外な道を選択した。

「男はいいわね」

辛かった経験を思い出すと、思わずこんな言葉が出てしまう。すると、案の定、基が過剰反応をした。

「そんなことないよ。男は出すだけって思ってるんだろうけど、男だって、自分の能力を測られるようで恥ずかしいんだ」

「でも、肉体的痛みや、脚を広げる恥ずかしさはないよね」

「そうだけどさ」基が顔を曇らせた。「でも、男の限界は早いよ。女は灰になるまでって言うじゃない」

「そんなの嘘だと思うよ」

悠子は鼻先で笑った。

「セックスができるってことだよ」

「できないことはないかもしれないけど、私が言いたいのは、生殖能力のことよ。男は七十になったたって、子供を作れる人はいるじゃない。女はそうはいかないもん」

不育症である上に、卵子が老化しているために妊娠は不可能に近い、と断じられた時の失意が蘇る。基は察したのか、慰めるように悠子の肩をぽんと叩いた。

「ま、いいじゃないの、その話は。もう、大石さんに頼んだんだからさ」

「そうだけど」

悠子は、すでに話がついたかのような基の言い方が、少し嫌だった。

「そうだけど、何?」と、基。

「育てるのは私たちなんだから、産めなかった私にもっと気を遣ってくれてもいいんじゃないか、と思ったの」

「そうだね、ごめん。無神経だった」

基が抱き寄せるような仕種をしたが、まだ自分を理解していないように思えて、悠子は身を捩らせて避けた。

「何だよ」と、基が肩を竦める。

「それより、早く食べようよ」

「うん、腹が減ったよ。食べないでオナニーしてたんだから」

悠子は思わず、基の顔を見て笑った。そうだ、妊活は痛くて恥ずかしくて悲しいだけでなく、どこか滑稽でもある。病院の別室でアダルトビデオを見せられて、オナニーをしている夫たちを想像して、笑ったことだってあったではないか。

結局、悠子は、ペンネを茹でて、戻した冷凍エビとチーズで和えた料理を足した。滅多に炭水化物に手を出さない基も、腹が減ったのか半分以上食べた。

「うまいね、ペンネ。悠子の料理はセンスがいいよ」

「そう、ありがとう」

基は上機嫌で、口を滑らせる。

「生まれてくる子は、俺の遺伝子を引き継ぐけど、片方は違うからな。料理の腕はどんなもんだか」

「あら、大石さんだって、料理上手かもしれないよ」

「まさか。北海道の田舎出身だって言ってたから、シャケやイクラの石狩鍋《いしかりなべ》ばっかで、しゃれた料理なんて、食べたことないんじゃないの」

悠子は「イクラ」と聞いて、少女が腹を押されて、イクラの粒を膣から出すアート作品を思い出した。

「意地悪ね。代理母になってくれる人に、そんな酷《ひど》いこと言って」

「ごめん。ほんの冗談だよ」

基は少し酔っているようだ。悠子は話題を変えた。

「大石さんて、理紀という名前なのね。男の子みたいな名前で、嫌だったでしょうね」

基はワインを飲みながら頷いた。

「うん、リッキーって呼ばれてたって言ってたね」

「珍しい名前だものね」

「あの子は、体がしっかりしてる。健康美というやつだね。きっと丈夫な子を産んでくれると思うよ」

基が好ましそうに言った。

「それにしても、大石さんはよく承知してくれたと思うわ」

先日、取り交わした契約書では、病院勤務を辞めたら、なるべく負担を少なくするために、まずは人工授精を行うことになっていた。それでも妊娠しなかったら、体外受精に進む。

その準備金として、まず二百万。妊娠がわかった時点で三百万。子供が生まれたら、残額を支払うという取り決めをした。さらに、子供が誕生した後、回復状況を考慮しつつ、なるべく早く去る。代理出産のことは青沼から紹介される担当医師にのみ事情を伝え、他の病院スタッフには一切口外しないこと。リキには生活面で必要なものは随時提供されること、また、リキの身辺に変化が起きた場合は逐一報告の義務があることなどが盛り込まれた。

「大石さんには感謝してるよ。だけど、うちのおふくろは、プランテへの支払いもあるのに代理母に一千万も払うのか、と驚いてた」

「お義母様《かあさま》が？」

辛辣で、厳しいものの見方しかしない千味子ならば、それくらいのことは言うかもしれない。

「もっと安くて済む人はいなかったの、と言われたよ。だけど、俺はあの子が気に入ってるんだと言っておいた。いくら借り腹だって、知らない国の知らない女になんか産んでほしくないだろうって」

「借り腹って言い方、失礼じゃない？」

「ごめん、口が滑った」

悠子が窘《たしな》めると、基は恥ずかしそうな顔をしたが、本心ではそう思っているのだろう。基は、「知らない国の知らない女」よりは、出自もわかっていて、健康そうなリキが産んでくれるので満足しているのだ。

「そうだ、おふくろが、大石さんをスタジオに住まわせたい、と言ってるんだ。部屋が空いてるから、妊娠がわかったら、ここで養生すればいいって。確かにそれはそうだなと思うから、提案してみるつもりだよ」

悠子は思わず訊いた。

「彼女が承知すると思う？　今時の若い子よ」

「どうだろう。でも、家賃は要らないし、メシはおふくろが作るだろうから、何もしなくていいし、楽なんじゃないかな」

基は楽観的だ。が、悠子はリキが承知するとは思えなかった。リキはまだ代理母になることを迷っている。迷いながらも契約を結んだのは、よほど今の状況が苦しいのに違いない。悠子は、レストランのトイレで鏡の中の自分を見つめていた、リキの暗い眼差しを思い出して、苦しい気持ちになった。

『ビジネスって、もっと対等な感じがするけど』

あの時、思わず口走ってしまった言葉に、リキははっとした表情を浮かべたのだ。リキの心の中で引っかかっているものに、悠子は言葉を与えてしまったのかもしれない。

「今の若い女の子は、もっと自由にしたい、と思うんじゃないかしらね」

「だけど、妊娠したら、俺の子なんだから、ある程度、こっちの言い分を聞いてもらわないと困るよね。他の人間との付き合いも考えてもらわないと」

基は言外に少し傲慢さを滲ませている。そして、そのことに気付いていないのは、精子の運動量を見て安心したせいではないか。

「その言い方は、不遜に聞こえるよ」

「そう言うけどさ。彼女には大金を払うんだよ」

「でも、そこまで彼女の自由を奪っていいのかな」

「自由を奪うんじゃなくて、安全と安心を与えたいんだよ。言うなれば、家族みたいなものじゃない」

安全と安心は、リキ本人がそう感じなくては意味がない。だから、与える、というのは偉そうだ。悠子は黙ったものの、内心では、いくらでも湧いてくる疑問や不快感と闘っていた。

「生まれてくる子が、私を本当の母親ではないと知ったら、どうなるのかしら」

思わず呟いた言葉は、基の耳に届いたようだ。

「俺は、その子には真実をいつか教えなければならない、と思ってるよ。自然なことだし、海外では養子には早い時期から教えているみたいじゃない」

「でも、本当の養子じゃないし、ここは海外じゃないよ」

悠子は反論する。基の子ではあるが、自分の子ではない。その子は、自分をどう思うだろう。真実を知ったら、実の親であるリキに会いに行こうとするのではないか。

母親として育ててきても、いつか背かれるような気がするのは、どうしても自信が持てないからだろうか。

こんな心配がある、あんな不安もある、と基にいくら言っても無駄なのかもしれない。女と男の感覚は、どこまでいっても平行線で、交わることはないから。だけど、私たちは、それでも夫婦なのだ。

悠子はワイングラスを傍らに置いて、議論で火照った頬を両手で押さえた。

数日後、寺尾りりこから久しぶりにLINEがきて、どちらからともなく、食事に行こうという話になった。場所は、りりこが取ってくれた。神田にある、中国東北料理の店だという。

庶民的なガード下の店は、入るのが躊躇われるような大衆酒場の雰囲気だった。早めに着いた悠子は、みしみしする二階への階段を上った。二階は、すでにサラリーマン風の男たちでごったがえしていて、誰もが大声で喋っている。ものすごい喧噪《けんそう》だった。

りりこが来るまで、一人でどう過ごそうかと心配していたら、隅の席から、りりこがにこりともせずに手だけ振って寄越《よこ》した。

黒いロンTに黒いスカート、黒いソックスと、相変わらず黒ずくめの格好に、真っ青な色のベレー帽を被っている。この間は朱で、今日は青。化粧気がない上に、不機嫌な陰鬱顔をしているから、青いベレーだけがやたらと美しく見える。

「アートっぽいね、りりこの格好」

「とりあえず、生ビーでいい？」

「挨拶もなしで、いきなりくるね」

悠子は苦笑して、席に着いた。

「あとね、ラム肉の串焼きと、ラム肉のクミン炒め、ラム肉のおやき、干し豆腐の冷菜でいいかな？」

一人でメニューを見ながら、注文する料理を勝手に決めた後、りりこは初めて顔を上げた。

「悠子、ラムは大丈夫？」

「好きだよ。だけど、ラム料理多くない？」

「そうかな。このくらい食べられるよ」

注文した後、りりこはテーブルの上に覆い被さるように両肘を突いて、店内を見回している。悠子も釣られて見た。飲んで興奮した男たちの大声が店内に響いてやかましかった。一人の中年男が、興味ありげにりりこの顔を見たが、眉を描いていない不機嫌な顔に驚いたのか、慌てて目を逸らす。

生ビールのジョッキが運ばれてきた。ひとくち飲んだ後、ジョッキも置かずに、りりこが訊いてくる。

「ねえ、あれ、どうした？」

「あれって？」

「あれだよ、あれ」

「私たちのセックスを描くって話？」

「違うよ、それは冗談」さすがのりりこも苦笑して囁く。「子供のことだよ」

「ああ、あれね。代理母になってくれる人が決まったの。二十九歳の子」

「へえ、驚いた。どんな子？」

「北海道出身の子で、病院の受付事務とかやってるって言ってた。そうだ、北向総合病院って知ってる？　そこで働いてるって」

病院経営者の娘だから、りりこは何か知っているかと思って訊いたが、りりこは何の興味もないのか、首を横に振った。

「知らないな」

「そう。ま、いいけど。ともかく、そこに勤めている子が、私の代わりに産んでくれることになったの。でも、これ内緒ね。りりこにしか言わないよ。あなたも誰にも言わないで。子供が生まれてから、耳に入ると可哀相だから」

そう言いながら、こんな未来のことまで心配しなければならないのか、とうんざりした。りりこはその滑稽さがわかったのか、苦笑している。

「言わないよ、そんなこと。ところで、どんな人なの？」

「それが、モトが私に少し似てるから気に入ったって言うの。でも、私はあまり似てると思わなかった。何か、私よりも内省的な感じがしたな。苦労してんのかなと思った。ガタイはいいよ。だから、体は健康そうな人。今すぐお金が欲しいみたいで、心はまだ決まってなかったようだけど、契約は交わしたの」

「いくら払うの？」

干し豆腐の冷菜の皿に、割り箸を突っ込みながらりりこが訊く。悠子は、答える代わりに指を一本立てた。

「すごい。一本いきましたか」

「その子が自分から言ったんだって。産むから、一千万くださいって。だから、承知するしかなかった、とモトが言ってた。だけど、考えてみたら、知らない男の精子を子宮に入れて、妊娠したら命懸けで産むんだから、そのくらい取ってもいいのかもね」

「余裕あるね、悠子」

りりこが悠子の横顔を観察するように見た。

「いや、モトのお母さんが出すからなの」

「孫のためならエンヤコラか。しかし、それじゃ、悠子が蚊帳の外じゃない」

「そうなのよ」

蚊帳の外とは、うまいことを言う。確かに、代理母を頼むことに決めてから、基と千味子の結び付きは以前より強まったように思う。というよりも、自分の磁力が弱まっただけなのかもしれない。

「それに、その子が妊娠したら、スタジオに住まわせたいなんて言うの」

「もっくんのお母さんのところに？」

「そうなのよ」

「囲い込みかあ」

りりこはそう呟いて、次に運ばれてきたラム肉の串を手に取った。歯で肉をせせりながら、ぎらつく目は逸らさずに悠子を見ている。

「それって、ますます悠子が遠ざけられてるじゃん」

「うん、とりつく島がない感じだよね」

「赤ちゃんが生まれたら、適当にその女子を追い払って、ますます母子密着する気じゃないの？　草桶バレエスタジオの後継者ができたんだものね」

「まあ、そういうことかしら」

悠子は香ばしいクミン炒めの肉を皿から取った。

「ハイボール飲むけど、悠子も飲む？」

「飲む」

りりこは自分の不安を言い当ててくれている、と悠子は思った。

「モトったら、自分の精子の動きを見られるキットを買って、ルーペで毎日観察してるみたい」

「あ、そのルーペ、知ってる。傑作な発明だよね」急にりりこが身を乗り出してきた。

「ねえ、その動画持ってる？」

「持ってない。モトに見せてもらっただけだもの」

「何だ、残念だな」

作品にでも使おうというのか。りりこは、本当に落胆した様子だ。

「誰でも買えるらしいから、そのキット買って、誰かにやってもらったら？」

「駄目だよ、そんな人いないもん。叔父さんは歳だから、きっと射精もできないよ。ああ、その動画、見たい。面白そうなのにね」

スマホを出して、あれこれ検索を始めた。

「あ、出てた」

YouTubeに、精子の動画がたくさん上がっているらしい。りりこは熱心に次々と見始めた。顔を上げないまま、悠子に言う。

「精子は可視化できるけどさ、卵子はなかなか見れないからつまらないね」

「そうね。でも、私のはどのみち見られないよ」

自虐でも何でもなく、率直に言った。

「まあね、私も関係ないな」りりこがけらけら笑いながら同意した。「でも、私は悲しくない。セックスなんか、一生しないもん」

「私も悲しくはないけど、何かモトに置いていかれたような、はぐれた気分なのよ。でも、妊娠しないとわかってるから、思いっきりセックス楽しんじゃおうかな、という気持ちもあるの」

りりこがにやりと笑った。

「それ、いいじゃない。やんなよ」

「モトは最近やる気ないけどね」

「そんなの、セックストイで遊べばいいんだよ。私はいつもそれ使ってる。最近のクリトリス吸うやつはなかなかいいよ」

りりこはつるりと本音を語る。春画ばかり描いているから、処女というのは嘘だろうと思っていたが、男とのセックスが嫌いというだけで、快楽はちゃんと得ているのだ。悠子はますます、自分だけが置いてけぼりを喰《く》っている気がした。

りりこが大きな声で、クリトリスだのセックスだのと連呼するものだから、周囲のサラリーマンたちの興味を引いたらしい。りりこが何か言うたびに、それまで喧噪に満ちていた店全体が、聞き耳を立てるようにしんと静まり返る。

「ほら、男の発想ってさ、自分本位で貧困じゃない。膣にディルドを突っ込んで、ピストン運動すれば女は感じるだろう、くらいにしか思ってない。でも、女はそんなのじゃ、全然いかない。その点、クリトリスを吸うヤツは、まったくもってすごいよ。テクノロジーの勝利だと思う。私は現代に生きてて、ほんと幸せだよ」

りりこが熱弁をふるい終わった途端、りりこの真後ろに座っている中年男が、椅子の背に手を掛けてわざわざ振り向き、りりこの顔を見ようとした。が、りりこは気付かずにハイボールを呷《あお》った。

悠子と男の目が合った。男は照れ臭そうに向き直るかと思いきや、無遠慮に悠子の顔をじろりと見る。飲食店で周囲を気にせず、露骨な話をしている女たちに呆れているのだろう。悠子は男の視線を躱して、りりこに注意した。

「もうちょっと小さな声で言ってよ。恥ずかしい」

「何で？　何が恥ずかしいの？」

りりこは大きな声で訊き返した。りりこには、悠子の小心を笑うような意地の悪いところがある。それは、悠子が商業的な仕事をしていることに向けられる時も多々あった。大病院の娘で、あくせく働かなくても食べていけるゆえに、本人は人々に眉を顰めさせる春画を描き続けることで、アーティストとしての誇りを保っていられるのだろうと、悠子は考えていた。

「世の中には、そういう言葉を聞くに堪えない人もいるってことだよ。セクハラとか言われちゃうよ」

「何よ、息苦しい。ここにいるおっさんたちなんか、みんな喜んでるじゃん。何がセクハラだよ」

りりこは鼻で笑って、挑戦的に周囲を睨《ね》め回した。男たちは、りりこの敵意を感じたのか、慌てて目を逸らす。

「やめなよ、聞こえるよ」

悠子ははらはらして、りりこの暴走を止めようとした。すると、りりこは憤然として言い返した。

「どうして悠子は、そんなにつまんない人になったの？　結婚したせい？」

りりこがタバコに手を伸ばした。今時の店にしては珍しく、喫煙可だ。だから、りりこはこの店を選んだのだろう。他にも、堂々と紫煙を燻《くゆ》らせている男の客が数人いた。

「私、つまんない人なの？」

悠子はさすがにむっとした。持っていた箸を皿の上に置いて、腕組みをする。

「うん、保守的になった」

りりこがタバコに火を点けて、煙を吐いた。

「そうかな。逆に訊きたいけど、りりこは露悪的になってない？　ペニスの絵もそうだけど、品の悪いことをわざとして、アーティストぶってる」

ああ、言っちゃった。自分が自分に呆れている。いくら親しい友人でも、言ってはいけない言葉がある。

「アーティストがアーティストぶっちゃ、悪いかい？」

りりこが薄く笑った。

「別にいいんじゃない」と肩を竦めた後、悠子は謝った。「ごめん。何だか、今日は変」

「何が変なの？」

「だからさ、何がじゃなくて、私が変だってことよ」

会話が嚙み合わない。

「じゃ、この際だから、はっきり言っておくね。余計なお世話と思うけど、私は、あなたたち夫婦が代理母に頼むのは反対だからね。ほんと、こんなこと言われたくないだろうけど、どうしても頷けない」

また、子供の話に戻る。りりこは多分、反対なのだろうとは思っていたが、その根拠をはっきり聞いておきたい。

「どうして反対なの？」

「子宮の搾取、女の人生の搾取だから」

「でも、本人もOKしてるんだよ」

「お金がないから、承知したんでしょ。つまり、売るものがないから、卵子と子宮を売ったんじゃん。完全な搾取なんだよ。その人だって、お金という対価がなければ、他人の子を出産なんかしないってば」

言われなくてもわかっていた。自分の中にも、りりこと同様の疑問がある。しかし、自分たち夫婦も、世間の夫婦と同じく子供が欲しいと願うことが、そんなに悪いことなのだろうか。

男性のカップルは、女性の助けがなければ子供を持つことはできない。彼らが子供を持って家族を作りたいと願った時、協力する女性にも、りりこは「搾取されている」と言えるのだろうか。

「男のカップルも、子宮がないから、子供を持っちゃいけないってこと？」

「基本はそうだよ」

「でもさ、そうは言っても」

生殖テクノロジーは、怖ろしいほど発達し続けている。イギリスで、女性のカップルの片方が精子提供で受精卵を作り、その受精卵をパートナーの子宮に移植して、二人で産んだという話がある。生殖テクノロジーに追いつかないのは、人間の感情と法律だけなのではないか。

「そうは言っても、何よ？」

途切れた言葉の先を、りりこは要求する。

「りりこはセックスそのものを嫌悪しているから、子作りというか、生殖そのものを否定してるんじゃないの？」

「そうだよ」と、りりこは明確だ。「私は男という生き物が好きじゃないの。だから、人間はすべからく自分のためだけに生きるべし、だよ」

「じゃ、ＬＧＢＴＱなの？」

「それを言うなら、ＬＧＢＴＱＩＡだね。私、アセクシュアルだと思う。他人に性的興味はないって言ったじゃん」

「アセクシュアル？」

「男や女に拘《かか》わらず、性的欲求もないし、恋愛もしない人たちのこと」

悠子は、アセクシュアルという言葉は知らなかったが、りりこの恋愛や性に対する超然とした態度には、以前から自分と違うものを感じていたから、納得できた。

「なるほど。確かにりりこは少数派かもしれない。けれども、だからといって、他人を批判するのはやめたらどう？　人それぞれじゃないかな」

「少数派だから、批判するんじゃないか。私は言うなれば、家族制度から抜け落ちる本当のアンチでしょ？　そういうアンチ人間が、世の常識に疑問を投げかけていかないと、悠子みたいな人は、男の都合でどんどん流されていくよ」

「りりこは、私が男の都合で流されてると思ってるんだ」

心外だった。確かに今、基に引きずられているとは思う。しかし、不妊治療をしていた時は、いつか絶対に自分の子を持つ、と心に誓っていた。だから、辛い治療にも耐えられたのではないか。あの時の自分は絶対に主体的だった。

「それはちょっと言い過ぎだった。ごめん」りりこは素直に頭を下げた。「でもさ、悠子はもう子供を持たない夫婦になるって、決めたばかりじゃん。それが急転直下で、若い女にお産を頼むことになったのも、もっくんが強引に決めたからでしょう？」

「まあ、そうだけど」

「もっくんを説得できなかったんでしょ？」

悠子は答えられない。自分が説得する以前に、子供が欲しいという基の執念に負けていたように思う。悠子の中で、二人の間に子供がいたなら、どんなにか生活が楽しいだろうと夢見る思いは、実は消えていない。その子作りに自分が関われないことで、この先、どんな未来を生きることになるのか、その想像ができないから悩んでいる。代理母を引き受けてくれたリキには複雑な思いを抱いてはいるものの、りりこのように憤るほどのシンプルな問題ではないと思う。

悠子がそんなことを考えている間、りりこは頰杖《ほおづえ》を突いて、店の壁に貼られた写真付きメニューを眺めている。自家製チャーシュー、火鍋セット、豚バラ肉と白菜漬け煮、山椒《さんしょう》辛チャーハン。りりこが唐突に言う。

「お家存続のためというなら、江戸時代だよね」

「お家存続？　いや、本人は、グレードアップした自分の遺伝子が見たい、と言ってる」

悠子は思い出し笑いをしながら言った。

「マイレージかい。私からすれば、自分勝手の極みだよ」

りりこが大袈裟に呆れてみせた。

「確かに、私もそれを聞いた時はちょっと呆れた」

「でしょ？　そんな男とよく暮らしていられるね」

りりこがまた挑戦的な言い方をする。

「それこそ余計なお世話だよ。私はモトを男として好きなの。それはセクシュアルな意味だよ」

「もっくんの男根が好きだって、はっきり言いなよ」

りりこがじろりと横目で見て、ハイボールを飲み干した。

「ダンコンか。そんな呼び方するの、りりこだけだよ。りりこの言い方って、何か野菜みたいでおかしい」

悠子はそう言って思わず笑った。当の基は、妻と女友達がこんな話をしているとは、夢にも思わないだろう。

「つまり、私が悠子に訊きたいのは、もっくんとセックスがしたかったから好きになったのか、好きだったからセックスもしたくなるのか、ということが一点。次に、セックスがよかったから、もっと好きになるのなら、好きな男でなくても、セックスさえ合えばいいということになるわけだよね。その点はどう？」

悠子は戸惑った。どうしてこんな個人的な話を、誰もが聞き耳を立てれば聞こえるような店でしなくてはならないのか。りりこの露悪的な振る舞いに翻弄されたくないと思うと、すぐには答えにくいが、といって、答えたくないほど返事に窮しているわけでもない。

何と答えようかと迷っていると、突然思いがけないところから声がかかった。

「あのう、すみません。ちょっといいですか？」

りりこの真後ろにいた男が話しかけてきた。先ほど、わざわざ首を捻って、悠子の顔を凝視していた中年男である。髪が少々薄くなっているところを見ると、四十代後半か。ワイシャツ姿で、酔った赤い顔をしている。

仲間が四人ほどいて、横の若い男が、男の肩のあたりを摑んで、止めようとしている。だが、その中年男は、摑まれていた肩を振り切り、音を立てて椅子を引いた。体は完全に、悠子たちのテーブルの方を向いた。

「はい、何でしょう」

りりこが振り向くと、男との距離が縮まった。男はりりこの顔を近くで見たせいで、急に臆したのだろう。

「お話し中、すみません」と、改まって謝った。「あの、さっきからお話が何となく聞こえてきまして、興味深いお話だもんで、ついつい聞き入ってしまったんですけど、私もちょっと加わらせて頂いてもいいですか？」

仲間が、「課長、やめてくださいよ」と止めたり、悠子たちに向かって「すみません」「この人、酔ってますから」などと口々に言って、頭を下げた。

「いいえ、どうぞ。構いませんよ」と、りりこ。

突然、見知らぬ男に話しかけられたことが面白いらしく、にやにやしている。りりこの態度に安堵したのか、中年男が嬉しそうに質問した。

「あのう、お二人のお話は、とっても興味深くて勉強になります。いえ、これは本当です。あの、失礼ですが、お仕事は何をなさっているんですか？　伺ってもいいでしょうか」

「構いません。私、日本画家です」と、りりこ。

「私はイラストレーターです」

仕方がないので、悠子も正直に答えた。りりこが論戦に備えて張り切っているのが、目に見えてわかるだけに、展開が心配だ。

店で唯一の女二人のグループに、酔っ払いが話しかけたというので、他のサラリーマンのグループも、興味津々という体で眺めている。

「日本画家さんですか。やっぱ、何か違いますよね。オーラかな」

中年男が怖じたように言った。

「日本画家とはいっても、こんな絵ばかり描いてますの。よろしくお願いします」

りりこが、立ち上がって名刺を差し出した。肩書きには「春画作家」とあって、りりこ作の極彩色の春画が描かれている。雛祭《ひなまつ》りの人形を背にして、緋毛氈《ひもうせん》の上で性交している男女の絵だ。おそらく幼い娘のいる母親の不倫の場なのだろう。肝腎の箇所は金色の丸で隠してある。この絵は、たまたま個展会場を通りかかった派遣社員の女性がひと目で気に入り、価格の十五万をローンで支払ったと聞いている。

「こんなすごい名刺、初めて見ました」

中年男が驚いて、仲間に名刺を見せた。仲間が驚いて回し見している。

「私にも頂けますか？」

男たちが口々に言って立ち上がり、自分の名刺を差し出した。男たちは、神田に本社がある大手印刷会社の社員だった。りりこも、りりこにしては愛想よく、名刺を配っている。仕方がないので、悠子も名刺交換する。この縁で仕事が発生するかもしれないと、善意に考える。

「これは金のかかった名刺ですね。紙もいいし、色もよく出てる」

最初に話しかけてきた男が感に堪えたように言った。男は光森《みつもり》という変わった名字で、「見積もりの光森です」と何度も言ったが、仲間には「課長」と呼ばれていた。

「ええ、一枚百円近くかかったかしら」

りりこが首を傾げながら言う。りりこは金に糸目をつけないだろうから、そのくらいはかかっていることだろう。

「うちならもっと安くあげますよ。見積もりさせてください」

光森が抜け目なく言ったので、皆がどっと笑った。

「じゃ、課長さん。名刺が切れたら、お願いしますね」

りりこが澄まして言う。春画と聞いて、見知らぬ男が大勢押しかける個展で鍛えられたのか、こんな時のりりこは如才ない。

「はい、何なりと」

男たちは、女性の春画作家のりりこに、いたく興味を持ったらしい。

「あの、絵を描く時は、実物を見て描くんですか?」

セクハラぎりぎりの質問をする男がいて、光森が睨んだ。

「すみません、答える必要ありませんよ」

「いえ、いいんです。そういう質問はよくされますので。私は、浮世絵の春画における男根を参考にして描いてます。概《おおむ》ね大きくデフォルメされているので、それが面白いんです」

りりこが発する男根という言葉は自然で、いやらしさがない。りりこは、個展に訪れた興味本位の客に同じような質問をよくされるらしく、説明がこなれている。

「では、実際の行為を見て描くということではないんですね」

別の男が真面目な顔で訊く。

「はい、参考にしたくても、誰も見せてくれませんから」

りりこの答えに、また皆が爆笑した。

「そら、そうだよな」と、誰かが言うと、他の男が「でも、見せつけたいヤツもいるかもしれない」

「はい、そこなんですよ。私からすると、性交というのは、人それぞれで、どこか滑稽なんですよね。必死さと滑稽さと。そのおかしみを絵にしたいんです」

すると、奥に座っていた、光森と同年配の小難しそうな男が口を開いた。

「昔、枕絵って、女の子が結婚する時に持たせられたというじゃないですか。要するに、情報のない時代の性の教科書だったわけでしょう。それを今の時代で描くというのは、どういうコンセプトというか、どういう目論見《もくろみ》なんですか」

りりこは、嬉しそうに笑った。

「単に、私が男根の形状を好きだからです」

あまりにはっきりした答えに、一同がどよめいた。

「あんなのが好きですか？」と、光森。

「ええ、好きですよ。変化して面白いじゃないですか」

「あのう、さっきちょっと聞こえたんですけど、興味深いお話をされていたじゃないですか。寺尾さんが、男嫌いだとかいうような。男は嫌いなのに、男根は好きなんですか。矛盾してませんか」

「そうかしら。私は男の人は好きにならないけど、男根を愛してるんです」

へえ、と溜息のような声が聞こえる。

「草桶さんも、そういうイラストを描かれるんですか？」

光森の横に座っていて、最初に光森の肩を押さえて諌《いさ》めた男が、悠子に訊いた。黒縁の眼鏡を掛けたおとなしそうな若い男だ。

「いえ、私はごく普通のイラストレーターですから、注文がきたら、そのイラストを描いて納品してます」

悠子は控えめに答えたが、りりこが補足する。

「彼女は本の装画もやってるし、雑誌にも描いてます。きっと、どこかで彼女のイラストを見てますよ。売れっ子なんだから」

「へえ」と、名刺を見返す男もいた。彼らの中の何人かは、職業柄、後でイラストレーター年鑑などで確認したりするのだろうと、悠子は思った。

「あの、寺尾さん。寺尾さんは、男嫌いって仰いましたよね。私は女の人も、女の人とのセックスも好きなのですが、いけないいですか？」

光森が、りりこと悠子を等分に見比べながら言った。どう考えても、座を盛り上げようという魂胆の、つまらない質問だった。

「いけないですよ。お好きにどうぞ」りりこが答える。

　悠子が嘆息して横を向くと、光森が謝った。

「すみません、つまらない質問でした」

「課長、セクハラですよ」

　部下から声が飛んだが、光森はへらへら笑っている。すると、黒縁眼鏡の若い男が遠慮がちに口を挟んだ。

「さっき、背中越しにアセクシュアルという言葉が聞こえたんですけど。そう仰いましたよね？」

「ええ、言いました」

「実は、僕もそうじゃないかなと思ってるんです。僕は社内では有名なんですけど、童貞なんです」

　仲間がどっと笑ったが、りりこはにこりともせずに頷いた。

「私もですよ」

「ですよね？」と、黒縁眼鏡が嬉しそうに同調した。「課長は女の人が好きだと言ってましたけど、僕は女の人に恋愛感情を抱いたことは一度もありません。男にもです。もちろん、普通の好き嫌いはありますけど、単なる友人とか知り合いというレベルにおいて、なんですよね」

「私もそうです。私は男の人に恋愛感情を持ったこともないし、性欲も感じません。同性にもそうです。若い頃は、自分は変わっているんだと思ってましたが、無理に好きになろうとすると気分が悪いことに気付いたので、自分の感情は放っておくことにしました。こういう、世の中からはぐれたような気分は絵を描くのにちょうどいいんです。それで、私は一人がいいんだ、と気付きました」

りりこは、黒縁眼鏡の方を見ながら、淡々と言った。

「それを伺って、ちょっと安心しました。僕はこのままいくと、無理に結婚して、無理に子供作らなきゃならないのかと、不安だったんです。愛せないのに、愛するふりができるんだろうかってね」

「子供なんて無理に作らなくても自然にできるよ」

小難しい顔の男が茶々を入れる。

「だって、女の人とセックスなんかしたくないですもん」と、黒縁眼鏡。

「それでも相手に子供欲しいと言われたら、しなくちゃならない。男は女の言うことはだいたい聞かなきゃならないからね」

別の中年男が笑いながら言った。

「子供のことはどっちかというと、女房の仰せのままに、だよね」

「そうそう」

男たちがその話で盛り上がったので、黒縁眼鏡が困惑した様子で俯いた。

りりこが、ちらりと悠子の方を見た。悠子が傷ついていないか、心配しているのだろう。

　悠子は、大丈夫という風に頷いてみせた。いろいろな人間がいて、いろいろな形の欲望があり、いろいろな関係がある。だから、性にも生殖にも、ひとつとて正解はない。だったら、自分は夫とリキの間に生まれる子を育ててみよう、と思うのだった。心のつっかえ棒が外れたような画期的な夜だった。

「誘ってくれてありがとう」

　悠子はりりこに礼を言ったが、小さな声だったので聞こえなかったらしい。りりこは、男たちの話をさも熱心に聞くふりをしている。でも、自分では意識していない冷ややかな笑みを浮かべているのが、悠子にはわかった。

第三章　受精行脚《あんぎゃ》

1

リキは、左手薬指に塡《は》めた指輪を見た。女満別《めまんべつ》空港の明る過ぎる照明を受けて、金色にきらりと光っている。普通の結婚指輪よりは太目だけれど、結婚の証に夫から贈られたのかと思わせるようなシンプルなデザインだ。が、永遠の愛なんか誓った覚えなどないから、安っぽい金メッキだ。

この指輪を選んだのはリキで、金を出したのもリキだ。ルミネ新宿で、一万二千四百円だった。今のリキは、草桶基夫人である。戸籍上の名前も、草桶理紀となった。だから、人妻になった証として、故郷の皆に見せつけるために買った。両親、兄、口うるさい近所の人、小さな町だから、多分会うであろう友人や元同僚、そして以前、付き合っていた男。

日本では、婚姻、もしくは事実婚の関係にないと人工授精ができない。だから、基と悠子は、リキに人工授精させるためにわざわざ離婚した。そして、リキが草桶姓になり、基と法律上の夫婦となった。事実婚という形をとることも考えられたが、施術するクリニックスタッフからの余計な詮索を避けたいことと、生まれてくる子供を養子扱いすることのないように、という基の希望で、婚姻届を出すことになった。うまく妊娠できて、基の子供を産んだら、リキは子供を基に渡して離婚し、悠子と基が再婚する、という約束になっている。

仮に、妊娠・出産が失敗したら、基・悠子夫婦の離婚は無駄になってしまうのだから、まことに面倒な手続きではあるが、合法的に、かつ安全に人工授精をするにはその方法がベター、とプランテの青沼に言われて、基も悠子もリキも素直に従った。

一人、蚊帳の外にいることになる悠子が、この手続きを厭《いと》うかと思ったのだが、まったく気にしていない様子なのは意外だった。リキ同様、気持ちは揺れ動いたものの、子供を持つためならば、と割り切ったのだろう。

それらの条件はすべて、プランテの作った契約書に細かく書いてあった。ただし、リキは、妊娠したら草桶スタジオに住んで出産に備える、という提案だけは、そこまで監視されたくないと言って拒絶した。基は、その拒絶をいやいや呑んだという。

しかし、リキが難色を示したのは、その点だけで、あとはほとんど受け入れた。例えば、この契約は守秘義務があるとか、人工授精期間は、他の誰とも性的関係を持たないとか、母体と赤ん坊の健康のために、アルコールやタバコ、薬物などを摂取しないことなど。そして、もし、生まれてきた子供に障害があっても、草桶夫婦が責任をもって育てる、という条項である。

もっとも、守秘義務に関しては、テルとダイキに相談してしまったために、すでに破っていたが、リキは素知らぬ顔で、秘密を守っている、と青沼に言った。

リキの人工授精は、すでに二回を終えていた。だが、今の時点で、妊娠の兆候はない。最初と二回目の人工授精では、クロミッドという排卵誘発剤が使われた。クロミッドは、脳に働きかけて、卵胞発育を誘発する内服薬である。そのクロミッドを生理周期の五日目から一日一錠、五日間かけて毎日飲んだ。

副作用として、顔面紅潮感、霧視《むし》、尿量増加がある、と聞いていたので、おっかなびっくりだったが、若干、尿量が増えた程度だったので安堵した。ちなみに、卵胞の発育はクロミッドの服用だけでも充分だったらしいが、妊娠しなかったのは、タイミングが悪かったのだろうということだった。

二回失敗しているので、三回目からは、排卵を確実に促すhCGとhMG/FSHという注射を足すことになった。クロミッドを服用して、卵胞発育を促進させる。そして、hCG注射後三十四時間から三十六時間後には、排卵が起こるから、その時、基の精液を注入するのだとか。

注射は、排卵がより確実になる反面、多胎妊娠や卵巣過剰刺激症候群のリスクが高くなると聞いているので、リキはできれば使ってほしくなかった。が、使用は基の強い希望だ、と聞いて鼻白んだ。

さらに、基は最初から注射の使用を頼んでいたが、医師が様子を見たいということで、使用を止《や》めた経緯などを聞いて、代理出産はビジネスだと割り切っていたリキも、リキの体調面などに頓着しない基の態度に、嫌な心持ちになった。

『ずいぶん冷たいダンナさんですね。奥さん、こんなに大変なのに。出産だって、命懸けなんだから』

中年の看護師に呆れたように言われ、リキは、大金と引き換えに、自分という母体を売ったのだ、と改めて思った。

しかも、基はクリニックで会っても、ほとんど言葉を交わさず、家で採精した容器を置いてすぐに帰ってしまう。そんな基を見たクリニックのスタッフの中には、リキが代理出産をしようとしているのではないかと、勘付いた者もいるようだ。

『何で、わざわざ人工授精なんかするんですか。奥さんは若いんだから、ダンナさんと仲良くしたら、すぐに生まれますよ』

確かに、若くて生殖能力に何の欠陥もないリキが、早々と人工授精をしているのはおかしいのだろう。しかし、基が事情を知っている医師に抗議したようで、クリニック側からその看護師には注意があったらしい。以後、何も言わなくなった。

恥ずかしい格好を長時間しなくてはならないし、カテーテルを入れる時は痛いし、基は冷たい。しかも、二度目の人工授精も失敗に終わって心が折れかけた。そんな時に、悠子から労いの電話をもらった時は嬉しかった。

『人工授精って負担が少ないって言うけど、本当は大変でしょう。大石さんは、副作用があまりないって聞いたから、よかったけど、私は薬を飲んだ後、決まって顔が火照って、ひどい頭痛がしてね。女は辛い目に遭うんだと、つくづく思ったものよ』
悠子はこの辛い道を何度も通った挙げ句、妊娠は不可能に近いと言われて、それまでの努力が無駄になったのだ。リキは心から、気の毒に思った。自分は仕事として報酬をもらっているから、失敗しても耐えられる。でも、本当に子供が欲しかった悠子は、大きな失意を味わったのだろう。

バス乗り場に向かって、女満別空港の売店前を通りかかると、若い女の店員が手を振りながら飛び出してきた。

「リッキー？　リッキーでしょう？」

介護老人ホームで働いていた時の、先輩のミサキさんだった。ミサキさんは、同じ高校の先輩でもあるが、リキよりも三つ上だから、高校で会ったことはない。

ホームでは、黒い髪をショートカットにしていて、たいそう地味だった。が、今は金髪に近い茶に染めた髪を真ん中分けにして、真っ赤な口紅、という派手な顔で、「六花亭」や「白い恋人」と書かれた大看板の前に立っていた。リキは、しばらくミサキさんだとわからなかったほどだ。

「え、もしかしてミサキさん？」

「そう、懐かしいね」

「久しぶりですね」

リキとミサキさんは手を取り合って、ワーワーキャーキャーと騒いだ。他の売店のレジに立っている中年のおばさんが、いったい何が起きたのかと、赤いフレームの老眼鏡越しにこちらを眺めている。どの売店も客は見当たらず、暇そうだった。

「リッキーは、東京に行ったんでしょう。元気だったかい？」

ミサキさんの視線が、リキの左手薬指に注がれるのを感じる。

「うん、元気です。帰省したの、実は今回が初めてなんです」

「ええ、何で？　忙しかったのかい？」

「まあ、そんなところですね」口が裂けても、帰る金がなかったとは言えない。「今回は、佳子叔母さんが死んじゃったんで、お墓参りです」

「ああ、聞いた。叔母さん、若いのに残念だったね」

ミサキさんが神妙な顔をした。リキの住んでいたのは、人口が五千人もいない小さな町だから、住民の動向はたいがい知っている。特に、経済状況や不幸に関する噂は、あっという間にあちこちに流れた。

「葬儀の時に、いろいろあって帰れなかったんで」

「そうだったんだ」一瞬、沈んだ顔をしてみせたミサキさんは、急に明るい口調になった。「だけど、リッキー、垢抜けたね。誰だか、全然わからなかった。さすが、東京帰りでないかい」

「うそ。そんなことないですよ。変わんないもん」

「今回は休暇かなんか取ってきたの？」

「まあ、そうです」

次の排卵前に、佳子叔母の墓参りに行こうと思い立って、故郷に帰ってきた。格安航空券ながらも往復一万七千円かかったが、懐には余裕がある。

基からは、今回の準備金として二百万もの大金をもらった。うまく妊娠できた暁には三百万、出産後には成功報酬として残りの五百万が支払われることになっている。プランテには、エージェント料も払わなくてはならないから、大金を遣う基が、リキに確実な妊娠を望んでいるのも当然な話だった。

リキは、二百万をもらうとすぐに病院を退職して、引っ越しを決めた。銀チャリ男が常に様子を窺っているような危険なアパートは、金ができたら即おさらばするつもりだった。

新しい住まいは、三鷹台《みたかだい》駅そばの新築マンションで、家賃は九万。フローリングの1Kである。部屋は狭くても、以前の劣悪なアパートとは雲泥の差だし、銀チャリ男からもうまく逃れられたことが嬉しかった。思えば、銀チャリ事件がリキの決心を後押ししたとも言えるのだった。

テルとほぼ同時に病院を辞めたので、二人は風俗専業になったのではないかという噂が流れたらしいよ、と後でテルから聞いた。テルは、愛知に帰っている。

東京に家も家族もなく、学歴も金もコネもない若い女は、根も葉もない噂まで立てられて貶められるのか、とリキは呆れた。しかし、もうどうでもよかった。それほどまでに、貧困に痛めつけられていた。

しかし、出産した後のことを思えば、また仕事を探さねばならないのだから、そうそう贅沢はしていられない。と、リキの防衛本能が少し頭をもたげたが、さすがにこれだけは譲れないと思い、帰郷に際してはダウンコートを新調した。以前は、古着屋で二年遅れのユニクロのダウンを買っていたが、今度のはデパートで買ったファッションブランドのものだ。自分が初めて袖を通す、真新しい衣服を買えるのも嬉しかった。

「いや、ほんと、すごく垢抜けたさ。そのダウン、可愛い」

「ありがとうございます」

「ねえ、リッキー、結婚したの？」

ミサキさんが指輪を指して訊いた。

「そうなんです、一応」と、釣られて指輪に目を落とし、右手で触った。「でも、もうじき別れるかもしれないです」

リキは予防線を張った。

「えっ、何で？　何でそんなこと言うの？」

ミサキさんが度肝を抜かれたように叫んだ。

「何か合わないことがわかってきて」

それは本当だ。

「ダンナさん、幾つなの」

「それが四十過ぎなの」

「何してる人」

「舞台芸術家」

「カッコいいね」

ミサキさんは、羨ましそうに叫ぶ。

「やっぱ、そういうアーティスト系ってうるさいんですよ」

「うん、そういうの、よくあるけどね。結婚して初めて、わかることが。そういうのって最初にわからないから、辛いよね。ここの売店で働いていた子、羅臼《らうす》のコンブ屋の営業と結婚して辞めたんだけど、結婚したら、ダンナがすげえDV男だったんだって。結婚するまでは優しかったから、全然わかんなかったって」

「そういうことありますよね」

リキは適当に話を合わせた。ミサキさんは、リキの場合は、何が合わないのか訊きだしたいとばかりに、リキの顔を覗き込んだ。

「リッキーは何かあったの？」

「ま、いろいろあります。今度帰った時にでも、ゆっくり話しますよ」

「あれ、リッキー、いつ戻るの？」

「明後日《あさって》か、しあさってかな。お墓参りしたら、すぐ戻るつもりです」

「そうか、地元なんもないもんね。あのさ、よかったら、北見かどっかで、みんなで集まらない？　こっちに残っている人集めておくからさ」

「え、マジ？　じゃ、お願いします」

リキが乗り気になったのは、妻の妊娠中にリキを弄《もてあそ》んだ不倫男が来るかもしれないと思ってのことだった。懐の温かい人妻としての、凱旋《がいせん》帰郷なのだから。

「わ、嬉しい」

それからミサキさんは、どこそこの誰が、誰それと結婚して、子供が何人もできたけど、夫が失業したため、生活保護を受けながら頑張っているとか、誰それが離婚して戻ってきたら、ちゃっかり整形していたなど、ホームの従業員の噂話を始めた。例の男の話が出るかと耳を澄ませたが、まったく出なかった。

「というわけで、リッキーが一番幸せそうだよ」と、ミサキさんは結論づける。

「そんなことないですよ」

自分はこれから、金のために代理出産するのだ、とミサキさんに話したら、どんな反応を示すだろう。嫌悪か、呆れるか、あるいは、自分もやりたいと身を乗り出すか。案外、一番最後ではないかと思った。

「だって、結婚して東京に住んでるんでしょう。幸せに決まってるよ」

「そうかな」

「人妻なんて、羨ましいよ。こっちは三十二になるのに、田舎には誰もいやしない」

「うそ」

「いや、うそじゃないってば」

ミサキさんは、おまえもわかっているくせに的な怖い目をした。そんな時、リキは人妻というものになった自分を少し楽しみ、同時にうんざりもしていた。結婚して共働きになれば、生活も少しは楽になるのでは、と思っていたこともある。だが、それは、貧しさからの逃避だったわけで、もともとリキに結婚願望というものはない。

しかし、期限付きとはいえこうして結婚というものを経験してみると、独身女に比して、人妻という身分がどれほど楽で、恩恵を被っているのかが、よくわかったような気がする。夫がどんなに冴えない男だろうと、妻という身分を得れば、世間ではでかい顔ができるのだ。一人の男の所有物となった女に対して、世間が遠慮するからだ。もちろん、その遠慮は妻というよりは、その傍らにいる夫に対して、である。

リキの結婚指輪もどきをちらりと見た男たちが急に遠慮したり、あからさまにリキに一目置いたりするのには驚いたし、若い男が自分とは関係のない女だ、と知らん顔をすることも初めて気付いた。また、若い女の中には、そのくらいのことで威張るなよ、とむかついた顔をする者もいる。

かつての自分もそうだった。結婚していて子供のいる女は、どこか上から目線で私たち独身女を見ているものだ、という憤懣《ふんまん》があった。しかし、今はむしろ、女の人生の完成が結婚によるものだと、世間がそう仕向けていたのだとわかる。独身女も人妻も未亡人も、男が中心となった位置付けなのだった。

「ミサキさんは、いつからここで働いてるんですか？」

空港に出店している個人商店らしい看板を見上げる。

「三年前からかな。あのホームを辞めてから、しばらくここに空きが出るのを待ってたの。だから、一年くらいスナックでバイトしてた」

「へえ、ここの仕事、楽しそうですものね」

「うん、リッキーもそうだけど、空港で知り合いに会うのが面白いよ。不倫カップルとか、たくさん摘発したからね」

なるほど、と呟いてから、「じゃ、行きます。家電《いえでん》に連絡して頂いてもいいですか」と、リキはわざと結婚指輪を塡めている方の手を振った。ミサキさんは、「はーい」と笑いながら返答した後、急に真面目な顔になって、奥へと向き直ったのが見えた。防犯カメラでも、気にしたのだろうか。それとも、ＬＩＮＥのＩＤを教えなかったリキに、何かを感じ取ったのだろうか。

空港から実家まで、バスで行くことにした。タクシーで楽をしたかったが、実家の親や、隣近所が何を言うかと思うと、その決心がつかない。やはり、田舎は人の目がうるさいと思う。ミサキさんも今頃はＬＩＮＥで、リキの情報をあちこちに流していることだろう。

十五分待って、北見行きのバスに乗り込んだ。北見までは三十キロ超。そこで乗り換えて自宅の近くのバス停までは十六キロである。バス停から、自宅までは二十分近い歩きだ。道中、リキはスマホを眺めて過ごした。折良く、ダイキからＬＩＮＥがきた。

――そろそろ飛行機着いたかなと思って。

おぼっちゃまくんが、きょろきょろしているような、変なスタンプが付いている。

ダイキとはセックスして以来、ＬＩＮＥを遣り取りする間柄になったし、時折、プライベートで会ったりもする。セラピストとは、まったく営業上の姿で、プライベートでのダイキは、気弱で愚痴ばかりこぼす情けない男だった。

だけど、リキが代理母になることを決心するに至った悩みや怖れは、ダイキにしか話していない。そんな時のダイキは、問題点を整理して勇気づけてくれる、異性のよい友人だった。中学教師だったという過去は嘘ではないと、リキは思っている。

――うん、今、バスの中。ここは何もないさあ。

リキは、バスから見た原野の風景を写メして送った。

――うわ、いいとこじゃん。

今度は、ＩＫＫＯの大きな顔だ。リキは、地方訛りがあるダイキが、「じゃん」と言う時の不自然なイントネーションを思い出した。

――じゃんなんて、東京弁の真似して無理すんな。

――無理なんかしてないじゃん。それに東京弁じゃないじゃん。

と、またＩＫＫＯ。

――帰ったら、三回目の治療が始まるんだ。その前に会おうね。

――おお。気を付けて帰ってこいよ。

今度は男っぽい文章と文字だけだったので、リキは思わず笑った。まるで恋人ごっこをしているようだと思ったのだ。


実家に着いたリキは、母親から質問攻めにあった。大石家からリキの名が消えて、一時的とはいえ草桶姓になったのだから、調べればわかることだと、結婚したことを打ち明けたのだ。

母親の質問は、ミサキさんがしたのと、ほとんど同じだった。相手は、何をしている男で、歳は幾つか。どこで知り合って、どういう風に付き合い始めたのか。相手の家族構成はどうなっているのか。リキは、同じく舞台芸術家と言ったが、母親は自分の娘がどうしてそんな洒落た職業の男と出会えたのかと不思議がっている。

ただ、ユニクロのフリースを着た父親は、話を聞いて憤然とした。なぜ相手も、相手の家族も大石家に挨拶に来ないのだ、と怒っている。

「だって、そうじゃないか。リキは、犬や猫の子じゃねえんだ。くれって言われて、はい、そうですかって、やれるものじゃねえよ。それとも、うちとは格が違うってか。こんなボロ家には来たくねえってか」

父親の、芝居がかった言い方に、思わずリキの頬が緩む。これだから、帰りたくなかったのだ。

　ちなみに、リキのうちは古い町営住宅である。部屋は六畳と四畳半がひとつずつ。トイレも、ついこの間まで汲《く》み取り式だった。狭いから、リキと兄の部屋を分けることができず、高校時代、兄は父親と、リキは母親と一緒に寝ていた。

　もし、基がリキの家を訪れたら、こんな暮らしがあるのかと、驚いて目を剝くだろう。が、その程度で済むはずだ。基は、驚いても表情に出さないよう心がけているからだ。

「リキのダンナさんなんだから、そんなこと言わないでよ」母がむくれて、父に言い返した。「リキと結婚してくれるっていうだけで、立派な人だよ」

「立派な人かどうか、会ってみなきゃわからねえべ」

　父はそう言うけれど、実際に基と会ったら、萎縮して何も喋れないに決まっていた。

「大丈夫だよ、お父さん。私たち、あまりうまくいってないから、いずれ別れるかもしれないもの」

　さすがに父親はぎょっとしたように口を噤んだ。内心、残念なのだろう。が、今度は母が食い下がった。

「何で。何で別れちゃうの。せっかく結婚したのに」

「まだわからないよ。何となく歳の差とか感じるなと思っただけ」

「贅沢言っちゃいけないよ。東京の人に結婚してもらったんだから、その家を出ちゃいけないよ。出る時はちゃんともらわないと」

母親が薄汚れたエプロンを握り締めて、必死に言う。

「何をもらうの？」

「子種に決まってるでしょ」

リキは唖然として二の句が継げなかった。

「何、じゃ、子種もらって、私は一人で育てるの？」

「当たり前じゃない。子供さえ産んでおけば、何とかなるって」

母親が、リキを励ますように何度も頷いた。父親も俯いているが、同じ気持ちらしい。ぽりぽりとごま塩頭を掻いている。

お母さん、お父さん、違うんだよ。その逆なの。私が卵を基にあげて、私の腹で育てるんだよ。そして生まれた子は、基のものなの。そう告白したくなって、必死に口を結んだ。もし、そのことを言ったが最後、両親は荒れ狂うと思ったからだ。

しかし、その夜は久しぶりに帰ってきた娘を歓迎して、ジンギスカン鍋になった。紋《もん》別《べっ》市の農協に勤めている兄も、同じ職場の婚約者を連れてきて賑やかになった。草桶夫婦との契約では、契約期間中はアルコールの摂取をしないことになっている。だが、あまり飲まなければ差し支えないだろうと勝手に判断したリキがビールを飲んで赤い顔をしているところに、家の電話が鳴った。母が取ってから、受話器をリキに渡す。

「ミサキさんからだよ」

来た。リキは受話器を手にした。いつもスマホで喋っているから、昔ながらの家電が珍しくて懐かしい。

「もしもし」

「あ、リッキー？　飲み会、決まったよ。北見の北寄酒場《ほっきさかば》で明日の七時集合になった。リッキーが主役なんだから、遅れちゃだめだよ」

「みんな来てくれるの？」

「ほぼ来るさ。あん時のチームはみんな揃うんでないかい」

「副主任とかも来る？」

「え、リッキー、もしかすると嫌だった？　今はもう主任だよ。誘ったら、即レスで行くって言ってたからさ。主任は嬉しいんだと思うよ」

当時の副主任は、あの不倫男である。どうやら出世したらしい。

「そういう意味で言ったんじゃないの。同年代だけかなと思ったからだよ」

「バラエティに富んでる方がいいさ」

「そうだね」

リキは電話を切った後、ほくそ笑んだ。見栄張り指輪を購入してよかったと思う。

「おまえ、草桶基って、バレエダンサーで奥さんもいるじゃねえか」

兄の声で我に返った。兄が基の名をスマホで検索したらしく、母親や父親に見せている。両親は二人とも老眼鏡をわざわざ掛けて、代わりばんこに文面を読んでいる。

「やめてよ。それって、前の奥さんだよ」

はっとしたように、兄の婚約者がリキの顔を見た。リキは泣き顔をしてみせた。

「私とすったもんだあったの。やっと別れてくれたのに、ウィキペディアはまだ直してくれてないんだね」

「おお、そうか。ごめんごめん」

兄が慌ててスマホを仕舞い、両親は娘の泣き顔を見たせいか、しばらく何も言わなかった。この手でいこう、とリキは思った。

2

リキは、居酒屋のけばだった赤いカーペットを踏んで、狭い階段を二階に上がった。小さな個室に入ると、居並んだ面々よりも、まずテーブルの上の料理が目に飛び込んできた。ど真ん中の刺身を盛った大皿には、ツブ貝、マグロ、サーモン、トリワサ、タコ頭、〆《しめ》サバ。その周囲に、ぎっしりと料理の皿が並んでいた。鶏の唐揚げ、メンチカツ、温玉を載せたシーザーサラダ、冷《ひ》や奴《やっこ》、枝豆、玉ネギの丸焼き、キムチとチーズのチヂミ、そして特大ホッケの塩焼き。

「すごい、こんなに食べるの」

リキが第一声を発した途端、どっと笑い声が起きた。リキが介護老人ホームで働いていた時のチームが五人、リキを見上げて拍手した。

「わあ、リッキーだ」

「懐かしい」

「お帰りい」

「お久しぶりです。今日はありがとうございます」

リキはお辞儀をした後、座の真ん中に座っている男を見下ろした。日高《ひだか》。『ボクの名前は日高山脈の日高です』と、老人に名札を見せていたのを思い出す。目尻に少し皺が目立つようになった他、ややエラの張った顔も、いかつい体型もほとんど変わっていない。どこに座ろうかと迷って立ったままのリキを、一瞬のうちに、日高が上から下まで素早く舐めるように見たのもわかっていた。

「さあ、リッキーも到着したことだし、これから飲み放題始めます。よろしく」

ヒョウ柄のセーターを着たミサキさんが、「男山」の一升瓶を卓上にでんと置いて宣言した。

「最初はビールにして」

「私はこれでいく」

ミサキさんの他に、リキの同僚だった女が三人来ていた。皆、我先に、飲む酒を選ぶ。田舎に住む女は、やたらと若作りの攻撃的な女になって浮くか、急に老けてさばけるかのどっちかだ。ミサキさんは前者で、あとの三人は後者だった。亡くなった佳子叔母は、そのどちらにもなりきれなかった。

驚いたことに、ここにいる女性全員が介護老人ホームの仕事を辞めていた。ミサキさんは女満別空港の物販。ホームヘルパーになったのが一人。コンビニでパートをしている既婚者。そして、農家の嫁となった人。

「東京で結婚したんだってね。おめでとう」

日高が、謎の緑の液体の入った、サッポロビールのロゴ入りジョッキを高く掲げた。

「ありがとうございます」

真ん中、つまり日高の隣に座らされたリキは、生ビールの小ジョッキを、日高のジョッキにこちんと合わせた。

「リッキー、なんか羽振りよさそでないかい」

そう声をかけたのは、ヘルパーになった先輩だ。ショートカットに無化粧。フリースに暖パンは、上から下までユニクロだ。

「そんなことないですよ」

「いやいや、すごい高そ」

そう言って、左手薬指の指輪に触る。

「安物ですよ」

「いやいや、オーラが出てる」

「何オーラですか？」

「そら、幸せオーラでしょ」

「そうだよ、幸せそうだ。よかったね」

料理を皿にてんこ盛りにして、そう言う女たちの方が幸せそうに笑っている。リキの帰郷をダシにして、集まって飲む機会を楽しんでいるようだ。

リキは、サラダの上の温玉を見て、「卵の本質」を語ったイソガイさんを思い出した。料理研究家の受け売りとわかった後、イソガイさんを邪険に扱うようになったのは、このヘルパーになった先輩だった。

「イソガイさんのこと、覚えてますか？」

リキの問いに、ヘルパーが首を傾げる。

「どんな人だっけ？」

「覚えてないいんですか？」

「全然」

すると、日高が途絶えた会話を繋ぐようにして、割り込んできた。

「リキちゃん、東京で頑張ってるんだってね」

沢尻エリカみたいに、「別に」と言ってみたくなる。何を根拠に、頑張っている、などと他人に言えるのだろう。何も知らないくせに。「他人のための妊活ですけど、それが何か」。そう答えたくなったリキは、ふふっと笑って誤魔化した。

ダイキの前で泣くほど、代理母になることを悩んだのに、いざ決意したら物事すべてがどうでもよくなり、冷笑的になった。代理母とは、それだけスレることなのか。私は何を売り渡したのだろう、と思う。

謙遜していると勘違いしたのか、日高がリキの顔をちらっと見て褒めた。

「いやあ、何だか眩《まぶ》しくなっちゃったね」

何を言ってる。おまえは、妻の妊娠中に、私を誘い、第一子が生まれた途端に、私を放って逃げたではないか。奥さんが歳取って卵子が老化したから、奥さんが不育症だから、おまえの子供を奥さんの代わりに私が産むと言ったら、どうするだろう。もう子供はいるから、と断るに決まっている。

「そういえば、日高さん。私が辞めた後、すぐに主任になられたんですよね。すごいじゃないですか」

厭味で言っているのに、日高はそう思っていない。

「長く勤めてれば、誰でもなれるよ」

日高は黒いパーカーのファスナーを少し下げながら、クールに言った。下は白いTシャツだ。日高は、リキの九歳上だったから、今は三十八歳。となると、基とそう変わらない歳だ。

「ところで、ダンナさん、幾つ？」

奇《く》しくも、日高もそんなことを考えていたらしい。

「日高さんの少し上かな。四十三歳です、確か」

「へええ」と、日高が俄に興味を抱いたらしい。「リキちゃん、年上、好きなの？」

「あ、日高さん。セクハラ、セクハラ」

横で聞き耳立てていたミサキさんに指摘されて、「いや、まいったねえ。これもセクハラなのか」と、日高はわざとらしく頭を掻く。安っぽいドラマみたい。リキは心の中で罵倒する。

「ダンナさん、何してる人だっけ?」

「舞台関係です」

「カッコいいねえ」

日高が悔しそうな表情を浮かべた。それを見たのは愉快だったが、同時にリキには苦く感じられた。草桶基という人物が、好きではなかったからだ。ビジネスで妻のふりをしているとはいえど、尊敬できない人物を夫とすることに抵抗がある。

「日高さん、お子さんは?」

リキが話題を変えると、向かい側に座っている農家の主婦が、すかさず指を四本出した。

「四人、四人もいるんだよ」

「四人ですか」

驚くリキを前にして、日高が悪びれずに答えた。

「八歳、五歳、四歳、ゼロ歳かな」

「主任、四歳とゼロ歳の間が離れてるのはどうしてですか?　予定外だったんじゃないんですか」

ミサキさんが訊ねて、日高はジョッキを傾けてとぼけた。

「ミサキちゃん、それこそセクハラじゃないの」

「男は何言われてもいいんですよ」

「それは暴論だよ」と、情けない顔をしてみせる。

八歳の子を日高の妻が妊娠している時に、自分たちは関係を持ち、妻の出産と同時に、関係は清算された。では、二人目の時はどうしたのだろう。自分は東京に出ていたから、別の女が、妊娠期間の相手をしたのだろうか。もしかすると、この中の誰かかもしれない。四人も子供がいるのなら、それぞれ一人ずつが相手をしたのか。妙な妄想に駆られたリキが、四人の女の顔を見回しているところに、ミサキさんの媚《こ》びたような声が聞こえた。

「主任、お子さんの写真、あったら見せて」

日高が、テーブルの上に伏せてあったスマホを手にした。男の子供が三人、ピースサインをしている写真を見せつける。夏休みででもあるのか、揃いのTシャツを着て、陽《ひ》に灼《や》けた膚は汗で光っていた。

「上の三人は、男の子なんだけど、下の赤ん坊は女の子なんだ。奥さんは毎日、大変だけど、最後に女の子が生まれて喜んでる」

「うちは女の子二人」

農家の主婦が訊かれもしないのに答える。

「うちは一歳半。男の子」

自慢げに言うのは、コンビニのパートの方だ。

「へえ、そうですか。へえ、へえ。それはいいですね」

どうでもいいことだったから、リキの感想にはあからさまに心が籠もっていなかった。

「リキちゃんは、子供いないの？」

日高に訊かれる。

「これから作ります」

「そうだろうね。若いものね」

日高の視線が、リキの腹のあたりを粘っこくうろついて離れない。四人も子供がいるということは、日高の精子は人一倍元気なのだろう。日高は性欲も強い。リキは、日高とセックスした時に、初めてオーガズムを得たことを苦く思い出す。

半年間、ほぼ毎週末にはモーテルに通っていた日々。あの頃の自分は、妊娠中の妻の代わりをさせられていたわけだ。そう思った途端、リキは、自分は常に妻の代わりをする女なのだと気付いた。

日高の妻が妊娠している時は、セックスの相手をする代理妻に。基の妻が生殖能力を失った今は、基の子を宿す代理母に。何だ、それ。リキは、日高も基も大嫌いだと思った。馬鹿らしくなって、薬指のエセ結婚指輪をむしり取りたくなる。

リキは、コップに注がれた日本酒をぐいと飲んだ。

「どう、久しぶりの旭川《あさひかわ》の酒の味は？」

日高が一升瓶を手にして、とくとくとリキのコップに酒を注ぐ。

「美味しいですよ」

日本酒なんか好きじゃないのに、心にもないことを言っている。早くも、この会を抜け出したくなっていた。

「東京で結婚したってことは、もうこっちには住まないってことだよね？」

二年先輩の農家の主婦が、確かめるようにリキに訊いた。

「そうです」

「羨ましいなあ」と、呟いたのはミサキさんである。

「なんも羨ましくなんかないよ」農家の主婦が、なぜか怒ったように断言する。「ここだっていいとこだよ」

「そうかな、私は東京で暮らしたいな」

「じゃ、ミサキちゃん、あんたも行けばいいさ」

「そうだよ、簡単だ。ミサキちゃんの勤めている空港から、飛行機に乗ればすぐじゃないの」

「だって、今さら行ったって、苦労するだけじゃない」

ミサキさんが、自信なさそうな小さな声で言う。

「なんもだよ、そんなこと。やる気になれば、道は開けるよ」

「そうだよ。行きなよ。やってみなよ」

女たちに口々に言われて、ミサキさんはへこんだみたいに黙った。

リキには、ミサキさんの怖じる気持ちが痛いほどわかる。東京に出たって、楽しいのは最初だけ。すぐに職探しをしなければならないし、住むところも決めなければならない。でも、正社員になんかなれないから、仕事があっても貰える金は安い。だから、ろくなところには住めなくて、いつも貧乏だから心が疲弊する。

リキは言いたいことをこらえて、黙っていた。草桶夫人のふりをしなければならないから。ミサキさんの境遇とはおさらばできた、ラッキーな女のふりをしなければならないから。

リキは、また好きでもない日本酒を呷った。禁酒を破って、泥酔したらどうなるだろうと、そんなことを考えている。

二次会でカラオケに行かないか、という女たちに、酔ったからと断って、リキは家に帰ることにした。

「リキちゃん、送っていくよ。俺、車で来てるから」

すかさず前に立ったのは、日高である。

「代行頼んだんですか？」

「いや、メロンソーダしか飲んでないから」

そう言われてみれば、人に酒を勧めるだけで、自分は最初に頼んだ緑色の液体を、ちびちび飲んでいたと思い出す。

「いつも、そうしてるんですか？」

「最近は、車で帰ることにしてるんだ。ホロシカリに家を買ったんだよ。そこ遠いからさ。で、酒は家に帰ってから飲むことにしてる」

日高は、自宅があるというリキの知らない地名を口にした。介護老人ホームとは三十キロ以上離れているから、車がないと通勤できないのだそうだ。

「じゃ、すみません。お願いします」

面倒に思ったが、リキも今さらバスで帰りたくない。

「お安いご用だよ」

二人は、駐車場までの暗い雪道を無言で歩いた。

「あれだよ」と、日高が四角く白い車を指差す。以前、日高の車は軽自動車だったが、今は四駆のバンに替わっていた。いかにも、家族の多い男の車だった。

「前はスズキでしたよね」

「だったねえ」

リキが覚えていることが嬉しかったのか、日高が弾んだ声で言った。

助手席のドアを開けると、車の中は、芳香剤の匂いが充満していた。リキが乗ることを想定して、あらかじめ置いていたのかもしれない。日高はナビでテレビを点けた。運転中も見られるように設定しているらしく、お笑い芸人の出ているバラエティ番組の最中だった。

「リキちゃんの家は前と同じなの？」

「そうです」

日高が車を発進させた。

「あの辺の町営住宅、建て替えの噂あるっしょ」

「そうですか。知らないです」

実際知らなかった。故郷に、何の関心もないからだ。すると、その心持ちを見透かしたように、日高が指摘した。

「冷たいね」

「そうですかね」

「うん、もう故郷のことなんかどうでもいいと思ってるっしょ」

「そうかも。ここを出て行きたいと思って、東京に行ったからね」

これは本音だった。

「俺のせいかなあ」

率直に言われて、リキは思わず日高の顔を見た。

「いや、そうじゃないです。別に主任のこと好きじゃなかったし」

「はっきり言うね」

日高が苦笑する。

「主任だってそうでしょ？」

「いや、俺、好きだったよ。リキちゃん、可愛かったからさ。でも、妻にもリキちゃんにも申し訳ないから、どっかで歯止めかけなきゃと思ったんだ」

では、その後も逃げ回っていたのはなぜだろう。追及するほど好きだったわけでもないし、どうでもいいから黙っている。しばし、沈黙があった。

「いやあ、リキちゃん、垢抜けちゃったからさ。誘いにくいんだけど、これから二人でどっか行かない？」

「どっかって？」

「ホテルとかだよ」

「相変わらずですね」

「いや、相変わらずじゃないよ。俺もうすっかり、そういうことしてないけど、リキちゃん見たら、その気になった。どう？　ダンナさんがいるのに、そういうのダメ？」

本当のダンナじゃないから大丈夫、と言いそうになる。

妊娠を急ぐあまり、基が最初から、副作用の大きい注射を希望していたこと。精子提出の後の冷淡さ。そして密かに、リキの家系に遺伝的疾患がないかどうか調べていたこと。などを後で聞くと、わかってはいても不快で仕方がなかった。

ビジネスと割り切るには、どうしても心の問題を解決しなければならない。それは金だけでは解けないのだった。まして、妊娠したら怖いと、今さらながらに怖じ気づく。代理母に反対したテルは、正しかったのかもしれない。

沈んで、ウィンドウの向こうに広がる街の暗がりを眺めているリキに、また日高が話しかける。

「いやならいいんだよ。後で問題になっても困るし」

日高の口から、こんな言葉が続いた。

「問題って何だろう」

リキは独りごちた。

「いろいろだよ」

だったら、問題を作ってやろうじゃないか。どうせ、次の排卵日は六日後だし。挑戦的になったリキは、日高の横顔に向かって言った。

「いいですよ」

「ありがとう。嬉しいよ」

なぜか礼を言われてしまい、その意味をずっと考えている。多分、これも取引の一種なのだろうと、ダイキが言った『取引』という語を思い出して納得した。

遠くに、二人がいつも使っていたモーテルのネオンが見えた。

「あそこ、懐かしいね」

日高が嬉しそうに言った。

「何で、あれが懐かしいんですか？」

リキは、冬の夜空に浮かび上がる、パープル色のネオンを指差した。「オリオン」。昔からある連れ込みで、高校時代はよく「あいつらをオリオンで見た」とか、「オリオンで会おう」などと、冗談のネタに登場するほど有名なモーテルだった。

「だって、思い出があるじゃない」

リキは、古臭いモーテルを懐かしがる日高にげんなりした。ベッドは狭く、風呂はカビ臭く、部屋は何となく湿っぽい。リキにとっては、思い出したくもない場所だ。日高に対してだけでなく、まったく変わらない風景としてそこにあるモーテルにもげんなりしている。

リキは、めまぐるしく変わる東京に救われているのだ。この間まで居酒屋だった店が、次に行くと家系ラーメン屋になり、時代遅れの布団屋だった所が、いつの間にかマツキヨに変わっている。前にどんな景色を見ていたのか思い出せなければ、その時の自分の気持ちなど、どうでもよくなるのだから、いつも現在進行形で暮らせる。それが、東京のいいところだ。なのに、田舎はまったく代わり映えせずに、自分を過去に縛りつけようとする。

日高は、変わらずこの地に住んで、同じ職場に通っている。自分の生きる現在と、リキのいる現在とが、すでに違う位相にあることに気が付かないのだろうか。それとも、気が付かないのは自分の方か。増え続ける家族と一緒にいる日高の方が、リキは代わり映えしないと思っているかもしれない。

「やっぱ、やめときますね」

リキが断ると、日高はえっと落胆したように大声を上げた。

「残念だな。俺、実は狙って来たんだよ」

「何を狙って来たんですか」

「もちろん、リキちゃんの熟れた体」

日高は、仕事はくそ真面目なのに、色事となると、わざと下卑た言い方をする男だった。リキは、待ち合わせた店で、「ここでパンツ脱げって言われたら、脱げる？」などと、囁かれたことを思い出した。そのたびに、戯《ざ》れ言《ごと》を本気にして慌てふためく自分がいた。リキは、過去の芋臭い自分を恥ずかしく思って顔を歪める。

「そういうの気色悪いんですよね。マジやばくないですか、主任。ただのセクハラオヤジじゃないですか。ここで私のこと、襲わないでくださいよ。夫が怒るから」

夫という言葉を発する時、嫌な気がした。草桶基という男が好きではないし、基も心の底では、垢抜けない自分を気に入っていないはずだ。

夫の存在があることで、何かと自分の身を守っている女たちを浅ましく思っていたくせに、自分もそうしている。偽りの妻を演じて、家族や昔の同僚たちを欺《だま》して面白がっていた自分が、えらく愚かしく思えた。

「夫ときたか。オットットねえ。ああ、俺もそうか。オットットか」

日高が独り言のように言って、へへっと笑った。

「つまんない駄洒落言わないで、ちゃんと前向いて、家に送ってくださいよ」

国道沿いに時折、ぽつり、ぽつりとあるチェーンの飲食店や、大型パチンコ店の明かりを見ながら、リキは切り口上で言った。

「駄洒落じゃないよ」日高は大声で笑った。「リキちゃんに調子を合わせただけだよ。ちょっと東京に行って、結婚して帰ってくると、偉そうになっちゃうもんだねえ。オットだってか。そりゃ、なかなか言わないよ。主人とか言うでしょ、普通。あの可愛いリキちゃんは、どこに行ったんだろう」

日高は窓枠に肘を載せて、左手だけで運転しながらぺらぺらとよく喋った。

「偉そうなのは、主任の方ですよ。もう上司じゃないんだから、私となんも関係ない人でしょ。私が一緒にいる必要なんか、まったくないんでないの。そっか、これからは日高さんって呼べばいいのか」

私が一緒にいる必要なんか、まったくないんでないの、と言った途端、車内の温度がぴくっと低くなったように感じられた。

「わや、リキちゃん、何かはっきり言う人になったねえ。わやくちゃ、怖いわ」

日高が両手でハンドルを握り直し、前を向いた。件《くだん》のモーテルは、すぐ左側にある。奥の駐車場から歩いてフロントに行き、部屋を選ぶ形式だから、車の車種やナンバーが外から丸見えで、それを日高が気にしていたことを思い出した。日高も、ちょうど同じことを考えていたらしい。

「ここ、最近、駐車場に目隠ししたんだって。前はちょっとあからさまだったっしょ」

日高は伝聞口調で言うが、最近も来たことがあるのだろう。

「日高さん、あそこでUターンしてください。この道じゃ、うちと逆ですから、早く戻して」

リキが冷たさを感じさせる口調で言うと、はいはいはいはいはい、と日高が頷き、いったん路肩に車を停めた。何度か切り返して、車をUターンさせる。

「近くまで送るから、安心して」

「はい、よろしくお願いします」

二人とも無言で、暗い国道の先を見た。道東の田舎の雪道は、対向車ともほとんど擦れ違わない。夜空に、満天の星が見えた。ここは内陸だが、五、六十キロ先にはオホーツク海が横たわっているせいか、空が広く感じられる。

「日高さん、子供を作る時って、意図的だったんですか?」

「何だよ、急に」日高が噴き出した。「今度は子作りの話かい」

「そう、参考までに」

「参考までにか。そんな意図的なわけないっしょ。やったらできちゃった、やったらできちゃった、の連続だよ。だけど、四番目の女の子だけは、女房が女の子も欲しいって言ったから、ちょっと頑張ったかな。産み分け法ってやつでね」

「産み分け法って、どうするんですか？」

「何、そんなことに興味あるの？」

日高がにやりとする。

「生殖医療全般に興味があるんです」

「生殖医療全般ときたか。リキちゃん、ホームの仕事も真面目だったもんね。今は、真面目に産み分け法の勉強して、オットットとセックスするのか。計画的だね」

「まあ、そういうことですね」

リキは適当に誤魔化した。

「そうね、うちが試したのは、一番金のかからない方法だよ。排卵日の二日前に、セックスするやつ。あのね、排卵日の二日前は、頸管《けいかん》粘液が酸性で、X精子にいい環境なんだってさ。だから、排卵日を正確に摑めれば、女の子が生まれる確率は高い。ただ、Y精子がはねられちゃうから、妊娠そのものの確率は下がるんだけどね。うちは女房が排卵日を把握してたから、たまたまそれで成功したけど、それでも駄目だったら、パーコール法も試すつもりだった。パーコール法ってのは、人工授精。精子をパーコール液につけて、遠心分離機でX精子とY精子に分離して、X精子だけ排卵日に子宮に入れる方法」

「へえ、さすがに詳しいですね。でも、どうして遠心分離機で、X精子だけが取り出せるんですか?」

リキは、説明のうまい日高に感心した。

「X精子の方が重いから、分離機にかけて沈殿するのがX精子なんだよ。でも、このふたつの方法を試したからといって、女の子が確実に生まれるとは限らない。確率は七〇パーセントと言われてるから、精度が低いんだ。それより、もっと確実な方法がある。それはねえ」

「あ、わかりました」リキは日高の言葉尻に被せた。「体外受精ですよね」

「そう、リキちゃん、よく知ってるね」

日高が驚いたように、運転席からリキの顔を見た。

「そのくらい知ってますよ。女の子の受精卵だけを子宮に戻してやれば、妊娠は、確実に女の子ですよね」

自分も人工授精で駄目なら、体外受精をすることになる。その場合は、基が男の子を欲しがっているから、男の子の受精卵を入れることになる。

「そうそう。リキちゃんも、産み分けやるの?」

日高が真面目な顔で訊く。

「いや、別にやるつもりはないけど、興味はあるから」

「しかし、ダンナさん、俺より年上だろう?　子供作る気なら、なるべく早く作った方がいいよ。リキちゃんは若いからいいけど、ダンナの精子も元気なくなるからね。あまり妊娠しなくなるよ」

「ほんとですか」

「ほんとですよ」

日高が口真似をする。

「日高さん、子供って可愛いものですか？」

「そりゃ、可愛いよ。つうか、自分の中にも、自分の子孫を守ろうという遺伝子が入っていたんだね。俺、長男が生まれるまで、そんなことに全然関心がなかったけど、長男を初めて腕に抱いた時にそう思ったよ」

「ふーん、何か感動エッセイみたいですね」

リキは厭味を言った。長男を授かった時に、日高は自分を性欲のはけ口にしていた。自分とセックスした日高が、コンドーム内に射精する間、日高の妻は、丸いお腹のなかでせっせと長男を大きくしていたのだ。

「リキちゃん、俺を狡《ずる》い男だと思ってるんでしょ？　そうだよね、だって、女房のお産が終わったら、リキちゃんを急に邪魔にしたんだものね。リキちゃんとのこと、なかったことにしたがったよね」

日高が意外なことを言いだした。

「狡いてか、逆ですよね。馬鹿正直な人だなと思った。私はまだ若かったから、最初は日高さんの奥さんが妊娠しているのも知らなかったし、日高さんが、私のことを好きなのかと本気で思ってました。だから、好きとかじゃなくて、ただ単にセックスがしたかったんだなあと後で気付いて、馬鹿正直な人だなと思ったんです」

風向きが変わったので、リキは神妙に答える。

「だからね、俺は大変申し訳なかったと思ってるんだよ。でもね、俺、リキちゃん好きだったから、ほんとは辛かったんだよ。これは嘘じゃないよ」

日高が左手を伸ばして、リキの手を摑もうとした。的外れにもほどがあると、リキは思う。日高が自分に気があると誤解して舞い上がったのは、自分が若くて愚かだったからだ。

「日高さん、自分に酔ってるんですよ。芋女を利用して、欺しちゃったオレに酔ってる。ああ、若い頃のオレってワルだった、あの女どうしてるだろうって、しみじみしちゃってる」

リキが笑いながら言うと、日高は驚いた顔をした。

「そんな。俺、本気で悪かったと思ってるんだよ」

「まあ、いいですって、そんなこと。謝られると、こっちのプライドが傷つきますもん」

「プライド？　そういうことかなあ」

日高がぽかんと口を開けて、理解できない風に首を捻った。

その時、リキのスマホにメールの着信音が響いた。基はＬＩＮＥを使わないで、いつもメールなので嫌な予感がしたが、やはり基からだった。件名は「草桶です。→大石様」。

「こんばんは。

青沼さんから伺いましたが、北海道に帰郷されているそうですね。

そういう時は、お出かけになる前に、私にひとこと相談してください。

いつも居所は承知していたいので、今後は、無断で出かけたりしないようお願いします。

それから、余計なことですが、契約内容を忘れないでください。

くれぐれもお酒やタバコなどを嗜まれませんよう、清潔で健康な体を維持されるべく、お願いします。

いえ、これはお願いというより、契約下における、あなたの守るべき義務です。

違反された時は、それなりのペナルティがありますので、気を付けて行動してください。

こうるさいようですが、私たち夫婦は偽装離婚までして、今回のプロジェクトに人生のすべてを懸けています。

もちろん、大石さんあっての計画です。

何とぞ、ご協力くださいますよう、よろしくお願いします。草桶」

慇懃《いんぎん》無礼《ぶれい》で、思い遣りなど欠片《かけら》も感じられなかった。ただ注意を促すだけの、一方的な内容だ。リキが二百万の前金を受け取りながら、基のバレエスタジオに寝泊まりすることを拒否した時点から、基が変容したように思う。すべてにおいてビジネスライクになり、何かあると契約を持ち出して、リキを縛ろうとする。しかも、今度の妊娠・出産を「プロジェクト」と位置付けたのには驚いた。自分は「プロジェクト」の一員だったのか。

再び、基に対する反感が、むくむくと頭をもたげてくる。命令口調の、契約の遵守《じゅんしゅ》のことしか書いていないメールを読み返すと無性に腹が立った。偽装結婚までさせた「妻」の北海道の家族には、何の思い遣りも見せなくて良心に恥じないのか。

リキの父親が、婿は嫁の実家に挨拶に来ないのか、と怒ったことを思い出す。あれはもっともな怒りだった。

だから、基とは歳も離れているし、すぐに離婚するかもしれない、と仄《ほの》めかしたリキに、母親は子種だけ貰えと言った。でも、基は嫌いだから、基の子は欲しくない。なのに、リキの子宮は、基の子を宿さねばならない。

「どうしたの、オットットからメール？　ヤバい？　ばれた？」

メールを見た後、黙り込んだリキを不審に思ったらしい日高が訊ねた。

「いや、何でもないです」

「そう？　返事書かなくていいの？　書きなよ、喜ぶから」

「夫が喜ぶの？」

「そりゃそうだよ」

「何て書くの？」

「知らねえよ、そんなの。アイラブユーって書きな」

そんなことを書いたら、基はリキが気が変になったと思うだろう。リキはそれを想像して少し笑った。が、スマホを胸に抱えたまま考えている。

いっそ金を返すことによって、あの夫婦の「プロジェクト」から降りられないだろうか。これまでに引っ越しや貧乏生活の反動で、すでに百万近く遣ってしまったけれど、その金は、排卵誘発剤の使用や人工授精などの、これまでに自分が被った肉体的な負担ということを言えば、返済せずに済むだろうか。しかし、基たち夫婦が偽装離婚までしたことを考えると、逆に違約金を払う羽目になるかもしれない。はて、どうしようか。

ああでもない、こうでもないと考え込んでしまったリキに、日高が遠慮がちに言った。

「オットットと喧嘩したの？」

「そういうわけじゃないんです」

「ならいいけど。俺は、リキちゃんの夫婦円満を願ってるからさ」

さっきは、『リキちゃんの熟れた体』などと言って煽《あお》ったくせに、夫の影がちらつくと、急におとなしくなる。

「リキちゃんち、あの信号左に曲がるんだよね」

「はい」

ところどころ街灯が点いている以外、民家の明かりもほとんどない夜の十時過ぎ、白く光る雪道の向こうにぽちりと青信号が見えた。ほとんど信号のない一本道は、リキが空港からバスで帰ってきた道でもある。つくづく自分は、寂しい町に生まれ育ったのだと思う。

「日高さん、東京行ったことありますか？」

日高は前を向いたまま、のんびり答えた。

「あるよ、二回行った。一回目は、新婚旅行でディズニーランドに行った。楽しかったよ。二回目は、両親連れてスカイツリーと富士山方面。リキちゃん、スカイツリー、行ったことある？」

そんな華やかな場所に行くことはほとんどなく、自分もテルも、地面を這《は》いずり回っていたように思う。

「ディズニーランドは二回くらい行ったけど、スカイツリーはまだです」

「東京に住んでりゃ、いつでも行けるもんね」

「ええ、まあ、そうですね」

どうせ行かないけどね、という言葉を呑み込む。

リキの両親が住む町営住宅が近付いてきた。二軒長屋のような古めかしい家々が並ぶ、昭和の時代の住宅だった。しかも、オレンジ色の光が点《とも》った窓が数えるほどしかない。建て替えの噂を聞いて、かなりの数が引っ越したのかもしれない。

「そういや、ちょうど今日、農協でリキちゃんの兄さんに会ったよ」

「知り合いなんですか？」

「まあね。兄さん、うちの奥さんのオヤジを知ってんだよ」

兄の動向には興味がないので知らなかった。

「そうなんだ」

「リキちゃんが冷たいって、お母さんが嘆いてるって言ってたよ。東京に行ったきり、一度も帰ってこなくて、叔母さんが亡くなった時も、お母さんが知らせたのに、帰ってこなかったって。なのに、突然、結婚したって知らせがきたから、みんな驚いたってさ」

帰りたくても、あの時は金がなかったのだ。いや、基に五万も貰ったから、本当は飛行機代ができたのに、気が回らなくて、ダイキを買ってしまった。

ここで日高に、帰る金がなかったと言い訳しても、結婚したと偽った以上、信じてはもらえない。急に、自分が愚かしいことばかりしているように思えて、リキは憂鬱になった。無言でいると、日高が気にした。

「どうしたの、静かになっちゃったね」

「いやあ、そうかなあ。そんなことないですよ」リキは窓外を見遣りながら物憂げに呟いた挙げ句、「日高さん、どっか行こうか」と、自分から誘った。

「マジか。何で？　オットットと喧嘩したのか」

「そんなところかな」

「じゃ、別のホテルに行ってもいいかい？」

日高は、少し慌てた様子で言った。まるで、リキの気が変わらないうちにと焦っているかのようだ。

「この辺にあるの？」

「うん、街に戻るけど、最近できたところがあるんだ」

「じゃ、最初からそっちにすればよかったのに」

日高は黙って何も言わない。きっと、思い出のモーテル「オリオン」に自分と行きたかったのだろうと、リキは察した。リキは、過去は振り捨てて生きたいと願っているのに、日高はあの半年に及ぶ期間を、慚愧《ざんき》の念に駆られては懐かしみ、その慚愧の念すらも楽しんでいるように見えた。

「日高さん、楽しそうだね」

リキはまた厭味を言った。だが、日高は真剣な顔をして首を横に振った。

「とんでもない。楽しくなんかないよ。介護っていう人変な仕事して、子供四人養ってるんだから」

日高は単純だが、そんな嫌な人間ではないと思った。

日高に連れて行かれたホテルは、さっき皆と飲んだ居酒屋の裏にあった。「ベルジュール」と、何やら洒落た名前がついていた。

ミサキさんたちが、まだ近くのカラオケ店にいるのだから危険過ぎる、とリキは思ったが、日高は構わずホテルの駐車場に車を乗り入れた。しかも、駐車場は、周囲に建つビルの上階からは、丸見えである。おそらく、居酒屋からも見下ろせるはずだ。

「白い車って目立つけど、大丈夫？　ミサキさんたち、この辺にいるよ」

リキの方が気を揉んだが、日高は気にも留めない様子で肩を竦めた。

「あいつら、新町の方のカラオケ屋に行ったと思うよ」

日高はそう言って、リキの手を握ったまま部屋に直行した。二人は簡単にシャワーを浴びただけで、ベッドで抱き合うことになった。日高が、門限があるから十二時までに帰らなければならないと明かしたせいだ。

「じゃ、実質一時間しかないじゃない」

「うん、リキちゃんが迷うからさ、大幅に狂ったよ」

日高は、リキのせいにする。リキは黙ってベッドに横たわっていた。「ベルジュール」は新しいから「オリオン」と違って、浴室も清潔でベッドも快適だった。

ダイキと過ごした部屋は、もっと狭くて小さかった。自分はいったい何をしているのだろうと、天井に埋め込まれたライトを見つめながら思う。

日高が覆い被さってきて、リキに口づけしながら、ノンアルコール・ビールを口の中に流し入れた。リキは飲み込んでから、言った。

「ちょっと温くなってる」

「俺、体温高いからさ」

日高の体は肉厚で、確かに熱かった。日高に抱かれながら、この姿を基が見たら、どんなに激怒するだろうとリキは想像する。「清潔で健康な体を維持されるべく、お願いします」という、メールの一文を思い出すと、気が滅入った。酒を飲み、他の男に抱かれる自分は、不潔で不健康な体なのか。日高が体を離して言った。

「どうしたの、乗らないね？　前はもっと気持ちよかったって言ってたじゃない」

「そうだっけ？」

「そうだよ。何か悩みごとがあるんだろう？」

「ないよ、そんなの。ただ、どうしていいかわからなくなった」

「離婚か？」

日高が体を起こして、リキの目を覗き込む。

「うん、それはいずれすると思うけど、その前のいろいろなことが気を重くするの」

「それは何だよ」

「子作り。夫が欲しがっているから、私は子産み機械なの」

思い切って正直に言ってみた。真実だと思っている。しかし、日高は言葉通りには受け取らなかったようだ。

「それは仕方ないいんでないかい。俺より上なら、オットットは焦ってるだろうな。早く作らないと、自分が歳を取った時に、子供はまだ成人してないとか、いろいろ考えちゃうものな」

「それもあるし、自分の遺伝子残したいって」

「一方的だな。リキちゃんの遺伝子との結合でどんな子が生まれるのか見てみたいって思うのが、普通の夫婦だよ」

普通の夫婦じゃないから、それは仕方ないのだと、リキは思った。

3

次の日の午前中、リキは母親と、佳子叔母の墓参りに行った。それが帰郷の目的だったから、午後三時五分の便で東京に帰るつもりだ。

墓地に向かう凍った坂道を、母親の運転する軽自動車はのろのろと登ってゆく。郊外のなだらかな丘に広がる墓地は、十数年前にできたばかりだ。空いた区画もまだかなりあるし、建っている墓も真新しい。

他にこの墓地の墓に入っているのは、リキの母方の祖父だけだ。八十七歳になった祖母は存命だが、認知症が進んだために、特養で暮らしている。佳子叔母は未婚だったから、祖父、つまり父親と一緒の墓に入っているのだ。

「なんか、ここ寂しくないかい？」

初冬の丘からは町が一望できるけれども、まだ売れていない区画を示すコンクリートの仕切りが寒々しくて、リキは気を滅入らせている。

「でも、真冬の方が眺めがいいんだよ。葉っぱが落ちて、雪景色、綺麗でないかい。春は一面のたんぽぽ畑になるし」

母親が言い訳する。しかし、北国に住んでいて、今さら雪景色でもあるまい。

「真冬にお参りかい？」

「冬に死んだら、仕方ねえべさ」

母は方言丸出しで答える。帰郷三日目にして、ようやく遠慮会釈もない母と娘の会話が戻ってきた。

「そりゃ、そうだけど」

「お父さんが、この近くの区画を買うって言ってるから、私たちが死んだら、あんたもここにお参りに来なきゃ駄目だよ」

リキは、矩形《くけい》に区切られた、まだ売れていない区画を眺めた。雪が積もっていた地面が掘り返されて、黒い土が剝き出しになっている。自分が独身で死んだら、その区画にいずれ建てられる墓に入ることになるのだろう。佳子叔母と同じ運命だ。故郷を捨てたつもりになっていても、独身で死んだら、遺骨はまた故郷に戻る。

「一生、縁が切れないわけだ」と、独りごちる。

「そりゃ、仕方ねえべさ」

リキの言葉の裏がわかっているのかいないのか、母がまた同じことを言う。

「でも最近、樹木葬とかってあるじゃない。私、それでいいな」

「樹木葬だって、そんなに安くねえべさ」

自分が死んでしまったら、いったい誰が払うことになるのだろう。やはり、ここに葬られるのが、一番安上がりなのかもしれない。

リキは、軽自動車のハンドルを握る母の手に、皺とシミが増えたことに気が付いた。

「お母さん、お婆さんの手になったね」

「なあんも。前からそうさ」

母親は抑揚のない声で呟く。

「親が老けてゆくのって寂しいな」

「だから、早く子供でも産んで安心させなさい。あんたが死んでゆく時に、たった一人で逝くのかと思うと、心配で死ねないよ」

「佳子叔母ちゃんみたいにかい？」

「佳子には、私がいたからいいけど、あんたは兄ちゃん一人だし、兄ちゃんの嫁さんは他人だからね」

リキは、地味で化粧気のない、兄の婚約者の顔を思い浮かべた。彼女は、明らかに義理の妹になるはずのリキを警戒していた。派手な格好を心がけて帰ってきたから、東京でどんな暮らしをしているのだろうと、訝っているのかもしれない。

「私だって、結婚したよ」

言いながら、虚しい気持ちになる。その気持ちが伝わったのか、母親が、一瞬暗い顔をした。

「そうだけど、すぐ離婚するかもしれないとか言うし、ダンナさんは挨拶にも来ないし、何だかよくわからないからさ」

「まあ、任せなさいよ」と、ふざけるふりをする。

「そうだけどさ」言葉を切った後、母親は思い出したように言う。「そうそう、言うの忘れてた。この車、佳子が乗ってた車だよ」

そう言われてみれば、ぼけたようなピンクの車体カラーや、バックミラーにぶら下がった、ミニチュアのドリームキャッチャーなどは、佳子叔母の趣味のようだ。リキを乗せて、〝未婚の女巡り〟をした時は、黒のスズキだった。

「一昨年《おととし》、中古で買ったばかりだった。この車が好きで元気に運転してたから、てっきり治ったかと思ってたんだけどね」

「佳子叔母ちゃん、キムタクのファンだったもんね」

リキは、ドリームキャッチャーを指で触った。

「うん、若い娘のように、いっつもキャアキャア言ってたな。あの新しいドラマ、見せてやりたかった」

母親は急にしんみりして、涙を堪えるような表情を見せた。

「佳子叔母ちゃんに、会いたかったな」

代理出産することをどう思うか、意見を聞いてみたかった。もっとも、佳子叔母は、ロマンチックな出会いをいつも夢見ていたから、大反対しただろう。

「ともかく母さんが惚けてくれたおかげで、佳子が死んだことを知らないのが一番よかったよ。会うたびに言うんだよ、佳子はどこに行ったって」

「何て答えるの？」

「いろいろだよ。その時々で、買い物に行ってるとか、仕事に行ったとか。その都度、納得してるから、それでいいんだって。娘に先に死なれるなんて、絶対にあってはいけない悲劇だべさ」

母親が結論づけるように言う。

「そうだね。それは、ほんとよかった」

リキは欠伸《あくび》を嚙み殺しながら、相槌を打った。昨夜は結局、日高が門限を破って、遅くまで一緒にいたために、自宅に帰ったのは日付が変わった後だった。

「昨日、遅かったんでないかい？」

母親に欠伸を目敏《めざと》く見られたらしい。

「うん、久しぶりに飲んだから」

「そうかい」母親がちらりと、横に座ったリキの顔を窺った。「あんた、結婚してるのに、そんなことしてていいの？」

ないさ」


「飲み会くらい、いいっしょ」

「まあ、今の人はそういう感じなんだろうけどね」

母親は苦々しげに頷く。

「結婚って、そんなに息苦しいことなの？　その考え、古めかしいよ。東京じゃ通用しないさ」

リキはぷりぷりして、左手のエセ結婚指輪に触った。母親に腹を立てたふりをしているが、実は自己嫌悪に陥っていた。日高と関係を持ったことを、今さらながらに後悔している。その行動の原因が、草桶基に対する反感だったことが、幼稚に思えてならない。それが嫌なのだった。

「あれが、お祖父《じい》ちゃんと佳子のお墓だよ」

母親が、ごちゃごちゃ並ぶ墓の中の一基を指差したが、リキにはどれだかわからなかった。祖父が亡くなった時、まだホームに勤めていたので、この墓地には一度来たことがあったはずだが、場所はまったく覚えていなかった。

「まだ、お花が残ってるっしょ、あれだよ。二週間前に来た時に持ってきた花だ」

ひとつの区画に、まるで狭小住宅が建て込んだ町のように、ちまちまと並んだ墓群。その端っこに、枯れた花が飾られた墓が寂しく建っていた。墓石は、他の墓と比べても小さく貧相だ。自分も死んだら、あのような墓に入るのかと溜息が出た。

母親が、三台しか車の停まっていない大駐車場に、不器用にハンドルを切り返しながら斜めに停めた。二人で、事務所に桶や柄杓《ひしゃく》などを借りに行こうとしたら、テルからLINEがきたので、リキは一人立ち止まって読んだ。

リキが病院を辞めるのと同時に、テルも退職して愛知県の故郷に帰っていた。その後、ソム太と同棲を始めて、二人で飲食店でバイトしているという話は聞いていたが、最近は少し連絡が途絶えていたから嬉しかった。

――リキ元気？　後で電話したいんだけど、何時頃がいい？

――元気だよ。今、叔母さんの墓参り中。一時間後くらいに、こっちから電話する。

――了解。話すの楽しみ。

――私も。じゃね。

投げキスのスタンプを送る。テルに、この間のいろんなことを話したくてうずうずしていたので、電話で話すのが待ち遠しいほどだった。

墓参りを済ませた後、母親が一緒にラーメンを食べようというので、街に戻って有名なラーメン店に入った。贅沢に、チャーシュー麺をふたつ頼んだ母親は、とても嬉しそうだった。

「なかなか外で食べることもしないから、今日はあんたとラーメン食べようと思って、楽しみにしてきたんだよ」

食べ終えた後、リキが料金を払おうとしたら、母親は頑として受け取らなかった。

「ラーメン代くらい、払うよ。それより、子供ができたら、知らせなよ」

リキはどんな顔をしていいかわからず、泣き笑いみたいな表情をしてしまった。母親は見ないふりをしている。

「お母さん、ちょっと散歩して帰るから」

照れ臭さを隠して言う。

「飛行機間に合うの?」

「大丈夫」

母と別れて小さな児童公園に入り、テルにLINEで電話した。

「もしもし、テル? LINEありがと」

「リキ、久しぶりだね」

「うん、久しぶり。テル、元気そうじゃん。声に張りがあるよ」

「リキもそうじゃん。何、今、北海道に帰ってるの?」

「そうだよ。佳子叔母さんが死んだ時に行けなかったから、お墓参りしとこうと思って。妊娠したら、しばらく来れないじゃん。あと、一応、結婚はしたから、親たちにひと言、断っておこうかと思ってさ」

テルは、リキが代理母になることを相談した時に、母性を汚すのか、というようなことを言って反対した。その後、賛成してくれたが、金のことなどは話していない。だが、テルが愛知に帰ってからは、その距離感がよかったのか、率直に近況報告をするようになっていた。

「えっ、リキは婚姻届出したの？　つまり、結婚したってこと？」

テルは驚いたらしく、大きな声で訊き返した。

「そうだけど、形だけだよ。一緒になんか住んでない。草桶さんの実子にするための苦肉の策だってさ。うまく出産したら、元に戻すことになってる」

「じゃ、リキの籍が汚れることになるんだね？」

汚れるという発想はなかったので、びっくりした。母性や戸籍など、テルの頭の中には、汚してはならないものがあるのだろうか。

「籍って、汚れるの？」

「そら、そうだよ。あんたはいったん草桶姓になって、その後、離縁されたことになるんでしょう。お世継ぎの子供だけ産まされてさ。勝手にバツイチにされることになるんじゃない？」

「そう言われると、明治時代とかみたいだね」

「いや、もっと古いよ。戦国時代とかじゃね」

「戦国時代かよ」

テルが大袈裟なことを言うので、リキは思わず大声で笑った。砂場で遊んでいた親子が、びっくりしてリキを見た。

「そうだよ、大昔の感じ」

「うん、言われてみれば確かに」

「それって何かさ、不公平な気がするけど、リキはそれでオッケーしたんだよね？」

テルがあまりにも気の毒そうに言うので、リキは困惑した。上から目線ではないか。

「うん、したよ。私、戸籍なんてどうでもよかったし、その方が面倒ないみたいだったから、それでいいですって言っちゃった。むしろ、草桶さんの奥さんの方がどう言うかな、と心配だったんだけど、奥さんは気持ちよく賛成してくれたんだって」

「ふーん。なんか、そのおっさんだけが楽する感じじゃね？　自分は精子を搾り出してんだろうけど、こっちは子宮と人生懸けるわけじゃん。リキはそれでいいの？」

テルががんがん攻めてくる。

「うん、ちょこっと、私もそう思わなくもないんだけど、もう契約結んじゃったし。とりあえず、チャレンジしてみるって感じかな。前金とかも貰って、引っ越ししたりしたしね」

リキは、契約内容のことや、草桶が「プロジェクト」と言いだして、行動を縛ろうとしてくることなど、もっと詳しく相談したかった。しかし、テルの会話のトーンからすると、やはり積極的に代理出産に賛成しているわけではないことがわかって、リキは本音を言えなくなっていた。

「リキ、あんた、大丈夫？」

リキの煮え切らない言い方がテルにも伝わるらしく、苛立ったように言う。

「うん、大丈夫だよ」

「今なら、まだやめられるんじゃないの？」

「それは無理だよ」

「何で無理なのよ」

「違約金とか取られちゃうんじゃないかと思って」

テルがふっと溜息を吐いたのが聞こえた。

「金の問題？」

リキは黙った。金の問題で、二人して悩んできたではないか。金の問題だと言ってはいけないのか。

「リキはさ、ほんとはやめたがっているみたいに聞こえるよ」

言い当てられて、逆に不快になる。

「やや迷いが生じている感じかな」

「じゃ、やめりゃいいじゃん」

「そうもいかないんだよ」

テルはもどかしそうだ。

「でも、お母さんたちには、結婚したって報告したんでしょう？」

「そうだよ」

欺す指輪まで買った、とエセ結婚指輪を眺める。

「お母さんたち、喜んだ？」

「うん、喜んだけど、オヤジなんかは、何で挨拶に来ないって不審がってる」

「そうだろうね」

いつも金がなくて情緒不安定気味だったテルが、愛知に帰ったら、逆に落ち着いているようで、リキは何があったのだろうと気になった。

「ところで、テルはどうしてるの？　ソム太も元気なんでしょう？　二人でうまくやってる？」

少し躊躇った後に、テルが答えた。

「うん、そのことなんだけど、リキに言いたかったのは。私、妊娠しちゃったんだよ」

「ほんと、おめでとう。よかったね」

反射的に、そんな言葉が湧いて出た。だが、本音は、自分だけ置いていかれたような焦りがあった。

「そんなあ、よくもないよ。だって、相変わらず金なくて、借金は膨大だし、うちの実家はクソだから、私がソム太と一緒に住むと言った途端に、絶縁状態になっちゃったし。どう考えたって手詰まりなのにさ。ソム太がすごく喜んで、是非産んでくれって言うの。そう言われると嬉しいんだけど、これから先のことを考えると怖いんだよね」

「わかる」

わかったのは、「これから先のことを考えると怖い」という言葉だけだった。自分もそうだからだ。

「リキなら、わかってくれるよね？　私たち、東京で苦労してたじゃん。だから、この先の貧乏生活を思うと、子供なんか作ってる場合か、とも思うんだよね」

「だけど、産むつもりでしょう？」

「うん、産む」と、テルはきっぱり宣言した。

「じゃ、今から、先のこと考えてもしょうがないんじゃないの」

嘘だ。嘘吐け。適当なことを言って誤魔化そうとしている。と、自分で自分の舌の滑らかさを責めている。

「だけど、どうしても考えちゃうじゃん。そうでしょ？　リキも」

自分だったらどうするだろう、と思ったが、好きな相手もいないから、その心境が想像できなかった。本当に好きな男との間に子供ができたのなら、産みたいと願うかもしれない。日高とその妻のように。

『リキちゃんの遺伝子との結合でどんな子が生まれるのか見てみたいって思うのが、普通の夫婦だよ』

「テルが、ソム太との間にどんな子が生まれるのか見てみたいなら、産めばいい、と思うよ」

ほとんど日高の言葉をなぞっていたが、テルは感激したようだった。

「うん、何か勇気出た。ありがとう、リキ。私、産んでみるよ」

「それがいいと思う」

「じゃ、また連絡するね。元気でね」

「うん、またね」

電話を切った後、リキはしばらく脱力してベンチに座っていた。テルが羨ましかった。何よりも、ソム太というパートナーがいて、二人して妊娠という事態を迎えられるシンプルさが羨ましいのだった。

東京に帰ったところで、何をするわけでもない。今のところ、妊娠するのが仕事だから、職探しの必要もないし、夫の世話をすることもない。ただ、新しく契約した部屋に一日中いて、テレビを見たり、マンガを読んだりしていればいいだけの話だった。

賢い女なら、身ひとつのうちに、代理出産をした後の仕事を何にするか目標を定めて、準備を始めたりするのだろう。でも、リキはまだそんな気になれない。

あれやこれやと心配が胸を過《よぎ》って、考えが纏まらない。暗い気持ちで、家に戻った。すると、ひと足先に帰っていた母親から、「これ、ダンナさんに持ってって」と、大きな紙袋を渡された。中を見ると、北見の土産物がいっぱい入っていた。カーリングのクッキーや、特産品のハッカ飴《あめ》などだった。

「お母さん、いいよ。こんなにたくさん」

「いいから、いいから。余ったら、近所の人に配ればいいから」

仕事は辞めてしまったし、唯一の友人だったテルは、愛知に帰ってしまった。東京には土産物を配る知り合いなど、どこにもいないのだった。

「ありがとう。ダンナが喜ぶと思うよ」

母親が満足そうに頷いたので、嘘を吐いたことを嬉しく思う自分がいる。ああ、自分も大人になったのだ、とリキは思ったが孤独を感じた。


女満別空港まではバスで向かった。五日後の排卵日まで何の用事もないのだから、実家でゆっくりしていてもいいのだが、何となく気持ちが忙しなかった。それに、実家には個室もない。普段、東京で一人暮らしをしていると、たとえ両親でも、密接な距離が疎ましいのだった。

チェックインして空港内を歩いていると、声をかけられた。

「『白い恋人』、お土産にいかがですか？」

リキは無視して行こうとした。すると、今度は背後から高い笑い声がした。

「リッキーったら、もう帰っちゃうの？」

ミサキさんが女満別空港の売店で店員をしていることを、すっかり失念していた。リキは慌てて礼を述べた。

「昨夜《ゆうべ》はありがとうございました」

ミサキさんは、少し腫れぼったい目をしていた。昨夜、別れた後も、たくさん飲んだのだろう。

「なんもだよ。みんな、リッキーに会えて喜んでたっけ。そうかあ、もう帰っちゃうんだ。でも、私ね、てっきり明日帰るのかな、と思ってたんだ。だから、もう会えないなあと思って残念だったのね。私、明日はお休みだから」

「そうですか。じゃ、会えてよかった。昨日はおかげさまで、すごく楽しかったです。皆さん変わらないですよね」

「いやいや、そんなことないさ。みんな老けまくりだよ。でも、みんな言ってたよ、リキちゃん、すごく垢抜けて綺麗になったって。やっぱ東京に住んでる子は違うねって」

またしても、ミサキさんの視線が、左手の指輪に向けられるのを感じる。

「リッキー、結婚してるんだよね？」

「そうですよ」

「日高さんとベルジュールに消えたって噂あるけど」

ミサキさんが、にやにや笑いながらリキの顔を見る。

「ベルジュールって何だっけ」

リキはとぼけたが、内心ではひどく焦っていた。田舎で噂を立てられたら、おしまいだ。いずれ、両親や兄たちの知るところになるだろう。そして、日高の家はどうなるのか。四人も子供がいるのだから、奥さんはこの屈辱に耐えられないだろう。

「ベルジュール、知らないの？　ラ、ブ、ホ」

ミサキさんは、一語ずつ区切って言った。

「知らない。私が知ってるのはオリオンだけですよ」

冗談めかして言ったが、ミサキさんは笑わなかった。

「じゃ、時間なんで」

リキは一礼して手荷物検査に急いだ。しかし、ミサキさんの視線は、背中に刺さったままだ。これでもう、帰れなくなった。と思ったら、解放感があった。

あの墓地に埋葬されない生き方を選ぶしかない。結婚でも出産でもなく、はたまた独身と言われることでもなく、何か違う道があるはずだと、リキは思った。

4

飛行機は定刻より十五分も早く、羽田に着いた。二日ぶりの東京は、春先のように暖かい。リキはダウンコートを腕に抱えて、北海道と東京の距離を実感した。しかし、六年前に初めて上京した時は、東京はさぞかし暖かいだろうと薄着してきて、からっ風に震え上がったのだった。

バスで帰ろうと思ったが、時間が合わないのでモノレールに乗ることにした。乗り場に向かう途中、スマホの電源を入れて初めて、ダイキからＬＩＮＥがきていることに気が付いた。そろそろ帰京する頃だと思ったのだろう。

――まだ北海道？

――今、羽田だよ。

――暇なんだけど、会わない？

――いいよ。

渡りに船だ。帰ったところで、途中のコンビニで何か買って一人で食べるだけだ。気楽な反面、寂しい。実家で両親と過ごしたせいか、人恋しい気持ちがある。

すぐに、渋谷の大衆的な居酒屋のＵＲＬが送られてきた。リキはマンションに帰らずに、直接渋谷に向かうことにした。待ち合わせた店は、場外馬券売り場のそばで、渋谷駅から少し距離がある。リキはキャリーケースを引いてダウンコートと母にもらった土産物の紙袋を腕に下げ、ひたすら歩いた。懐に余裕があっても、つましい生活の癖は直らない。

「おーい、リキちゃん」

まだ六時前でも、居酒屋は結構な混みようだった。一番奥の席で、ダイキが手を振った。冷凍枝豆をつまみに、ウーロンハイを飲んでいる。赤い顔をしているところを見ると、すでに何杯も飲んだ後らしい。

ダイキは、黒のパーカーにブラックジーンズ。有名な脚本家の真似か、黒い帽子を阿《あ》弥陀《みだ》に被っていた。そして、相変わらず、白いバンドのアップルウォッチを手首に着けている。アップルウォッチがカッコよかった時期は過ぎたのに、まだ見せびらかすようにしているのがダサかったし、帽子も似合わない。だが、リキは、垢抜けないダイキが、自分の仲間のような気がして和むのだった。

「お土産だよ」

リキは、ハッカ飴を差し出した。他にもクッキーや和菓子があったが、ダイキは喜ばないように思った。

「え、俺にくれるの？　マジ、嬉しいんだけど」

意外にも、ダイキはすごく喜んだ。

「飴、好きなの？」

「好きっていうか、人からお土産もらうと嬉しいじゃん。俺のこと考えててくれたんだな、と思って。それに、北海道なんて行ったことないからさ、ちょっとわくわくするじゃん。俺、離島の出身だからさ。北海道ってすごく遠く感じるんだよ。外国みたい」

イントネーションが違うのに、無理に標準語で喋ろうとしている。

「離島って、ダイキのところ、どこだっけ」

「与那国《よなぐに》だよ。リキちゃん、行ったことないでしょ？」

ダイキは初めて、故郷の島名を明かした。リキは、与那国島なんて、どこにあるのかも知らなかった。もっとも、リキは沖縄本島だって行ったことがない。いや、夜行バスでＵＳＪに遊びに行ったことが、一度あるのみで、大阪以西に足を踏み入れたことさえない。

「与那国って、どんなとこ？」

「島だよ、島。離島」

ダイキは、メニューを見ながら答える。

「そんなのわかってるよ。だから、どんな島って訊いてるの」

　ダイキが、メニューから顔を上げた。

「それよっか、リキちゃんもウーロンハイでいい？　俺おごるから、適当に料理頼んでもいい？」

　リキが承知すると、ダイキは唐揚げやコロッケなど、揚げ物を中心に注文した。

「さっきの質問だけどさ、与那国は日本の最西端にある島です」わざと、教師のような口調になる。「人口減が問題になっていますが、近年、自衛隊が駐屯することになって、隊員とその家族とで、人口が急に増えました。それが明るいニュースかどうかは、僕にはわかりません」

「何でわからないの？」

「いろんな意見があるからだよ」

　遠慮せずに自分の意見を言えばいいのにと、リキは思った。

「それに何で自衛隊がいるの？」

「台湾が見えるような島だから、国境なんだよ。中国の船もしょっちゅう通るしさ。そういう防衛上の観点だよ。うちの親は自衛隊に反対してたけど、俺は人口が増えるならいいか、とか思うんだよね。だって、放っておけば過疎だよ。いろんな意見があるというのは、そういう意味。実は俺もどっちがいいか、わからん」

「へえ、台湾が近いんだ」

「つか、晴れた日は見えることがあるよ」

リキは驚いた。沖縄あたりの島々に関する知識は曖昧で、島の位置の認識はぐちゃぐちゃだと言ってもいい。

「リキちゃんのとこだってそうじゃん。北方領土が近いだろう？　俺たちの故郷は、日本の北と西の国境にあるんだよ」

そう言われてみれば、そうだった。地図のすぐ上はロシアだ。北海道も自衛隊駐屯地がたくさんあり、中学時代の同級生の中には、自衛隊に入った男子もいた。

「うちは北で、ダイキは西か。不思議な縁だね」

そうそう、と嬉しそうにダイキがウーロンハイのグラスを掲げたので、乾杯する。

「今度行ってみたいな、北海道。まだ行ったことないんだよ」

「なあんもないとこだよ。原野ばっか」

リキの脳裏にはどうしても、原野を切り開いて造成された寂しい墓地が浮かぶのだった。それよりは、四方を青い海に囲まれている方がいい。

「いいじゃん。数時間もあれば一周できるような島に育ってみろよ。つまんないから」

「半年も雪に閉じ込められるのも、つまんないよ。就職先なんか、全然ないしさ」

「ないのは、こっちも同じだよ。つか、比較にならないよ。ラブホなんか一軒もないしさ」

「うちの方は二軒、いやもっとあるかな」

途端に、日高とのことを苦く思い出した。でも、ダイキと笑い合って酒を飲んでいると、憂さが晴れて何でも話したくなる。

「ラブホって言えばさ。私、もう帰れなくなったよ」

ダイキがウーロンハイを注文した後に、振り向いた。

「何でだよ」

「昔、付き合ってた人に会ってさ。誘われたから、ラブホに行ったの。そしたら、それが知り合いに見られてたみたい。もう噂が飛び交ってると思う」

「ラブホで故郷喪失か」

ダイキがふざけて言うから、思わず笑った。

「そういうことだね。ある意味、せいせいしたけどね。あんなとこ、もう帰らなくていいやと思って」

「リキちゃん、そいつのこと、好きなの？」

ダイキが、興味深げに、テーブルに身を乗り出す。

「そうでもない。つうか、ただの好奇心だよね。前の彼と会って、今の自分がどう変わったか見てみたい、みたいな」

「でも、リキちゃんは例の契約があるよね」

ダイキに、代理母契約のことでさんざん相談したから、覚えているのだろう。

「そうなの。私、契約を破っちゃったよ。草桶さんから、北海道に帰る前に連絡くらいしろ、現地で酒飲むな、行動を慎め、とかいったメールがきてさ。それ見たら、何か頭にきて、破りたくなった。いくら、代理出産するからと言って、そこまで行動を制限される覚えはないと思うんだよね。今さらだけど」

「いいぞ、いいぞ」ダイキが喜んだ。「ばれなきゃ、いいんだよ、ばれなきゃ」

「そう思った。相手もコンドーム着けてるしね。どうせ草桶さんの精子を入れられるんだから、他の人と気持ちいいことしてもいいでしょって感じ」

「リキちゃん、露骨やなあ。ぞくぞくするわ」セックスワーカーのダイキが身を捩ってみせてから、真顔で言う。「ま、どこまで受注者に、発注者が行動制限ができるのかって話だよね」

「私、受注者なの？」

「そうだろ」

「何を発注されてるの？」

「子産みでしょう」

その直截《ちょくせつ》な言い方に思わず笑ったものの、基がリキに行動制限する根拠が「一千万」という額にあるのだとしたら、いくらなら行動に口を出されないで済むのか。それとも、医学的な見地からなのか。リキは首を傾げる。その両方だとして、女にそこまで要求する男をいやらしく感じた。

「ビジネスだからってことかな」

「言ったじゃない。あっちにとっては、取引だって」

「でも、私、何か不公平な気がするんだけど」

リキは、いつもの、どうしても割り切れない疑問に辿り着いた。しかし、それを承知したのは自分なのだ。

「でもさ、昔から大奥とか、後宮とか、ハーレムとか、世継ぎを産む女はたくさんいたわけでしょ。それの現代版てか、ビジネス版じゃない？　つか、嫌なおっさんとセックスしなくて済む分、いいじゃない。子宮貸すだけでしょ？」

セックスしなくて済む。そういう考え方もあるのかと、リキは思った。『戦国時代とかじゃね』と言ったテルを思い出していると、唐突にダイキが言う。

「ね、リキちゃん。今夜、俺とやらない？」

「ダイキ、お客さん、いるでしょ？」

「最近、全然駄目なんだよ。不況らしくてさ、イケメンがたくさんこっちに参入しちゃって、俺、あぶれてるの。三日に一人くらいじゃ、食い上げだよ」

「じゃ、これから仕事どうするの？」

「塾の講師やろうかと思ったけど、東大とか早慶とかがうじゃうじゃいて、俺レベルじゃ話になんない。だから、いったん与那国に帰ろうかと思ってるんだ。それで、最後に一発、いいでしょ？」

「マジ？　いつ帰るの？」

意外なことに、リキは衝撃を受けていた。ダイキのことを、生まれ育った場所ではどうにも物足りなくて、東京に来て、堪え忍ぶ生活を選んだ仲間だと思っていた。

「なるべく早く。できれば今週」

「帰ってどうする？」

「わかんないけど、自衛隊が来て人口増えてるっていうし、学校関係で就職できるかもしれないなと思って。与那国で駄目でも、八重山《やえやま》全体では何とかなるかもしれないし。甘いかもしれないけど」

「ダイキがいなくなったら、私、寂しいかも」

本音だった。代理出産に迷っている時に出会って、愚痴もこぼしたし、相談もしてきた。ダイキがいなかったら、荒れ狂っていたのではないかと思う。

「そう言ってくれると嬉しいよ。ＬＩＮＥもあるし、電話もするからさ。つか、リキちゃん、仕事終わったら、遊びに来いよ」

基の子を妊娠して出産することを「仕事」と言われることに、猛烈な違和感があった。

「ダイキ、私、仕事と割り切った方がいいのかな？」

「もう割り切ったんだろ？」

「まあね。でも、生まれてきた子供はどうなるのかな。最近、そんなことも考える」

「草桶さんが大事に育てるんだよ」

「その時、私の気持ちはどうなるんだろう」

「それも含めての値段なんだよ。リキちゃんの気持ちはリキちゃんが始末するの」

だったら、ちっとも高くないと思うのだった。

「じゃ、そろそろ行こうよ。ホテルでゆっくりしよ」

ダイキが立ち上がって、手を差し伸べる。

「マッサージしてくれるのなら、いいよ」と、リキはその手を摑んだ。まるで溺れている人が摑む何かのようだった。


翌日、リキは草桶悠子宛に、宅配便でカーリングのクッキーを送った。「北海道に帰っていました。母からです」と、簡単なメモを付けた。鮭の形をした和菓子は、自分で食べてしまった。

どうして悠子に菓子を送ろうと思ったのかは、よくわからない。北海道に帰郷した自分を責める基を前にして、悠子が何か取りなしてくれたのではないかという、勘のようなものがあった。

果たして明くる朝、悠子から早速優しいメールがきて、リキの心はひとまず落ち着いた。

「大石理紀様
このたびは、北海道のお土産を送って頂きまして、ありがとうございました。大変、美味しく頂きました。

大石さんが、北海道に帰郷されたことは、草桶から聞いております。お手紙に、『お母様から』とありましたので、このたびのことを、結婚という形にさせて頂いたことを、お母様たちにどのように報告されたのだろうと、気を揉みました。お母様たちは、お嬢さんの結婚という大事の裏にまさかこんな契約があるとは、ご存じないでしょうから。

その意味で、今後の大石さんのお気持ちを考えますと、何やら心配になりますが、いかがでしょうか。今度、そのお気持ちをお聞かせください。

それから、大石さんにとっては、久しぶりの帰郷でいらっしゃるでしょうに、草桶が無神経なメールを送ってしまったようで、申し訳なく思っています。

草桶も、大石さんのお体のご負担を思ってのことですので、どうぞお気を悪くなさいませんよう、お願いいたします。

まだしばらく辛い治療が続くかもしれませんが（体験者なので、よくわかります）、何とぞよろしくお願いいたします。

草桶悠子」

排卵予定日の二日前、リキは予定通り、卵胞チェックのためにクリニックに行った。今回も生理周期の五日目からクロミッドを服用している。二回失敗してしまったので、今回の人工授精からは、より確実な排卵を促すhCGの注射やhMG/FSHの注射をすると聞いていた。

リキは、hMG/FSHによる副作用や多胎妊娠などを心配していたのだが、拍子抜けすることになる。医師に、「まだ若いから、しばらく前回と同じ方法で試す」と言われたのだ。

二日後には排卵がありそうだということで、基がそれに合わせて採精し、人工授精することになった。リキは人工授精日の前日から、感染予防のため処方された抗生剤を飲む。

人工授精の日は、初回や二回目同様、一人でクリニックに行く予定だったのだが、雨の予報が出ているので、珍しく基が車で迎えに来るという。基に会うのは、久しぶりだった。

当日は、やはり雨だった。気温も低い。リキは、北海道に着ていったダウンを着て、約束の時間の少し前に、マンションの前で待った。

時間ぴったりに、青いミニが停まった。ルーフが白で、いかにも基が好みそうな洒落た車だった。後部座席に、赤茶のトイプードルが乗っていて、小さな爪で必死に窓を掻いている。

「こんにちは。お久しぶりです」

運転席から、わざわざ基が降りてきて、助手席のドアを開けてくれた。会うのは、ほぼ一カ月前の人工授精の時以来だ。その時、基は採精した容器を置いて、さっさと帰ってしまったから、話もしなかった。その冷たさを恨んでいたのだが、この豹変《ひょうへん》ぶりはどうしたことだろう。

「わざわざ、すみません」

「いや、こちらこそ。雨だっていうし、今日は寒いし、ここからクリニックは遠いですからね」

車の中は暖かく、リキの知らないクラシックの曲が静かに流れている。日高はテレビを点け、喧《やかま》しいバラエティ番組を流しながら運転していたことを思い出す。

「助かります」


後部座席で、犬がくんくん鼻を鳴らしているが、基は振り返らない。

「この犬、何て名前ですか」

気詰まりになったリキが訊ねる。

「マチュー。ダンサーの名前から取りました」

マチューか。名前まで洒落ている。

「へえ、可愛いですね」

心にもないことを言う。突然、基が頭を下げた。

「あのう、今日のことですけど、悠子が、大石さんを車で送っていきなさいって言うものだから、その通りだな、と思いまして。これまで気付かなくてすみません。それから、この間のメールのことも叱られました。大石さんが一応、結婚という形を取ってくれたのだから、ご実家で喜ぶだろうに、僕が挨拶にも行かないし、それはおかしい上に、あんなメールを送って、と言われました」

「あ、いえ、ありがとうございます」

やはり、そういうことだったのか。注射をしないで、前回と同じ方法でというのも、悠子の進言かもしれない。

「メールのこと、すみませんでした」

「私も北海道に帰ることを、事前に言わなくてすみませんでした」

リキはぺこりと頭を下げる。

「いいんですよ。考えてみれば、そこまで強要できませんよね。それは越権行為だ。今度のことで、あなたの人生をある意味、縛っているわけですし、結婚もしてもらった。それ以上、だいそれたことはしちゃいけない、と思ってもいるんですよ」

おや、どうしたことだろう、と思うほど、基は穏やかだった。

「だいそれたことって、どういうことですか?」

リキが訊くと、基は高速道路に入りながら、ぽつんと言う。

「いや、どういうことかは具体的にわからないのですが、実は、僕もだんだん、このプロジェクトが怖くなってきました」

「プロジェクト」は相変わらずだが、リキ同様、基も怖じ気づいてきているのだろう。

「私もちょっと心配なんです」

リキは正直に言った。はっとしたように、基がリキの顔を見た。

「何が心配なんですか?」

「いや、何がって、はっきりわかりませんけど、何だか不安なんです。私は妊娠そのものが怖いのかもしれません」

正直に言う。

「そうでしょうね」と、基が頷いた。「僕も相手を妊娠させたことはないから、どんな気持ちになるのか、想像できないんですよ。歳の離れた奥さんをもらったこともないしね。大石さんが辛い処置をされているんだから、やはりクリニックでは、夫婦のつもりで労った方がいいと思うんですよね」

「草桶さんが早く帰られた時に、中年の看護師さんに『ずいぶん冷たいダンナさんですね』と言われたことがあります」

基が驚いたように、こちらを見た。

「それはまずいですね。どうもすみません」

「いいんです」

「青沼さんを通して、院長には人工授精にしたいと申し入れているのですが、スタッフは夫婦にもいろんな事情があることに疎いのでしょう」

「いろんな事情? 確かに」リキは言葉を切ってから、思い切って言った。「私、正直に言いますけど、ただの子産み機械みたいだな、と思うこともあります」

基が申し訳なさそうに、軽く頭を下げた。

「それはすみません。そんなつもりはないんです。こないだのメールに、あなたを縛るようなことを書いてしまいましたけど、それではいけないと反省したんです。僕らは逆に、仲良くならなければいけないと思うのです。だって、あなたは、僕の子供を産んでくれる大事な女性なんですから」

「仲良くなるんですか？」

リキは、ダイキが言った『セックスしなくて済む分』という言葉を思い出して、どきりとした。基は、自分とセックスをしてもいい、と思っているのだろうか。緊張で身が硬くなった。リキの緊張が伝わったらしく、基が慌てて言った。

「いや、敵対だけはしないでうまくやっていきたい、という意味ですから」

早くも、出産後の子供を巡るトラブルを懸念しているのだろうか。

「それは私も同じ思いですけど」

「よかった。ま、僕も気を付けますから、これからもよろしくお願いします」

基はほっとしたようにリキの方を向いて、右手をハンドルから離して握手を求めた。仕方なしに、リキはその手を握った。細くて長い、綺麗な指だった。

基は、いつものように自宅で採精してきていた。だが、今回はリキの人工授精が終わるまで待っていて、帰りも送ってくれた。基が自分に優しくしようと変貌したのは、悠子と何か話し合いがあったのだろうと、リキは思った。

生理が遅れた。微熱もあるような気がする。リキは数日待って、買ってあった妊娠検査薬を試してみた。陽性と出た。クリニックや青沼からは何も言ってこないから、リキの報告を待っているのだろう。

一週間待って、もう一度検査薬を試すと、やはり陽性だった。心なしか、だるいし、お腹が張るような痛みもある。完全な妊娠の兆候だった。とうとう、船が動きだしたという実感があった。この先、自分はどんな航海をするのだろう。

ふと、日高やダイキと関係を持ったことを思い出した。日高とは生理がちょうど終わった日で、排卵日まで六日はあろうという時だった。その時はすでにクロミッドは服用していた。ダイキとは、その翌日。

二人ともにコンドームを着けてのセックスだったが、直前まで装着しなかったのだから、事故がないとは言い切れない。万が一、事故があったとしても、排卵日まで六日もあるから、妊娠はしないだろうと思っていた。

ところが、念のためにネットで調べてみると、精子は六日間生きることもあるとわかって、リキは青くなった。可能性として一番高いのは、もちろん基の子だが、日高やダイキの子である可能性もなくはないのだった。自分の船は、いったいどこの港に着くのだろう。リキは、お腹に手を置いて、カレンダーを凝視した。

第四章　BABY 4 U

1

離婚なんて、書類上のことだと割り切れるはずだった。形式でしかないのだから、普段通りの生活を続けられると思っていた。だが、悠子と少しずつ気持ちがずれてゆくような気がしてならない。最初は、子供が欲しいあまり、夫婦仲が疎遠になっては意味がないと不安だったが、近頃は、その状態にも慣れてきたように思う。

まず、悠子と一緒にいることが減った。少し前までは、必ず二人で夕食を食べていたのに、近頃はそうでないことが多々ある。基は、スタジオでそのまま千味子と一緒に食べて帰ることが増えたし、悠子も平気で残業して、夜の外出も多くなった。いや、悠子が帰ってこないから、基は千味子と食べることが多くなったのかもしれない。

「どっちだろう」

基が独り言を言うと、千味子がじろりと見た。

「何が?」

「いや、何でもないよ」

千味子が鍋から白菜を取って、自分の取り鉢に入れた。白菜には春雨が数筋、纏わり付いている。春雨は基の好物だ。基は、春雨だけを箸ですくい取った。白菜と豚肉のミルフィーユ鍋は、千味子に子供の頃からよく食べさせられた。バレエを生業《なりわい》とする草桶家のダイエット食である。しかし、悠子と結婚してからは食べたことがない。悠子は、鍋料理が嫌いだからだ。

そのせいか、やたらと旨く感じられて箸が進み、悠子と食事の好みが微妙に違っていたことに気付く。こうして、取るに足らない些細《ささい》なはずだった差異が広がっていく。広げるのは自分か悠子か、どっちだろう。それはまだ、軌道修正できるのだろうか。

「私は、男の子か女の子かどっちだろう、という意味かと思ったのよ」

千味子に言われて、基は自分の呟きを思い出した。

「ああ、違うよ。考えごとをしてたんだ」

基が誤魔化すと、千味子が柔らかく微笑んだ。

「私は男の子でも女の子でも、どっちでもいいわ。孫ができるなんて嬉しいもの。ねえ、いつ頃、性別がわかるんだっけ？」

「ネット情報だけどさ。男の子の場合は、早くて十一週にはわかるって。でも、だいたいは妊娠五カ月くらいでわかって、確実なのは七カ月らしい。予定日は九月だから、六月頃にははっきりするんじゃないか」

「楽しみだわ。私があなたを産んだ当時は、生まれてくるまで、どっちか知らされなかったものよ。男の子だったたって、お父さんは喜んだけど、私は娘の方がよかったから、ちょっとがっかりした」

　千味子が、基の顔を見ながら言った。

「それは、すみませんねえ」

　基は、自分のような息子が欲しいと思っていたが、いざリキが妊娠してみると、どちらでもいいから健康で生まれてさえくれたらと、それしか思わなくなった。

「父親になる気持ちがやっとわかってきたよ。ともかく無事に生まれてほしいと願ってるんだ」

「嬉しい？」

　千味子がにやりと笑った。息子の変化が可笑しいのだろう。

「もちろん。こうなるまで、自分の中にある、子供が欲しい、可愛い、という気持ちに気付かなかった」

「そういうものかもね」

　千味子が、基のグラスに白ワインを注ぎ足した。千味子の膝の上に、マチューが飛び乗った。千味子は追い払うこともなく、そのまま載せている。

「うん、ほんと、不思議な感覚だよ。とうとう自分の子が生まれてくるってわかって、初めての感情に気付くというか、そういう感情が自分の中にもあるんだなって思った。子供が生まれて、初めて俺は一人前になるんだ、という感じかな。ひと皮剝けたみたいな、すごく新鮮な感じだよね」

興奮して熱弁をふるった後で、親になる自分は新鮮な感覚に酔えても、悠子は違うのだと気付き、基はワインを呷った。この感覚の違いが、後で問題になるのかもしれないという予感がする。

「ずいぶんお金もかかったものね」

千味子は冗談めかしたが、不妊治療にかかった額は相当なものだ。千味子の援助がなければ、基と悠子は自然に任せるしかなかった。が、最初から最後まで自然に任せれば、子がいなくても、また違う心境が生まれたのかもしれない。

「金をかければいいってもんでもないんだろうけど、かければかけるほど、結果がついてくるということもあるね」

つまりは、金持ちだけが、出産さえも思い通りにできるということか。基は、親離れしていない自分に皮肉な思いを抱いた。

「お母さんには、感謝してるよ」

「それはいいわよ。どうせ、私が死んだら、あなたが遣うお金なんだから。遺産の先払いだと思えばいい」

「そりゃ、そうだろうけどさ」

「どのみち、草桶の財産はその子に受け継がれるのよ。連綿と守っていけるのなら、それが一番いいの」

ふと、千味子が手を止めて、心配そうな表情になる。

「ところで、悠子さんはどう?」

「大丈夫だよ。結構、あの人サバサバしてるからさ。悠子は自分のことより、大石さんの方を心配してたね。情緒不安定じゃないかって」

「ああ、彼女の方ね」

千味子は、代理出産をするリキのことを、「彼女」としか呼ばない。

「そう、彼女のことだよ」と、基は繰り返した。

リキが黙って北海道に帰郷した時、基は無性に腹が立った。リキが、自分の子を妊娠・出産することに対して、不真面目に思えたのだ。だから、無自覚なリキの行動を、徹底的に監視管理しなければならない、と思っていた。

リキが自分の知らない場所に行って、他の男と話したりすることを想像するだけで、カッと頭に血が上る。若いだけで何の取り柄もないリキのことなど、好きでも何でもないのに、この感情は何だろうと、実は密かに首を傾げていた。

嫉妬ではない。自分の持ち物を損傷されたくない、という意味だ。リキが持ち物?

ふと浮かんだ言葉に、自分でぎょっとする。

「彼女は元気なんでしょう。特に変わったことはないの?」

「恙《つつが》ないと聞いているよ」

「よかった。このまま無事に出産してほしいわね」

リキが妊娠したという報告は、青沼経由ですぐに知らされた。今回の受胎は、リキを迎えに行ったりして、なるべく優しく努めようと気を配った成果だ、と基は自画自賛している。それまでは、邪険とは言わないまでも、なるべくビジネスライクに接しようと思っていたのだから。

基は、車で迎えに行った時の、リキの驚いた顔を思い出すと頬が緩んだ。ビジネスライクだけでは、ものごとは動かない。つまり、リキはモノでもなければ道具でもない、人間なのだ。でも、基の持ち物に近い存在ではある。

「彼女、これからでもいいから、うちに来ればいいのにね。そしたら、こうやって一緒に食事したりして、こっちも彼女の状態を気に懸けることができるじゃない。でないと、心配でしょ？　彼女も若いから、遊びたいと思うかもしれないし、子供を自分のものにしたいと思うかもしれない」

千味子が取り鉢に箸を置いて、真剣な表情で言った。ああ、母親も自分と同じようにリキを監視下に置きたいのだ、と基は苦笑いした。

「今度、食事に誘ってみるよ」

「頼むわね。どうせ臨月になったら、うちに来ることになると思うし」

千味子が自信たっぷりに言うので、基は首を傾げた。

「大石さん、来るかなあ」

「来るでしょう。だって、実家は北海道でしょう。だったら、頼る人がいないんだから、うちに来るしかないわよ。お産の前はともかく、産んだ後は一人なんて無理だからね」

「そうなの？」

「そうよ。だって、産後は弱っているのに、自分だけでちゃんとご飯を食べて、お乳を出して、赤ん坊の面倒を見るなんて無理よ。昔から、みんなが助けてきたのよ」

基は、その時、悠子はどこにいるのだろうとふと思った。

「あ、それより、産院で赤ちゃんだけ貰ってきちゃうのかしら。そしたら、彼女は別に来なくてもいいわね。悠子さんが産んだことにして、悠子さんが赤ちゃんの世話をすればいいんだものね」

「悠子は仕事が忙しいから、そんなこと、急にできるかな」

「だから、うちに連れてくればいいのよ。私がレッスン減らして面倒見てあげるから。私は最初からそのつもりよ」

千味子が強引に言う。だが、状況的にはそうせざるを得ないかもしれない。としたら、ますます悠子と距離ができそうで、基は不安の種を蒔《ま》いた気がしている。だが、一方で、それならそれで仕方がない、と思う自分もいる。すでにリキは妊娠したのだから。

食事を終えた千味子が、タバコに火を点けた。同時に、マチューが千味子の膝から、とんと床に飛び降りた。タバコが嫌いなのだ。

「赤ちゃんが来たら、禁煙しなくちゃねえ」

千味子が逃げたマチューを見ながら言う。

「そうだよ。お母さん、タバコやめろよ」

「心がけるわ」そう言いながらも、千味子は旨そうに煙を吐き出した。「ところで、悠子さんは、今日どうしてるの？」

「友達と会うって言ってた」

友達とは、りりこのことだ。このところ、週に一度はりりこと会って、夕食を食べている。リキが無事に妊娠できたから、悠子にも友人に打ち明けたいものが、いろいろ生まれているのだろう。悠子の心情は想像できなくもないが、基はりりこが嫌いなだけに、妻の行動が気に入らない。

あんなに悠子を想っていたのに、悠子が離れてゆきたいのなら、いっそ離婚したままでもいい、と思うことさえあった。二人の子供が欲しいという強い願いが、いつの間にか変質して、二人の間を裂き始めているような、そんな気がしていた。だが、リキが妊娠した以上、もう事態を止めることはできない。賽《さい》は投げられた、のだ。

「悠子さんのご実家の方たち、お元気なの？」

「うん、元気らしいよ」

そんな答えしかできない。基は、悠子の両親や弟たちとは、没交渉だった。もっとも、悠子の親族も何となく雰囲気を察してか、遊びに来たことはない。代理母に子供を産ませることで、ますます疎遠になるかもしれないが、まったく気にならなかった。

「ところで、彼女に三百万、払わなくちゃね。明日、振り込んでおくわ」

「すみません。お願いします」

基は素直に礼を言った。金を払うのが千味子である以上、生まれてくる子に千味子が大きく関わろうとしても仕方がないのかもしれない。基は、千味子と二人で子供を育てていくような気がしてきた。

基がマチューを連れて帰宅したのは、午後十時過ぎだった。しかし、悠子はまだ帰っていなかった。そのことに、苛立ちがある。妻が外食して遅くなることなど、どうということではないのに、最近増えていることが不快だった。しかし、表立って苛立ちをぶつけるには、プライドが高過ぎた。

風呂から上がって冷蔵庫を開け、ビールを飲もうかどうしようか、と思案しているところに、やっと悠子が帰ってきた。

「ただいま」

悠子は酔っている様子だ。少し呂律《ろれつ》が回らない。

「お帰り」と言ってから、冷蔵庫をバタンと閉める。「ビールを飲もうかと思ったけど、今日はカロリー過多だから、どうしようかと思って」

悠子が少し小馬鹿にしているような顔で笑った。りりこの影響ではないかと、さらに不快感が増した。

「飲みなさいよ。大石さんが妊娠したんだから、祝杯あげなきゃ。でしょ？」

「悠子が飲むなら、飲むよ」

「寒かったからビールって気分じゃないけど、付き合ってあげる」

悠子が黒いコートを脱いで、椅子の背に掛けた。基は缶ビールを、ふたつのグラスに等分に注ぎ入れた。

「妊娠プロジェクトの成功に乾杯」

悠子が言うと少し皮肉に聞こえたが、基は気付かないふりをした。

「乾杯」

グラスを合わせてビールを飲む。冷え過ぎていて、喉が痛かった。「冷たいね」と、悠子も喉許をさするような動作をした。

「母が、大石さんに三百万振り込んでくれるそうだ」

悠子が頷いた。

「よかった。これで妊娠できなかったら、大石さんが可哀相だもの。あの処置、嫌だから。二度としたくない」

「でも、彼女は事前に二百万貰えたじゃないか」

悠子がむっとしたのがわかった。反撃されるかと思ったが、何も言わないのが、却って不気味だった。

「今日は、りりこさんと一緒？」と、話を変える。

「そう。暇人で、私と付き合ってくれるのは、りりこくらいしかいないから。私の年代って、みんな子育て中だったり、介護してたりで忙しいみたい」

「りりこさんは元気？」

「元気、てか強いよ。彼女は、誰とも恋愛しないし、セックスしない主義なんだって」

「へえ、それは楽だな」

基はそう言って、冷え過ぎのビールを飲んだ。喉が慣れたのか、今度は平気だった。人間は何ごとにも慣れてゆく。

「楽だよね。恋愛しなくて、一人で生きていけるのなら、一番楽なんじゃないかな。恋愛なんて罪悪よね。傷つくし、傷つけるし、場合によっては死ぬし、ろくなもんじゃない。恋愛しなければ、セックスしたいという願望も起きないだろうし、いいんじゃない」

悠子が同意した。

「でも、セックスは別だろう。恋愛なんかしなくても、セックスはしたいし、できるよ」

「できるけど、甘美さはないよね」

基は首を傾げる。

「そう？　セックスって甘美？　俺は何か仕事感があるね。ほら、夜のおつとめって言葉があるじゃん。ああいう感じ」

悠子が不快そうな表情をした。

「おつとめだったわけね？」

「それは言葉の綾《あや》で、悠子とはそんなことないよ」

「そうかしら。おつとめだから、代理母とかに頼むのも平気なんじゃないの？　仕事感があるからさ」

基は、論理の飛躍ではないかと思った。

「それはちょっと違う気がする。話が別だろ」

「そうかなあ」悠子は懐疑的だ。「でも、男の人は、セックスも含めた妊娠・出産を機能的に考え過ぎているように思うな。女はそうじゃないから、私は大石さんの心が、ちょっと心配なの」

また、その話か。基はうんざりした。基の中で、リキは代理出産をビジネスとして割り切った女だという認識が強いが、悠子は違うらしい。

「でも、彼女は自分で決めたんだよ」

つい語調が強くなった。

「わかってるけど、状況的に追い詰められていることもあると思うよ」

「それはそうだろう。お金がなかったかもしれない。家賃を払うこともできなかったかもしれない。でも、それって、いわゆる自己責任ってやつじゃないの」

「出た、自己責任論」

「適当に当てはめるなよ」

むっとした。だが、悠子も減らず口はうまい。

「自分で言ったんじゃん」

「わかってる。イージーに当てはめようとは思わないよ。でも、彼女が自分で決めたことなんだから、仕方がないという話だ。じゃ、悠子は、海外で代理母に頼めばよかったと思ってるの?」

「違う。同じことよ。つまり、貧しい女の人が子宮を売る、というシステムとしては同じだよね」

今さら何を言う、と基は腹を立てた。

「この期に及んで反対するのか。それは狡くないか?」

悠子は大きな溜息を吐いた。

「狡い? そうかもね。私はよくわからなくなっただけよ」

グラスをいじりながら、迷っているように言う。

「りりこさんの言うことを聞き過ぎてるんじゃないの。俺、あの人、嫌いだよ。何か上から目線で、言いたい放題で」

すると、悠子が猛然と反撃してきた。

「私の友人を、そんな風に言うことないじゃない。りりこはいい人よ。なら、あなたは友人がいるの? 一人もいないじゃない。あなたが友達と遊びに行くことなんて、滅多にない。相談ごとも何でも、あなたはお母さんだけ。そうでしょ?」

もちろん、基にもバレエ仲間の友人が大勢いたが、彼らは元の妻とも仲がよかった。

基が悠子と恋愛して、元の妻と別れたことで、友人たちとは疎遠になっている。言うなれば、悠子を選んだことで四面楚歌《しめんそか》になったのだ。悠子の言葉に腹を立てた基は、心の底で悠子を恨んでいる自分もいることに驚いた。

「なぜ黙ってるの？」

悠子が挑発するように言う。りりこと会った後の悠子は、なぜか攻撃的になる。今夜は痛烈だった。リキが妊娠したからか。基には、悠子の不機嫌の原因がわからなかった。

「悠子は、俺のことをマザコンだと軽蔑してるのか？」

「軽蔑なんかしてないよ。マザコンだって、別に悪いとは思わない。ただ、あなたは友人よりもお母さんと近しい人だと思っただけ。同じ仕事をしてるんだから、仕方がないよね。それに、あなたのお母さんは、私のことが嫌いでしょう。だから、そう思ったのかもしれないけど」

「そういう嫁姑《よめしゅうとめ》的なステロタイプな話って、嫌なんだけど」

「ステロタイプかもしれないけど、お母さんはそういう人だよ」

悠子の決め付けにも頭にきた。

「どういう人？」

「あなたを支配する人よ」

缶ビール半分では収まらず、基は冷蔵庫からもう一本出して、プルタブを起こした。

「私はもう要らないからね」

悠子が自分のグラスに手で蓋をした。まるで、迷惑だと言わんばかりの仕種が、基の気に障った。無言で、自分のグラスだけに注ぐ。勢い余って、少しこぼれた。

「つまりさ、結論づけると、悠子は大石さんが俺の子供を産むことが嫌なんだね」

「ずいぶん簡潔なまとめね。もっと正確に言ったらどう？　あなたと大石さんの子供でしょう。そこに私のいる意味はない」

「その話は何度もして、きみだって納得したじゃないか。二人で子供を育てるって決めただろう」

思わず、声が大きくなった。何で、こんな面倒臭い女なんだ、と腹立たしい。

「納得しようとしたけどできないって話は駄目なの？」

「じゃ、どうしたらいい？」

「わからない。私の方こそ、訊きたいよ。私はどうしたらいいの？」

「それこそ、きみの大事な友人のりりこ様は何て言ってる？」

「離婚すればって言ってる」

「すごいご託宣だな。だって、俺らはとうに離婚してるじゃないか」

「ほんものの離婚よ。離れること、別れて暮らすこと。あなたはお母さんと一緒に、生まれてくる子を育てるといいよ。私の入る余地はない」

「元はと言えば、きみと俺の間の不妊治療だったじゃない。それがどうして別れるという選択になるのかわからない」

悠子は黙った。基には、その無言が怖かった。耐えられずに、自分から話した。

「離婚は代理母出産を誤魔化すための便宜的なものだっただろう？　それなのに、本当に離婚してしまったら、どうなるの。本末転倒って、このことじゃないか」

「そうだね。本末転倒だわね。どうしたらいいのかしら。でも、よくよく考えたんだけど、私は大石さんの産んだ子を、自分の子として育てる自信がないの。私たちの子でもないのに、仕事を中断したり、苦労したりして、育て上げる自信がない」

「俺たちの子じゃないかもしれないけど、俺の子だよ。それじゃ駄目なの？　前に言ったでしょ。俺にもし連れ子がいたら、その子も可愛がるでしょうって」

「連れ子ならいいの。その子ごと、あなたを愛してると思うから。でも、今回は違う。私はどうしたらいいかわからないの」

悠子はすっかり酔いも醒めた風で、口調がしっかりしてきた。が、俯いたままで、基の方を見ないのが気になった。

「おいおい、しっかりしてよ。俺たちの子にするんだろう。何のために頼んだんだよ」

自分でも驚いたのだが、泣き声になっていた。リキが妊娠したと聞いて、次々と新たに生まれてくる感情。親となる自分が考えること。子供の未来と、その子に関わる自分のあり方。それらを含めて、新しい愛が芽生えている。

その新鮮な感動が、悠子には持てないのだと気付いて、基は悠子の目を見ようとしたが、避けられてしまった。

2

鏝《こて》の粗いタッチが残る珪藻土《けいそうど》の壁に、凝った額縁がいくつも掛かっている。額縁の中はすべて、江戸時代の春画である。中には価値のある本物もあるが、ほとんどは精巧なコピーだと、りりこは言う。

コレクションの中から、りりこは、毎月壁に掛ける春画を気分で選ぶのだとか。今月の展示には、悠子が初めて見るものもあった。

「悠子はどれが好き？」

りりこが、ワインとグラスを載せた盆を運んできた。テーブルの上に置いた後、悠子の顔を見て真剣に訊ねる。

「私はこれがいいな」

悠子が選んだのは、葛飾北斎《かつしかほくさい》の「つひの雛形」と題された版画だ。団扇《うちわ》が置いてあるところを見れば、夏の宵でもあるのだろう。ことを終えた裸の男女が、物憂く横たわって微睡んでいる。男は背後から左腕を女の胴に回し、女は少し体を捻るようにして、左手で男根を握っている。その脇で、小さな黒いネズミがまぐわっているのは、ご愛嬌だろう。枕元には、猫もいる。

「きっと、終わったとこだね」

悠子が言うと、りりこが反論した。

「いや、勃起してるから違うよ」

「これ、勃起してないよ」

「あ、そう?」りりこが近寄って眺める。「あら、ほんとだ。私としたことが」

中年女が二人。何とあけすけな会話をしているのだろう。しかし、りりこは表情ひとつ変えずに、友人の前で、男根の形状を見誤ったことを悔いている。

ここは、りりこの自宅兼アトリエだ。りりこの家は、祖父の代から経営する病院の裏手にある、六十年以上も前に建てられた古い屋敷で、何度も補修工事をしては昔の姿を保たせている。両親は近くのマンションに引っ越し、この古い家には、りりこと母の弟である独身の叔父、そして病院の若い准看護師たちと家政婦が住み込んでいる。

りりこの部屋は、南側の翼の二階にある。芝生の庭の隅に建つ離れには、叔父が住んでいて、始終りりこの部屋に遊びに来るらしい。だが、今日はまだ姿を見せない。

「この人たち、終わっても、まだしたいみたいに見える」

悠子は、春画の前に立って凝視しながら言った。

「女が、でしょ?」ふふん、とりりこは鼻先で笑った。「春画の中の女は、みんな淫乱に描かれているから、そこがいいんだよ。男に犯されるふりなんかしない。セックスを楽しんでいる」

でも、りりこはセックスなんかしたことがない。いや、絶対にしたくない、と言う。

「楽しんだこともないりりこが、何を言う」

悠子がふざけて言うと、りりこが肩を竦めた。

「いいの。私は春画描きで、男根評論家なんだから」

「男根なんて、評論するほどのものでもないじゃん」

今度は悠子が肩を竦めた。

「おや、クールだね。さては、最近、セックスしてないね」

りりこが、グラスに赤ワインを注いでくれた。つまみは、フランスパンとチーズだ。

「するわけがない」

悠子は乾杯の仕種をしてから、グラスに口を付けた。赤ワインは、悠子が持参したボトルだ。今日はうちで飲まないか、というりりこの誘いを受けて、仕事があるのにいそいそと、まだ宵の口からやってきた。

最近は、何かと話の合わない基と一緒にいるのが苦痛に感じられる。が、こうしてりりこと過ごしているのがわかると、基はますます不機嫌になるから、悪循環だ。

「もっくんとの間に、何が起きたの？」

りりこが意地悪そうな目を向けた。

「わかるでしょ？　私たち、別れるかもしれない」

紙の上だけの離婚だったはずなのに、急に身も心も自由になった気がする。久しぶりの独身という身分は、基というパートナーがいても、ふわふわと頼りなく彷徨《さまよ》う自分に戻ってもいい気がする。

「だって、実際に離婚したんでしょ？」

りりこが窓を大きく開けてから、タバコに火を点けた。暗くなった庭から、一月の乾いた冷気が入ってくるのが気持ちよかった。

「うん。最初は書類上とか言ってたけど、それをやってみたら、何だか急に心が離れてきたのよ。そこにきて、妊娠でしょう。あっちは彼女の出産に夢中よ。私は逆にしらけてきてるのに」

「でも、悠子が育てる約束なんでしょ？」

りりこがくわえタバコで振り向いた。

「それが不思議で、私はあまり欲しくなくなってきたの。自分の子じゃないから、というのがある。怖ろしいくらいに、他人事なのよ。だから、夢中になってるモトと、私の子でもない子を、これから一緒に育てるのがしんどくなってきたし、怖い」

「怖いというのは？」

「だって、責任感じるもの。モトはいいのよ、自分の子だから。自分の精子から作られたんだからさ。それで、彼は今、未来の夢をあれこれ見てるのよ。三歳になったら、自分がされたようにバレエを教える。小学校からインターナショナルスクールに入れて、英語をペラペラにする。そして、高校からはフランスに留学させてオペラ座に入れる、とかね。その計画が壮大なもんだから、気持ちが悪くて」

「悠子、無責任だね。だから、言ったじゃないの」

りりこが吊り上がった腫れぼったい目でじろりと見てから、卑猥な形の灰皿でタバコを消した。

「わかってるけど、何か押し切られちゃって」

「押し切られたのは、悠子が弱いんだよ」

「そうかな。その言われようはないと思うけど」

「いや、そうだよ。あっちはさ、自分だけの子が欲しいに決まってんじゃん。だって、お母さんの財産があるんでしょ？　あなたたち夫婦が死んだら、悠子の親戚に財産がいっちゃうのが悔しいのよ。お金だけは、自分の血を引く子供に残したいの。それが金持ちの生理だよ」

「思いつきもしなかった」

子孫に残すものなど、ローンの残りくらいしかないような家に育った悠子には、想像もできない発想だ。

「甘いね、悠子」

金持ちのりりこが、真面目な顔で馬鹿にする。

「りりこのとこも、そういうこと考えてるの？」

りりこはそれには答えず、話を変えた。

「大石さんっていうんだっけ？　代理母の人。その人も、産むだけ産まされたら、後は用済みでしょ。悠子も復縁なんか、きっとできないよ。邪魔者をみんな追い出して、親子三代で暮らすつもりだよ」

「それでもいいよ」

悠子は投げやりに言った。

「悠子はいいかもしれないけど、大石さんはどうなるのよ。いくら金貰ったって、悠子がいるから、産む決心をしたところもあるんじゃないの？　だって、話したら気が合った、とか言ってたじゃない。見捨てるの？　大石さんなんか、苦労して産んでも、子供は取り上げられるんだからさ」

「見捨ててなんかいないよ」

そうは言っても、自分がこの「プロジェクト」から降りれば、リキはショックを受けるかもしれない、と悠子は不安になった。

「でも、悠子がもっくんと別れてしまったら、何か最初の意図と違うでしょ」

「そうだけど、そんな論理で割り切れることじゃないよ」

「じゃさ、いったい、子供って誰のものなの？」

りりこが珍しく正論を吐いて怒っている。

「さあ、誰のもんだろう」

悠子は首を傾げた。本来は女が産むのだから、成長するまでの一定期間は、その女や、子供の父親のものだろうけれども、長じた後はどうなる。

「子供は、子供自身のものだよ」と、りりこ。

「そんな抽象論やめてよ。だって、現実的には無理じゃん。親から虐待を受けてる子供なんて大勢いるでしょう。親が子供は自分のものだ、と思っているから、そういうことになるんだよ。子供は本来、社会全体のものだと思うよ。でも、それは理想であって、実践は不可能だから、どんな親であっても、親が育てるしかないわけだ。共産主義じゃあるまいしさ」

悠子は不快になって、喋りまくった。

「でも、子供の人生は、子供のものでしょ？」

「そうだよ。でも、うちの場合は、代理母に頼むなんて複雑なことをしちゃったから、困ってるわけよ」

むかっ腹が立って、フランスパンを手で千切る。

「複雑でもないんだよ。悠子さえ家に戻ればいいの」

「戻らないよ、私。ともかく、モトがあんなに子供子供、と騒ぐ人だとは思ってもいなかった。夫婦二人で生きていこうと決心した後だから、なおさらよ」

「そうだろうね、悠子一人だけ、蚊帳の外だもんね」

りりこは憎たらしいほど、はっきりものを言う。何か反論しようと唇を噛んでいたところに、ＬＩＮＥがきた。見ると、リキからだ。

——こんにちは。ご報告です。今日六週目なので、クリニックに行ってきました。エコーで、驚いたことに、双子らしいと言われました。すごく慌てています。妊娠がわかってから、リキとはLINEを交わしている。悠子は素早く、「それはすごいね。おめでとう！」と、目出度《めでた》いスタンプを送った。今頃、基にも報告がいって、基も喜んでいるのだろうと思った。

「誰から？」

フランスパンにチーズを載せて、かぶりつこうとしていたりりこが、振り返った。

「大石さんから。今日、健診に行ったら、双子かもしれないって」

「へえ、よかったじゃない。大石さんに一人あげたら、八方丸く収まるんじゃないの」

「やめてよ、犬の子じゃないんだから」

悠子が唇を尖らせると、りりこが呆れた顔をした。

「でも、双子だなんて大変じゃない。悠子が離婚したら、誰が育てるの？　もっくんのお母さんだって、七十くらいでしょう？」

「知らないよ」

大変なことになった。本当に、この先、どうするのだろう、と悠子は焦った。予定通りなら、悠子が復縁して育てることになるのだろうけど、いきなり双子が生まれると聞いても、まだ他人事だという気分は続いている。どうにも現実感がない。

すると、電話が鳴った。LINEの電話で、発信元はリキである。

「もしもし、大石さん？　おめでとう」

電話に出るなり、悠子はすぐに言った。だが、リキは浮かない声だ。

「悠子さんですか？　この間は、ＬＩＮＥありがとうございました」

「そんなこと、いいのよ。それより、双子だなんて驚いたわ。大変でしょうけど、頑張ってね」

優しい声で労う。りりこが話の内容を聞きたそうに、首をこちらに曲げて黙っているのが気になった。

「はあ、ありがとうございます。あの、双子のこと、まだ草桶さんに言ってないですよね？」

「あなたが知らせたんじゃないの？」

「いえ、まだです。そのこと、もう少し言わないで頂けませんか？」

リキの哀願するような口調に、首を傾げた。

「いいけど」

「あの、悠子さんに、ご相談したいことがあるんです」

リキが低いトーンで言う。

「いいわよ。電話でもいいの？」

「いや、できたら、直接お会いして話した方が」

語尾が曖昧に消えてゆく。何ごとだろう、と嫌な予感がした。もしかすると、堕《お》ろしたいと言いだすのかもしれない。まだ六週目ならば可能だからだ。双子と聞いてびびったのかもしれないが、無理もない。自分だって、リキの身になれば、初めての出産で双子は怖じ気づくだろう。

「あの、それは草桶も一緒の方がいいかしら?」

「いや、できたら、悠子さんだけでお願いします」

リキの口調は硬かった。

「わかった。どこに行けばいい?」

悠子は腕時計を見た。りりこが、「出かけるの?」という風に目を丸くした。


一緒に行きたい、リキに会いたい、連れてって、と縋《すが》るりりこを置いて、悠子は一人で渋谷まで出た。リキの希望で、マークシティの中のカフェで待ち合わせている。メールやLINEは遣り取りしているが、リキと会うのは、久しぶりだ。最初に顔合わせをした時も、渋谷のホテルだったたと思い出す。

「わざわざすみません」

リキは、カフェの奥の席に陣取って、悠子を待っていた。リキが少し痩せて、美しくなっているのに驚いた。

「あら、大石さん、綺麗になったわね」

以前は、憤懣が体内に溜まっているような印象があったが、今はすべて片付けて清々した、というような透明感が備わっていた。経済的な余裕が、リキの印象を一変させたのだろうと、悠子は思った。

「そうかな」リキは困惑したような表情を浮かべた。

「ほんとよ。落ち着いているし」と続けた後、悠子は妊娠のことに触れた。「それより、このたびは本当にありがとうございます。苦しい処置を受けてくださった上に、双子の赤ちゃんを妊娠してくれて」

言う端から、自分は変なことを口走っていると思い、何だか可笑しくなった。が、リキの左手薬指に金色の指輪が光っているのを見て、基が買い与えたのかと、一瞬たじろいだ。

悠子の視線を追ったリキが、慌てて左手を隠すようにした。

「あ、これ、違うんです。この間、帰省したんで、見栄を張るためだけに買ったんです」

「見栄？」

「はい。私も東京で芸術家と結婚できた、という見栄です。田舎は口うるさいんで、見栄以外に何の意味もないです」

リキの素朴な言い方に、悠子は思わず笑った。

「見栄張って、効果はあったのかしら？」

「はあ、みんな驚いていました。でも」

リキが困った風に眉根を寄せたので、この子はいったい何を言いたいのだろうと、悠子は首を傾げた。

「それで、そのことにも関連するんですけど、悠子さんにご相談があります」

リキが肩を窄めるようにして、俯いた。

「私に？　草桶に、ではなくて？」

「はい、草桶さんや青沼さんに話すわけにもいかなくて。悠子さんなら、何か、わかってくれそうな気がしたので」

リキが話しづらそうに周囲を見回すので、悠子は膝を詰めてリキの顔を見た。

「私でよければ、何でも話してください。草桶にも、青沼さんにも言いませんから」

リキはしばらく唇を噛んでいたが、やがて口を開いた。

「実は私、契約違反をしました」

「多少は仕方ないいんじゃないかしら」

悠子は、リキが故郷に帰って、この「プロジェクト」について喋ったのではないか、と想像している。それで、何か波紋が広がっているのではないかと思った。が、リキの口から出たのは、予想外のことだった。

「実は、田舎で、前に付き合っていた人と飲み会で会って、その後、ホテルに行きました」

「大石さんは若いから、そのくらいのことはあるんじゃないの」

たいしたことではない、と続けようとした。

「いえ、その時は、排卵日の六日も前だったので、油断してました。でも、精子は六日なら生きているというので」

ようやく話の内容が見えてきた悠子は、さすがに驚いた。

「その後、人工授精したのね？」

「そうです」

リキはしょんぼりしている。

「つまり、どっちの子かわからないということですか？」

はい、とリキが項垂れた。

「大丈夫だと思うけどね」悠子は、自分が受けた不妊治療の詳細を思い出しながら言った。「だって、その人とは避妊していたんでしょう？」

「はい、でも、何度もしたから、途中はわからないです」

「何度も」悠子は呆れてものが言えなかった。「六日は生きていると言っても、よほどの場合だと思うから、きっと大丈夫よ」

自分に言い聞かせるように断じた。

「だけど、その人だけじゃないんです」

リキが小さな声で言う。

「え、まだいるの？」

仰天しながらも、りりこがここにいたら、どんなにか喜んだことだろうと、まったく違うことに思考がいく。

「すみません。その翌日に東京に帰ってきたら、友達が故郷の島に帰るって言うので、何か寂しくなって、その人とも」

まさか、リキの相談ごとというのが、こんな内容だとは思いもしなかった。悠子は混乱した頭を何とか整理しようとした。

「つまり、排卵日の六日前と五日前に、二人の人とセックスした、ということね。それで、今度の妊娠が、草桶の子かどうかわからないということね？」

周囲を憚《はばか》りながら、リキに念を押す。

「そうです、すみません」リキは悄然《しょうぜん》としている。

「大石さん、どうするの？」

自分でもどうしたらいいかわからないから、逆にリキに訊いた。

「私が訊きたいです。悠子さん、私、堕ろした方がいいでしょうか？　だって、後でDNA検査とかされて、違うってなったら、違約金どころの騒ぎじゃないでしょう？」

悠子は何と答えたらいいのかわからず、絶句した。

「草桶さんからメールもらって、私、頭にきたんです。それで反抗してやれって思ったのと、二回人工授精したけど、妊娠しなかったから、どうせ今度も駄目だろうと、どこかで高を括《くく》っていたんだと思います。本当にすみません」

リキが頭を下げた。涙こそ浮かべていないが、本当に困った顔をしている。

自分から言いださなければ、誰も疑わずに出産を心待ちにしていたものを、と悠子は思わなくもなかったが、リキの態度には好感を持った。

「草桶に話した方がいい？」

「そのことも、ご相談したかったんです」

ふと、りりこの『子供って誰のものなの？』という台詞が蘇った。正解はない。悠子は思い切って言った。

「草桶には言わない方がいいと思うけど」

「でも、結果として欺すことになるかもしれませんよ」

確率としては低い、と思ったが、可能性がある以上、何とも言えない。悠子はしばらく黙って考えていた。その間、リキは落ち着かない様子で、悠子を見つめていた。

「でもさ、あなたが命を懸けて産むんだから、子供はあなたの子よ。草桶は、お金をかけたし、面倒な採精もしてるから、文句を言うかもしれないけれど、公に訴えることもできないんだから、産みたいのであればとりあえず産んでみて、それから考えた方がいいんじゃないかしら」

「DNA検査するんでしたっけ？」

「無理にしなくていいよ。誰にも渡したくないと思えば、あなたがその子たちを連れていけばいいじゃない」

「どこに？」

リキが不安そうな顔になった。

「わからないけど、ともかく産んでから考えればいいんじゃないかな」

「契約違反ですよね。あの、私、お金を返した方がいいですか？」

「返さなくていいわよ。あなたが育てたいと思ったら、そのお金で育てていけばいい」

「でも、悠子さんは、草桶さんと一緒に育てるつもりだったんですよね？　私が考えを変えたら、嫌でしょう？」

悠子は頭を振った。

「私は私で、今度のことには違和感があったの。それが何かを突き詰めないできちゃったから、反省もしてるし、あなたには悪いことをしたと思ってる。草桶とは違う考えだと、やっと気付いたのよ。私は多分、草桶と別れると思うけど、草桶は子供と暮らしてゆくつもりでいると思う」

「本当の子供でなくても？」

「そこは難しいわね。きっと本当の子供でなくちゃ嫌でしょうね。自分の遺伝子を確認すると言ってたから」

遺伝子と聞いて、リキが怖じ気づいたように、ぶるっと震えた。

「どうしたらいいんだろう。でも、何だか産んでみたい気もします」

「ここまできたら、堂々と産もうよ、大石さん。後は何とかなるから」

本当に何とかなるのだろうか。この段階で堕ろしてしまって、流産した、と基に告げた方がいいのではないか。そのためには青沼の協力が要る、などと悠子はあれこれ考えた。

しかし、とリキの腹に何となく目を遣った。ふたつの命が宿っているというのに、若いリキの腹は平らで、まったくそんな兆候を見せていない。その腹を見ていると、あまりの健やかさに、堕ろした方がいい、なんて言えなかった。

3

マンションに帰り着いた頃には、十一時を回っていた。

悠子は渋谷からの帰り道、リキの悩みについて、いったいどういう手を打ったらいいのだろうと考えていた。リキの相談ごとは、まったくもって想定外だったが、若いリキを責める気持ちは毛頭なかった。もともとリキの足元を見たような失礼な申し出だったのだ。リキの気が変わったとしても、気紛《きまぐ》れで行動したとしても、仕方のないことだと思う。

せっかく授かった命だと思えば、中絶などもっての外だし、このまま静観していれば、基は自分の子供だと信じるだろうし、ともかく一人で育てなさい、とリキに言うのは、いくら何でも無責任に思えた。

基の子である確率が一番高いのだから、このまま素知らぬ顔で産んでもらって、約束通り、子供を基の元に残して離婚した方がいいのではないだろうか。

だが、そうなれば、双子の世話は、自分が引き受けることになる。姑の千味子は手を出さない代わりに、口だけはこうるさく出してきそうだ。それも憂鬱だが、双子の世話をするとなると、仕事など絶対にできなくなるに違いない。そう思うと、今から溜息が出るのだった。

「ただいま」

ドアを開けた途端、基が喜色満面で現れた。黒のトレーナーにジーンズ。まだ寝る格好ではなかった。

「待ってたんだよ」

悠子を抱き締めようとするかのように、大袈裟に両手を広げて近付いてくる。この両手のポジションはバレエ的だ。ア・ラ・スゴンド。

「どうしたの？」

ブーツのファスナーを下ろすのに手間取ったので、玄関に座ってゆっくり脱ぐ。まるで時間稼ぎをしているかのようだ。基と話をしたくなかった。

「双子だってさ」

背中に立った基が、感に堪えたように言った。

どうして知ってるのだろうと、悠子は驚いて振り向いた。

「夕方、青沼さんから連絡があったんだ。今日健診があって、その時のエコーでわかったって。確実じゃないけど、おそらくそうだろうってさ」

リキが自分に口止めしたところで、基にはクリニックと青沼経由で伝わったようだ。出産する当人が知らせたくなくても、重要な情報は、金を出した側にいち早くもたらされる。リキは、さぞかし不快なことだろう。

「大石さんからの連絡は？」

「別に何もなかったよ」

悠子は徒労を感じて、基の顔を見上げた。だが、基は悠子の反応には気付かず、涙ぐまんばかりに、喜んでいる。

「双子なんて、想像もしなかった。ほんと嬉しいよ。だから、乾杯しようと思って待ってたんだ」

やれやれと溜息混じりでリビングに行くと、テーブルの上にシャンパンクーラーが出ていて、取っておきのクリュッグが入っていた。

「乾杯する相手は、私じゃなくて大石さんじゃないの？」

カフェの隅で、沈んだ様子で悠子を待っていたリキの横顔を思い出しながら言った。

「彼女にはいずれ、お祝いの席を設けようと思ってる。まずは、俺たちで乾杯しようよ」

「プロジェクトとやらが成功したから？」

「いや、それはまだだよ。無事に出産してからだ」

基がクリュッグの栓を抜いた。ポンと威勢のいい音がする。薄黄色の液体に、際限なく湧いては消えてゆく小さな泡を見つめる。

「乾杯。双子に」

基がグラスをぶつけてきた時、悠子は急に基が哀れになった。あなた、欺されるかもしれないのよ。それでもいいの？　思わず、そう訊きたくなったが、この言葉を基に言うべき権利のある人は、子を宿した大石理紀以外にいないのだった。自分はまったくこの出来事の当事者ではない、と思い知った瞬間だった。

「よかったね」

シャンパンを口に含んでやっとの思いで言うと、基が複雑な顔をした。

「うん、俺は嬉しいけど、悠子は嫌じゃないの？」

「どうして？」

「だって、双子の母親になるんだよ。予期せぬ出来事だろう。子育てが大変だよ」

「そうでしょうね」

どうしても浮かない顔になる。

「心配要らないよ。二人で何とか育てようよ」

悠子の不安を、基は誤解しているようだ。

「もし、私があなたと復縁しないで、あなた一人で育てることになったら、どうする？」

思い切って訊いてみた。基は一瞬、面喰らったように悠子の顔を見たが、しばらくしてから心外そうに答えた。

「つまり、離婚したまま、ということか。悠子は、そんなことを考えてるの？」

「責任逃れをするわけじゃないけど、やはり私の子じゃないから、どこか他人事だし、大石さんに悪いことをしているような気持ちは、どうしても消えないの。あなたみたいに、代理母は単なる仕事だって、割り切れないのよね」

「割り切ってはいないけど、女の人はそうかもしれない。俺は、悠子の気持ちを逆撫でしてきたのかもしれないね」

今日の基は賢くて優しい。少し前の基は、父親になれることを単純に喜んでいて、悠子の複雑な思いには気付いていなかった。

「どうした風の吹き回し？」

思わず、皮肉な口調になってしまう。

「いや、前からそのことは考えていたよ。でも、賛成してくれたと思っていたから、一度、念頭から省いたんだ」

「簡単に省かないで。賛成せざるを得なかったのよ、あなたと子供を育ててみたかったから。でも、一度離婚してみたら」

さすがに先を言えなくて言葉を切ると、基が低い声で代わりに言った。

「どうでもよくなった？」

「いえ、考えることが多くなって、迷いに迷っている感じかな。もしも、大石さんが、離婚する際に子供を渡してくれなかったらどうするの？　連れていって自分で育てるって言うかもしれないわよ。そしたら、契約違反で訴える？」

基が首を横に振った。

「訴えるなんてできないよ。もともとが秘密裏の話だから。でも、そういう事態も考えておいた方がいいとは思ってる。もし、そうなったら、子供は取られたくないから、彼女との離婚には応じない。それで頃合いを見計らって、考え直してもらうしかないよ」

長期戦の構えだとは知らなかった。

「じゃ、私はどうなるの？」

「悠子には、問題が片付いて席が空くまで、待ってもらう」

悠子は噴き出した。基も苦く笑いながら、空になりつつあるグラスに、二杯目を注いでくれた。

「そうなりゃ、本末転倒だな」

「自分で言っておいて何よ」

「そうだけど」

基はあくまでも、架空の話だと思っているのだろう。

「もし、彼女が子供を渡さない理由が、実はあなたの子じゃない、という理由だったらどうする？」

「それはあり得ない」基はきっぱり言った。

悠子は、その確信はどこからきているのか、と問い質《ただ》したい気分だったが、それ以上は口が裂けても言えなかった。

「あくまでも仮定だから、あり得なくても答えてよ。その場合はどうするの？」

「自分の子として育てるつもりだから、その場合も渡してくれるまでは離婚には応じない。つまり、子供はうちの子として育てる」

「応じないとして、自分の子として育てられる？　大枚はたいて人工授精をしてもらったのに」

「いや、生まれてきたら、もう、どうでもいいよ。自分の子かどうかなんて気にしない。出産まで関わったんだから、俺の子だと信じて育てるしかない」

「綺麗ごと、言ってる。大変なことなのに」

悠子は半信半疑だ。

「言ってないよ」基はそう言った後、急に弱りきったような顔になった。「てかさ、実は俺、ちょっと怖くなったんだよ」

「何が？」

「今日、青沼さんに、『双子ちゃんらしいですよ、おめでとうございます』って、電話貰った時、嬉しい反面、びびったんだ」

「どうして」

「今、悠子が言ったようなことだよ。これって、大変なことじゃないかと思って。俺は二人もの人間を、愛してもいない女の腹に宿してしまった、という恐怖かな。一人なら何とかなりそうな気がした。でも、二人だよ、双子だよ。怖くないか？」

「何だ、さっき双子だって、喜んでたじゃない？」

悠子は苦笑した。

「いや、嬉しいんだ。嬉しいことは事実なんだ。都合のいいことを考えると嬉しいだろう？　例えば、男女二人の双子だったら、お産が一回で済んだからいいな、とかさ。その手の調子いい考えだよ。でも、その反面、怖ろしいんだよ。何か取り返しのつかないことに手を染めてしまった気がして。だって、出産だよ。神様の仕業どころか、悪魔になった気分だ。その子たちが成長してから、このことを知ったら、俺を恨むんじゃないか、とか思ってさ」

悠子は呆れて、気弱に寄せられた基の眉を見た。

「何よ、今さら。そんなの、わかりきってたことじゃない」

「そうだけど、双子だとは思ってなかった。何か子供たちが二人で結託して、俺を憎んで敵扱いする日がくるような気がするんだよ。母親をひどい目に遭わせたってさ」

「それは大石さんのことね？」

「大石さんだけじゃない。悠子のこともそうだよ」

「二人の母親か」

悠子の脳裏に、りりこの言葉が蘇った。『じゃさ、いったい、子供って誰のものなの？』確かに自分たち夫婦が、これから生まれてくる二人の人間の運命を決めたのだ。怖ろしいことではないか。

「だからさ、一緒にこの事態を乗り越えてくれよ。頼むよ、夫婦だろ？」

基がクリュッグの泡を見つめながら言った。

「わかってるけどさ」としか、言えなかった。

「けど、何？」

基が真剣な眼差しで追い詰める。自分は逃げているのだろうか。困惑したようなリキの若い顔が、またしても浮かんだ。


クリュッグを飲んだ後、基と悠子はあまり話をしなかった。二人でソファに座り、何ごともなかったかのように、古い映画を観《み》ながらジンをしこたま飲んだ。

そのせいで、悠子はひどい二日酔いだった。基がマチューを連れて稽古場に行った後も、悠子は仕事をサボって寝ていた。

十時過ぎ、リキからＬＩＮＥで電話がかかってきた。いずれかかってくるだろうと覚悟していたので、悠子は身構えて出た。

「もしもし、悠子です」

「あ、悠子さん。昨日はどうも」息せき切った感じで、最初から詰問調だった。「今、草桶さんからメールを頂きました。双子だってね、おめでとう、という内容です。悠子さん、喋ったんですか？」

悠子は、声を出すとずきずきと頭に響くので、こめかみを指で押さえながら返答した。

「あの後ね、家に帰ったら、もう知ってたの。青沼さんが教えたようよ。草桶が双子だって喜んでいた」

怖れについては、言わなかった。

「えっ、青沼さん、ひどい。妊娠のことって、私のプライバシーじゃないですか。なのに、許可もなく喋っちゃうんだ」

「ほんと、あなたの言う通りよ」

自分もリキの立場なら、怒っただろう。しかし、基が言うように、事態はすでに捻じれて変な方向に動いている。自分がその捻じれを止めることはできない。

「言う通りって、何か他人事な感じがします。味方かと思ってました」

リキが唇を尖らせている様が想像できた。

「味方よ。あなたのことは喋ってないし、草桶の味方なんかしてない。ただ、私も今度のことはどうしたらいいかわからないの。あなたが決めたらいいと思う」

悠子は必死に言い繕ったが、どう言えばリキが納得するのかわからない。

「私が？」

「そうよ、あなたが当事者でしょう。契約を破って、他の男の人と関係を持ったことも、あなた自身が決めたことで、私が非難したり、口を挟むことじゃない。だから、その始末も、あなたが決めるべきじゃないかな」

「そうだけど」と、リキは悲鳴のような声をあげた。「一人じゃ決められないです。こんな怖いこと」

「でも、産むか産まないか、あなたが決めれば、誰もそのことに反対しないと思うよ。草桶もあなたの意志を尊重すると思う。どんな結果だろうと、誰も怒ったりしないよ。だから、あなたが決めなさい。あなたの決定に私は従うし、協力するから」

リキが沈黙している。

「わかりました。私、多分、産むと思います。だから、味方になってください」

「わかった。体を大事にしてね」

「はい、ありがとうございます」

まるでどこかに行ってしまったかのように、リキの声が遠のいて聞こえる。孤独に追いやったのか。悠子はうろたえて、天井を眺めていた。


午後遅くに仕事場に行くと、りりこが早速遊びに来た。リキとの話し合いが何だったのか、知りたくて堪《たま》らない様子だ。

「昨日、何が起きたの？　彼女、堕ろすって？」

りりこが、吊り上がった小さな目でじろりと悠子を睨んだ。本当のことを言ってくれ、と言いたげである。

「何で、堕ろすなんて発想になるの？」

悠子は驚いて、りりこの顔を見返した。

「だって、双子をご懐妊したのに、悠子に相談があるって、深刻な感じだったんでしょう？　そりゃ、若い上に、代理出産なんだから、出産にびびって堕ろそうかって話になるに決まってるよ。そうじゃない？」

この友人が性や生殖について何か喋ると、やたらと軽い営みに聞こえる。自分は参加しないで、高みの見物をして笑っている立ち位置が、何かと腹立たしい。

「他人事だと思って、愉《たの》しんでるんじゃないわよ」

「愉しんでなんかないよ」

りりこは澄まして言う。そして、土産に持参したシュークリームのカスタードクリームを、スプーンですくって口に運んだ。

「これ、うまい。悠子も食べてみなよ。ビヤンネートルのだよ」

まだ気分の悪い悠子は、断った。

「まだ食べたくないから、後で」

「じゃ、持って帰る」

りりこが意地悪く言うので、悠子は苦笑した。

「何よ、子供みたいに」

「てかさ、教えてよ。私なら、その子を助けてあげられるかも、よ」

「どうして、りりこにそんなことができるの？　その発想、何。わけわかんないよ」

「私もわかんない」

りりこがあっけらかんと言って笑った。何だこいつ、と思った時、ＬＩＮＥの電話が鳴った。またしても、リキからだ。

「何度もすみません。私、あれから考えたんですけど、やはり中絶するのが一番いいと思います。なので、明日、中絶することにします」

「ちょっと待って」

悠子は金切り声をあげた。


結局、昨日会ったマークシティのカフェで、リキと会って相談することになった。今度は、りりこもついてきた。悠子は、中絶だけは何とか断念させたかったので、りりこを援軍につけようと思ったのだ。

しかし、渋谷に行く道すがら、ことの次第を説明すると、りりこは「何で中絶に反対するの。一番いい方法じゃん」と言う。こんな女なんか連れてこなければよかった、と思ったが、もう後の祭りだった。

昨夜会った同じ席で、リキが待っていた。紺色のニットワンピースを着ている。りりこは無遠慮にリキの腹を凝視している。

「大石さん、こちらは寺尾りりこさん。私の友達なの。一緒に話してもいいかしら」

リキは驚いたように、りりこの変わった容貌や、黒ずくめのカラスのような服装を見た。どうやら変人だと断じたらしい。笑わずに、首だけ突き出すようにして挨拶した。

「どうも、大石です」

「寺尾りりこです」

例の、「春画作家」とある名刺を手渡した。緋毛氈の上で、男女が交合している絵が描いてある名刺である。

「うわ、カッコいい」

りりこは、リキの反応に気をよくしたらしく、にっこり笑った。

「あなたがプロジェクトに参加した大石さんですね。今回のことは、むしろよくやったと思いますよ」

リキが驚いたのか、馬鹿正直に訊いている。

「代理母のことですか？」

「いいえ、人工授精六日前の契約外の性交のことです」

りりこがカフェオレのカップを摘《つ》まんで、少し気取って言った。リキが責めるように悠子を見たので、悠子は言い訳した。

「この問題は、私一人じゃどうしたらいいかわからないから、りりこに相談しました。でも、草桶や青沼さんにはひと言も言ってませんので、ご安心を」

「そう、言うなれば、女同士でぶっちゃけて話しましょう」

りりこが引き取った。

「え、何か恥ずかしいんですけど」

リキが困惑したように、身じろぎした。

「恥ずかしがることなんかないですよ」悠子は声を潜めて言った。「それより、中絶というのはどうして?」

リキが嘆息してから、自分のコーヒーマグを見つめながら訥々《とつとつ》と話す。

「本当に午前中までは、産もうと思ってたんです。私、実は一度中絶してるんですよ。だから、今度は二度目の妊娠だし、結果がどうあれ、産まなくちゃと自分を激励している感じだったんですよね」

悠子は大きく頷いた。

「だけど、あれからずっと考えていたら、こんな面倒臭いことには耐えられないなという結論に達したんです。だって、はっきり言って誰の子かわからないのに、草桶さんだけは、自分の子だと信じておられるわけですよね。もし違っていた時に、どんな騒ぎになるのか想像もできないし、それが怖いんです。あと、日高さんやダイキの子だということがわかっても、あいつらに責任取ってもらうことなんかできない。日高さんは、家族がいるし、ダイキは与那国島に帰ってしまったから、あてになんかできない。そうなると、自分一人で育てなきゃならなくなる。でも、私には双子抱えて一人で仕事なんか絶対できないですから、そうなる前に堕ろした方がいいと思ったんです。朝は一応産むって宣言しちゃったから、悠子さんにはひと言断っておこうと思って、連絡したんです」

「草桶とか青沼さんには何て言うつもりだったの？」

「流産したって言えばいいかと。でも、ばれたら、正直に言って、お金を返そうと思ったんです。その方が気が楽ですから」

「へえ、その人、日高っていうんだ。で、もう一人がダイキ？」

まったく関係のない合いの手を入れたのは、りりこである。

「そうです。日高さんは北海道の元カレで、ダイキはセラピスト。セラピストといっても、本物の心理何チャラじゃなくて、女の人向けの性風俗の人です」

りりこが俄然《がぜん》興味を持ったらしく身を乗り出したので、悠子ははらはらした。

「女の人向けの性風俗って、どんなことするの？」

「主に性感マッサージで、こっちが乗れば、本番もやってくれます」

「へえ、いいね。あなたのセンス、とてもいいと思うよ。私はね、今度の話を聞いて、大石さんの選択に賛成したの。そう、中絶がいいよ。子供なんか産むことない。女はね、生殖なんか担わなくていいの。ただただ、欲望に忠実に楽しく生きていればいいのよ。大石さんの場合は、お金はともかく、あの草桶さんが、あなたの欲望に適《かな》ってなかったのが問題でしょう。だって、男として好みが合えば、本物の性交もできたわけじゃない。その結果の妊娠ならば、それは文句は言えない」

リキは返答しかねたのか、ぽかんとしている。悠子は、慌てて右手を上げてりりこを遮った。

「大石さん、私は中絶は反対よ。別に、キリスト教原理主義者でもモラリストでもないけど、せっかく妊娠したんだから、産みなさいよ。私が産めなかったから言うわけじゃないけど、出産もひとつの可能性なんだから、試したらどうかな。あなたに幸せをもたらすかもしれないし、大きな不幸を背負うことになるかもしれない。でも、子供を育てるってきっと面白いじゃない。私なら産むな」

「反対。絶対に、今のうちに堕ろすべきだよ。もし、もっくんが違約金とか何とか言ったら、私が払ってあげる」

りりこが、悠子の手を払い除けるようにして言った。

「もっくん？」と、リキが不思議そうな顔をする。

「草桶のことよ」

悠子はりりこを睨んで言った。

「さあ、どっちにする？」

なぜかりりこが迫って、リキが両手で頭を抱えた。

4

悠子とりりこ、真っ向から意見が対立する二人の女に、「どっちにする？」と攻め立てられて、リキはどうしたらいいかわからなくなった。

面倒を避けるために中絶しようと思っていたが、賛成してくれたのは部外者のりりこで、肝腎の依頼主である悠子は、どんな子でも産んだ方がいい、と主張しているのだから、迷わない方がおかしい。

とはいえ、悠子の言い分もかなり情緒的で、リキに親身になっての発言とは、到底思えなかった。りりこなどは、親身どころか無責任極まりなく、中絶を選んだリキの問題解決法と、りりこのかねてからの考えが、たまたま一致しただけのことらしい。

答えに窮したリキが俯いていると、悠子が改まった口調になった。

「大石さん。私ね、子供って、そもそもリスキーな存在だと思うの。ちゃんと生まれてきてくれるかどうかもわからないし、生まれたら生まれたで、生きていれば、いろんな問題も起きる。私の下の弟は四十近いけど、引きこもりなのよ。どうしても自立できないの。今では、皆のお荷物になってる。それに、言語発達遅滞だと診断された姪もいる。人生って、何が起きるかわからないわ。でも、大石さんに出産を依頼したのは、私たち夫婦なんだから。ころころ意見が変わって申し訳ないけど、それくらい混乱してるの。でも今は、どんな子が生まれようと、誰の子だろうと、責任を持って引き受けるしかないと思ってる。だから、中絶するなんて言わないで、産んでください。お願いします」

そう言って、悠子は頭を下げた。

「だけど、私が双子を産んだら、悠子さんは育てるのが大変じゃないですか。それって想定外だったんじゃないですか？」

リキの心配は図星だったと見えて、悠子は途端に黙ってしまった。代わりに、りりこがここぞとばかりに言い募った。

「そうだよ、仕事なんか絶対にできないよ。一人だって大変なのに、ましてや双子だよ。面倒見るだけで手一杯で、仕事どころじゃないと思う。それも一年や二年じゃないのよ。五、六年、いやもっと続くんだよ。この変動の激しいイラスト業界で、あんたのキャリアも消えてなくなるだろうし、まして、あんたの子じゃないのに、どうやって、モチベを保つのよ」

「モチベ？」

悠子がむっとしたように唇をひん曲げて、りりこを睨んだ。りりこはそっぽを向いている。二人は仲がいいのか悪いのか、わからない。

「私のモチベーションは、責任感よ」

悠子が大仰にリキを指差したので、リキは首を竦めた。

「大石さんに子供を産んでくれと頼んだ私たちには、大きな責任がある。だから、私の子じゃなくても、草桶の子でなくても、育てなきゃならないと思ってる。それがモチベーションよ」

「あら、初耳。そのご立派な決心は、いつから？」

りりこが意地悪く訊いた。

「今だよ」と、悠子が憤然として答えた。「今だよ。今、大石さんと話していたら、どんどんモチベーションが高まってきた」

「今？　よくそんなこと、堂々と言えるね。信じられない」

りりこが、耳障りなガシャンという音を立てて、コーヒーカップをソーサーの上に置いた。

「りりこは信じなくて結構。双子が生まれたって、私は平気よ。草桶が手伝ってくれると思うし、必要とあらば、姑の手も借りるわ。何しろ、私たち夫婦が育てると決めたんだからさ。大石さん、心配しないで産んでください。私たちが全部引き受ける」

「何言ってるの。そもそも、もっくんの子と決まったわけじゃないんだからさ。綺麗ごと言わない方が身のためじゃない？　それが問題の焦点でしょう。それに、あんたたち、子供欲しさに離婚までしたじゃない。あんた、昨日は、このまま独身でいい、元に戻りたくないとかほざいてなかった？」

りりこが唾を飛ばしながら、悠子に迫った。

「そんなこと言ってないよ。私たち、偽装離婚なんだから、すぐ元に戻るわよ」

悠子も負けずに大きな声を出す。

「それがさもしいんだよ。この人に代理出産頼むために、わざわざあんたが離婚して、この人と結婚して。そんでまた、子供が生まれたら戻すって。あんたら、何考えてんの。

してるんだよ」
大石さんのこと、全然考えてないじゃない。この人と生まれてくる子らの人生を玩具に
悠子が、しっ、と人差し指を唇に当てた。
「玩具だって？　そんな失礼なこと思ってもいないよ。それに、そんな大きな声で言っ
たら、周りに聞こえるでしょう。大石さんが可哀相じゃない」
「可哀相？」りりこがむきになって言い返した。「可哀相なんかじゃないよ。この人は
ね、たいした女だよ。なかなか、いいことやってるよ。契約破って、他の男とセックス
するなんて、最高だよ。そもそも契約自体がアホだもの。だから、褒められこそすれ、
可哀相だなんて、同情することはないの」
りりこの言い分は、どこか的外れだけれども、何かの本質を衝いていた。その何かが
わからなくて、リキは首を傾げながら、悠子との論争で吊り上がったりりこの目をおず
おずと見た。その視線を傲然と受け止めたりりこが、リキの肩に手を置いた。
「だからさ、あんたはまず中絶しなさい。お腹の中をすっきり綺麗にするんだよ。そし
て、出直すの」
「お腹の中をすっきり綺麗にする」とは、何という言い草だろう。リキは思わず、くす
りと笑ってしまった。
「駄目よ、駄目。そんな、せっかく妊娠したのにもったいないよ。しかも、二人もお腹
の中にいるんだよ。産んであげて、お願い」

悠子が泣かんばかりに懇願する。仕方なく、リキは頷いた。

「はあ、じゃ、少し考えます」

無難な答えに満足しない悠子が、不安そうな顔をした。

「考えた挙げ句に中絶する、なんてことはないかしら？」

「わかりません。まだ悩んでるから」

それは本当だ。草桶基の子ではないかも、という契約を違反したことへの怯えよりも、リキは、双子というインパクトに怯えていた。お腹は破裂しないか、産道つまり膣は無事か。破裂しないまでも、元に戻るのか。双子なんか産んでしまったら、子宮が伸びきってしまって、この先、万が一自分の子が欲しいと思った時に、ちゃんとまた産めないのではないか。

実家の庭先にくる野良猫たちは、四、五カ月に一回はお産をするから、年中、子猫を引き連れている。あの野良猫たちのように自分も安産だったらいいけど、難産だったらどうする。いや、難産どころか、出産で命を落とす例だって多々あると聞いた。

リキは次第に、出産が怖くなってきた。だから、中絶したいのは、問題を回避するというよりも、現実からの逃避でもある。

「そもそもね、私はこの夫婦が代理母に頼むって言った時から、反対だったのよ」

りりこが問題を蒸し返したので、悠子が苛立ったように遮った。

「りりこは当事者じゃないんだから、黙っててよ。セックスもしないあんたに、子供ができない苦しみなんか、わかりっこないんだから」

「セックスは忌避してるんだよ、私は誰ともそういうことはしたくないの。でも、だからと言って、子供ができない苦しみがわからないってことはないよ。はっきり言うけど、あんたたち夫婦は、さんざん楽しむために避妊してきたじゃない。それが子供ができないとわかると急に、苦しみとか言っちゃうんだね」

りりこが憎々しげに言う。「セックス」だの「避妊」だのという声が大きかったせいで、隣のテーブルでスマホをいじっていた若い女が、じろりとこちらを見た。いい歳したおばさんたちが、気持ち悪いことを大声で怒鳴り合って喧嘩している、と呆れているのだろう。

リキは恥ずかしかったので、女の視線がこちらを向いている間は、壁を見つめていた。

そして、二人の会話が一瞬、途絶えた時、リキは止めに入った。

「あの、わかりました。今日明日中にどうこう、は絶対にしませんから、少し頭を冷やしませんか」

「ほんとね？　約束してよ」と、悠子。

「します、します。じゃ、私はここで失礼しますから」

二人の論争に辟易したリキは、立ち上がろうとした。

「ちょっと待って」

りりこが、リキの腕を摑んだ。強い力だったので、リキはそのまま椅子にぺたんと尻餅をついた。

「何ですか」

「大石さん、あなた今、何してるの？」

「何って」

「仕事よ。まさか『代理母』っていう名刺作ったりしてないよね？」

りりこは真面目な顔で悪い冗談を言う。りりこの派手な名刺を思い出して、リキは思わず笑ってしまった。

「まさか」

「ちょっと、大きな声で代理母って言わないで。みんな見てるじゃない」

悠子が眉を顰めて、りりこの黒い服を摑んだ。だが、りりこはその手を邪険に払い除けて、リキに訊ねた。

「前の仕事は？」

「病院事務をやってましたが、今は何もしてません」

「あ、そうだったね。そりゃ好都合だわ」

「何でですか」

「私ね、今アシスタント探してるのよ。うちは病院だから、病院事務の仕事やってたのなら、縁があると思ってさ。ねえ、大石さん、よかったら、私の仕事を手伝ってくれない？」

意外な申し出に驚いて、リキは思わず悠子の方を窺った。悠子もぽかんとして、りりこを見ている。

「妊娠したのに一人でいるのは心細いでしょうから、うちに住み込んでもいいよ。部屋は余ってるし、一緒にいてくれるのなら、仕事も捗るからさ」

「ちょっと待ってよ。だったら、うちに来てよ。きっとモトも喜ぶわ」

悠子が負けじと言ったが、本気ではなさそうだ。それが証拠に、それ以上は言いたがらない。

以前、基の方から、妊娠したら、自分の母親のスタジオに住み込まないか、という話があったのを思い出す。妊婦さんを大切にするからと言いながら、管理しようとする魂胆が透けて見えたので即座に断ったが、りりこの申し出は少し発想が違うらしい。

「りりこさん、お仕事って、どんなことするんですか？」

「私は春画の制作するから、ギャラリーとの折衝とか事務とか、注文を受けるのとか、インスタやフェイスブックの更新とかさ。やることはいっぱいあるの」

妊娠が目的だったから、今は何も仕事をしていないが、収入がなければ貯金は生活費で目減りしてゆく。草桶基から成功報酬を貰ったとしても、出産が終わった頃には、それしか残っていないだろう。

そのことを考えると、りりこの申し出は有難かった。もっとも、りりこ本人が変人なので、不安もなくはない。

「今日はありがとうございました。りりこさん、後で連絡します」

リキはお辞儀をして席を立った。年上の女たちが、何の助けにもならないことに失望していたが、二人ともリキの落胆には気付いていない様子だ。

「大石さん、お願いだから、早まらないでね」

悠子の不安そうな声が耳に残った。


リキは、マークシティの人混みの中を、おそるおそる歩いた。腹の中に異物があって、その異物は自分にどんな悪さをするかわからない。だから、無茶はできない気がして、怖かった。

リキは井の頭線の乗り場に向かう途中、『お腹の中をすっきり綺麗にするんだよ』というりりこの台詞を思い出して、一人で笑った。確かに、お腹は微かに張っているようで、便秘した時のようにすっきりしない。

妊娠する前は、子宮の中で卵子がふらふらと浮遊しているようなイメージだった。でも、妊娠してみると、小さな芽が子宮にしっかりと根付く感じがして気持ちが悪い。その芽は、自分の子宮から栄養を奪って成長してゆくのだから、エイリアンのような存在でもある。しかも、それが二匹。

そのエイリアンを、可愛くも愛おしくも感じられないのは、自分が金を貰って好きでもない男の子供を妊娠するという仕事を引き受けたからだろうか。やはり、代理母なんか引き受けなければよかった。

リキは、明日にでも中絶して「お腹の中をすっきり綺麗に」したい欲望と闘っていた。だけど、そんなことをしたら、草桶基も青沼も自分を責めるに決まっていた。唯一の味方だと思っていた悠子だって、リキを責めはしないものの、産んでほしいと願っているようだから、怒るかもしれない。四面楚歌だ。孤独を感じたリキは、溜息を吐いた。


翌日の昼過ぎ、まだ迷っているリキは、日高に電話してみた。帰京してから、一切メールも電話もしていない。二人でラブホに行ったのがバレた後、どうなったのか訊いてみたかったが、離婚騒動にでも発展していて巻き込まれたりしたら嫌だから、連絡していなかったのだ。

昼過ぎに電話したのは、愛妻弁当を食べ終えた日高が電話に出やすい時間帯だと思ったからだ。日高はいつも弁当を持参して、嬉しそうに食べていたのを覚えていた。

案の定、日高はすぐに出た。というか、息を切らしているところからすると、リキの電話を心待ちにしていた風でもある。

「もしもし、リキだけど」

「ああ、元気だった？」

「うん。今、話しても大丈夫？」

「昼休みだって知ってて、電話してきたんだろ？　さすがリキちゃん、よくわかってるよね。いやあ、あれからメールもくれないからさ。冷たいなあ、と思ってたんだよ」

にやけながら、人けのないところに移動している様が窺える。

「よく言うよ。日高さんこそ、メールも電話もくれないじゃない」

今では、逆にくれたら困ると思っているのだから、人の心はかくも変わるものだと、我ながら驚く。日高に冷たくされた時は、あれほど辛かったのに。

「いや、携帯をチェックされたりすると困るんだよ」

「だったら、職場からくれればいいじゃない」

「職場は無理だよ。リキちゃんも、俺と話したかったんだな」

冗談で言ったのに、喜んでいる。

「ところで、帰りの空港でミサキさんが変なこと言ってたんだけど、大丈夫でした？」

「ああ、やばかったさあ。ベルジュールに入ったところ、見られてたらしいんだ」

だから、白い車で街中のラブホになんか入っちゃまずいのだ。言わないこっちゃない。

「で、どうやって切り抜けたんですか？」

「切り抜けるも切り抜けないも、翌朝には噂になってた。で、物好きがヨメに連絡してさ。ヨメが怒って大騒ぎ」

「ヨメって言わないでくださいよ」

「あ、不愉快だった？」

日高は嬉しそうに言った。リキが嫉妬していると誤解しているらしい。

「てか、男尊女卑だからですよ」

「男尊女卑？　どこが？」

どこまでも鈍い男だと呆れる。だが、鈍い男が得てして、まっとうなことを言ったり、行動したりして、誰よりも強いことがある。

「わかんないならいいです。でも、私は不快だから言わないでください。で、奥さんは許してくれたんですか？」

この様子では許されていると思ったが、一応訊いてみた。

「私がカマってあげなかったから、浮気しちゃったんでしょって、自分の責任みたいに言われた。ここんとこ、ずっと疲れたって逃げられてたもんね」

よくもまあ、ぬけぬけと言えるものだ。日高の妻はきっと、男たちの間ではよくできた嫁だ、と評価されるのだろう。

「幸せな夫婦だね」と、リキは厭味を言った。

ということは、リキの名誉だけが地に堕ちたも同然、と考えた方がいいだろう。日高は、リキのことなど、まったく慮っていない様子だ。

「その噂は、私の実家にも届いたかしら」

「さあ、大丈夫だろ。関係ないもん」と、日高はいたって楽観的だった。「それより、おたくのダンナ、大丈夫か？」

「まあね。気が付いてないみたいだからね」声は明るくても、暗い気持ちで答えた。

「ところで、日高さん。私があの時のあれで妊娠してたら、どうする？」

「あの時のあれでって、あの時は安全だって言ってたじゃない。嘘だったの？」

日高が不安そうな声で訊く。

「そう思ったけど、妊娠しちゃったからなの」

「うっそだろう」と、日高は叫んだ。

「いや、マジ。今、六週目」

日高は無言だ。

「でも、他の人ともやったから、そっちの子かもしれないし」

えーっという悲鳴が聞こえた後、意気消沈した日高の声がした。

「わや。そっちの方がショックだな」

「日高さんだって、奥さんとセックスしてるでしょう？　同じことだよ」

「いや、ヨメとは夫婦生活してるけど、リキちゃんの時のように気持ちよくないよ。ルーティンだもん、ルーティン」

セックスはルーティンでできるのか。結婚生活って、何だかよくわからない。

「DNA検査して、日高さんの子だったら、認知してくれる？」

「ヨメがいいと言ったらね」

「奥さんなんか関係ないっしょ」

「だけど、他の男の可能性もあるんだろ？」

「おおいにあるかも。だから、ＤＮＡ検査って言ってるんじゃない」

リキは隠さなかった。なるべくなら、日高の子なんかではないことを、リキも望んでいたからだ。

「なら、いいや。ま、何かわかったら連絡して」

ほっとしたように言って、電話は切れた。たとえ日高の子だとわかっても、日高は認知しないだろうと思った。


次に、ダイキにＬＩＮＥで電話をしてみることにした。与那国島に帰ったはずだが、その後、連絡はない。コールをしばらく鳴らしても出ないから、かけ直そうかと思った時に、ようやく相手が出た。

「もしもし」

寝ていたのだろうか。声がくぐもっている。

「ダイキ、寝てたの？」

昼過ぎまで寝ているということは、教師の職には就けていないのだろう。

「うん、でも、いいんだ。そろそろ起きる頃だから」

「そっちはどう？」

「どうって仕事のこと？」

「そう。あの後、どうしたかなと思って」

「結局、与那国にはなくてさ。順番待ちとか言われたけど、無理だと思うから、本島に出てきた。だから今、那覇にいるんだよ。松山ってところでホストしてたけど、若いヤツが多くて苛められるし、ノルマきつくて辞めたよ。今、元の商売してる」

ということは、また女性相手の風俗をやっているのだろうか。

「リキちゃん、元気？　あれからどうした？」

タバコに火を点けたような音がした。くぐもった声が少し軽くなる。

「妊娠しちゃったんだよね」

「へえ、そう」と、ダイキがのんびり言う。「それはよかったじゃん。仕事が成功したってことだろ？」

「まあね。でも、問題があって、精子って六日間も生きてるんだって。だから、ダイキの子かもしれないの。でも、その前の日に、前の恋人とも寝ちゃってるから、その人の子かもしれないし、もちろん、草桶さんの子かもしれない」

「すげえなあ」

ダイキが嬉しそうな声をあげたので、リキは驚いた。

「怒らないの？」

「何で怒るの？　俺は嬉しいけどね。で、どうするの？」

「迷ってる。だって、草桶さんは妊娠を知って喜んでいるけど、もしかしたら、ダイキの子か前の人の子かとか、そういうことは一切知らないで喜んでいるんだもの。言うなれば、欺してるわけよ」

「うん、契約違反だな」

経緯を知っているダイキには、話しやすい。リキは、冷蔵庫を開けて水のペットボトルを取り出しながら喋った。

「そういうことよ。このまま産んで、草桶さんの子だったら問題ないのよ。だけど、万が一、違っていたら、違約金取られるどころの騒ぎじゃないでしょ。そしたら、私が子供を引き取らなきゃならない。だから、私、中絶しようか迷ってるの」

日高に相談した時は、ここまで行き着けなかったが、事情を知っているダイキとなら話せる。

「やめろよ、もったいないじゃん」

「そう言えるのは部外者だからだよ。妊娠した当事者からすると、すごく重い話だよ。結果が出てからでないと、どう転ぶかわからないって、どうしたらいいかわからないじゃん。だから、困ってるの。しかも、双子らしいの」

「双子？」

ダイキが大きな声を上げた。

「健診で言われた。エコーで、ふたつ心臓があるって」

「産めよ、リキちゃん。どこにも行き場がないなら、俺が育てる。俺にちょうだい、その子たち」

「ちょうだいって言われても。犬猫じゃないんだから」

「いやいや、数奇な運命を辿るね、そいつら。俺、楽しくなってきた。それも、俺の子かもしれないんだろ？　その草桶っておっさんと、親権を争うかもしれないな。楽しみだ。リキちゃん、那覇に来いよ。こっちで暮らそうぜ」

「ダイキ、妻子なんて養えないじゃん」

「金はなくても、セラピーできるからさ。癒やされるよ」

これをセラピーというのか。リキは呆れながらも、いつの間にか笑っていた。中絶はやめようと決心している。

第五章　赤子の魂

1

北海道は内陸の、人口五千にも満たない小さな町に生まれると、若い女が食べていくための働き口はほとんどないに等しい。農業か酪農か、農協や役場に勤めるか、海側の町まで出て水産関係の仕事をするか、自分のように介護の仕事に携わるか、あるいは結婚するか、だ。

耕す土地も乳牛も財産もコネもない家に育った自分は、介護の仕事に就くしか収入を得る道はなかったが、その仕事は性に合わなかった。上司である日高との関係も、最初はときめいたが、すぐに行き詰まった。狭い町で噂の種になるのは嫌だったし、叔母のように、結婚のことばかり考えて生きるのもまっぴらだったから、必死に金を貯めて東京に出てきた。東京に行けば、仕事もたくさんあるし、出会いもあるだろうと思ってのことだった。

しかし、学歴もキャリアも生活基盤も持たない自分は、東京で超貧乏生活を送る羽目になった。非正規の仕事にしか就けないし、出会うのはろくでもない男ばかり。どこに行っても、プラスアルファの何かがなければ駄目なのだ、と思い知らされた。

十円二十円の支出に神経を尖らせて、毎日残金を数える日々は、東京に出てきた時の浮かれた心を、使い古しの石鹸《せっけん》みたいに固く小さくして、かちかちに干涸《ひから》びさせる。

そのうちに、首都圏で生まれて、何の苦労もなく東京に住んでいる同年配の女が羨ましく、時には憎しみさえ感じるようになった。生まれた家に住み、住み慣れた土地で友人に囲まれて、安楽に暮らしている女たち。実家住まいの彼女たちは、自分と同額の給料を貰ったって、遣える金がまるで違うのだ。

自分はセブンのコーヒーも飲めないのに、彼女たちは平気でスタバに行こうと誘う。自分はネットで古着を買ってるのに、彼女たちは流行の服をばんばん買う。美容院に行く金がないから、髪を伸ばしっぱなしにするしかないのに、彼女たちは美容院どころか、月に一回はネイルサロンにも通えるのだ。

だから、もっと楽に生きたい、いや、生きるべきではないか、と心底願うようになるのは当然ではないだろうか。かさかさに乾いた心が、油の照りに引き寄せられるように、自分は代理母を引き受けたのだ。今の自分には、子宮込みの肉体を売るしか、できることがなかったから。

リキは、洗面所の鏡に映る自分の姿を、ためつすがめつ眺めた。妊娠したら、顔色が明るくなり、少し綺麗になった気がする。でも、横向きになると、お腹が大きくせり出しているのがよくわかる。

妊娠が判明してから、すでに六カ月が過ぎていた。三十週目。安定期に入ってからの日々は、早かった。気が付けば、双胎の腹は前に突き出て、重量が増した。長い間立っていると、お腹が重くなって石のように硬くなる。そして驚いたことに、乳首からは薄白い液体が滲み出るようになった。ブラジャーの中に、パッドを入れないと、すぐに濡れてしまうほどだ。

出産に向けて、自分の肉体がオートマティックに動いている。心は母親仕様になどなっていないのに、体の方はしっかりと双子の母親になろうとしている。自分はまさしく動物だ、とリキは思う。

洗面所を出て、食堂に向かう長い廊下を歩いた。まるで旅館か寮のように大きな建物は、コの字形に広い庭を囲むように造られていて、風呂場や食堂などは、その中央部分にある。六十年以上前に建てられたという、和洋折衷の古い建物だけれど、内部は最新の仕様にリフォームされていて、設備は整っていた。

以前は、病院長である寺尾家の家族や、住み込みの看護師らが住んでいたらしいが、今は、りりこが南側の翼の二階を占領し、北側の翼には、若い准看護師が二人と、住み込みの家政婦である杉本《すぎもと》が住んでいた。りりこの両親は、近くの億ションに引っ越している。

食堂には、常に食べ物が用意されていて、いつでも好きな時間に、何かかにか食べることができた。冷蔵庫も勝手に開けて、中の食物を食べていいと言われている。遠慮しつつ開けてみると、缶ビールにアイスクリーム、フルーツ、そして冷凍食品に至るまで、ぎっしりと食品が詰まっているのには驚いたものだ。

リキの居室は、りりこが住まう南翼の一階の端にある。夜勤のアルバイト医師たちが泊まっていた部屋だそうだ。

りりことの仕事は十時から始まるので、リキは八時きっかりに起床して洗顔し、食堂に向かう。准看護師たちは早朝シフトだったり、夜勤だったりするので、顔を合わせることは滅多になかった。食堂にはいつも、杉本がいて、食事を供してくれる。

杉本は六十代後半の独身、三十年以上も前から寺尾家に住み込みで働いているのだそうだ。リキが、シングルマザーだ、と打ち明けたところ、杉本はたいそう不憫《ふびん》がってくれたので、それきり、詳しい事情を言えないでいる。

食堂は、窓の大きな開放的な空間で、一枚板のテーブルが中央に据えられていた。その前にある大型テレビでは、必ずＮＨＫの朝ドラが放映されており、リキがダイニングに顔を出すのは、決まって物語が終わる瞬間だった。

杉本はまずテレビを消してからリキの腹を見遣り、必ず「ねえ、また大きくなったんじゃない？」と楽しげに訊くのだった。

家に住み込んで仕事を手伝ってほしい、というりりこの申し出に、最初は躊躇《ちゅうちょ》していたリキだったが、結局承知したのは、どんどん大きくなるお腹に怖れをなしたせいもある。何かが起きた時、一人で対処できるかどうか不安だった。また産んだ後のことも考えて、金を節約しなければ、という思惑もあった。さらに言えば、寺尾りりこという変な女への興味もあった。

リキが、りりこと親しく交わることについては、基がかなり強硬に反対したと聞いている。基はりりこが嫌いなのだ。悠子がりりこと会うことも嫌がっているらしい。りりこと基は、相性の悪い水と油だ。りりこ曰《いわ》く、『悠子がドレッシングを作る時みたいに掻き混ぜても、絶対に乳化することはないんだよ』。

そんなことを考えながら廊下を歩いていたら、お腹の中でびくりと胎児が蠢いた。今日の胎動は活発で、しかも二カ所だ。リキは思わず、両手でお腹を押さえた。遂に、子宮に芽生えた種が二つ、それぞれ自律的に蠢き始めたらしい。その発想はエイリアンを思い出させて、リキは身震いする。いつか、映画みたいに、腹を突き破ってそれぞれが顔を出すのかもしれない。産道から苦しい思いをして産み落とすよりは、そっちの方が理にかなっているような気がするのは、あんな狭いところを胎児が通れるはずがない、とまだ訝しんでいるせいだろう。

でも、自分の胎内で確実に二つの生命が芽吹き、生きていることに、不思議な全能感が伴うのはどうしてだろう。リキはその朝、初めて、奇妙な優越感のようなものに酔ったのだった。

食堂には先客が一人いて、たいして興味のなさそうな顔で連続ドラマのラストシーンを眺めていた。ドラマは、ちょうど電話がかかってきたところで、主人公の母親が、悪い予兆を感じたかのように眉を顰めて、鳴っている電話を見ている場面だった。

「ああ、昭和だね。昔は、どこの家にもああいう黒い電話があってさ。下にレースの敷物なんか敷いてあったもんだよ。お電話様だ。今じゃ、家に電話がかかってくるって絵も、ないもんね。みんな携帯。てかさ、家電がない家も多いって言うじゃない。世の中、変わったよね」

先客がテレビを指差しながら、誰にともなく甲高い声でぺらぺらと喋っている。りりこの叔父、タカシだ。風が吹いたら飛ばされそうなほど痩せていて、白髪を短く刈り込んだ髪型に、リーバイスと緑のTシャツ、という洒落た格好をした老人である。いや、老人と呼ぶのは気の毒かもしれない。タカシは、りりこの母親の弟で、七十歳を過ぎているると聞いているが、いつも楽しそうな、というよりは、きょろきょろと落ち着かない眼差しとお喋りのせいで、年齢より若く見えた。

タカシは、離れと言えば聞こえがいいが、庭の隅に建つ、物置かと見紛《みまが》うようなプレハブ小屋で猫と暮らしている。母屋に空き部屋はあるのだが、戸建ての方が落ち着くから、と庭に住んでいるのだった。だったら、プレハブなどではなく、近くに一軒家を持てばいいのにと思わなくもないが、タカシは家に関する拘りはまったくないらしい。

もともとは官僚だったそうだから、優秀な人物なのだろう。だが、五十代で退職して以来、ずっと姉の家に居候して、好きな絵を描いて暮らしているそうだ。変人の叔父に、変人の姪だ。

「リキさん、おはようございます」

杉本が挨拶した。杉本の声は澄んでいて美しく、本人もそれを知ってか、やや気取った物言いをする。少し太り気味で、サロンエプロンの腹部が、まるで妊娠したみたいに飛び出ていた。

「おはようございます」と、リキも二人に挨拶する。

「おお、大きくなったね、腹。その腹、重くない？」

タカシが、箸の先でリキの腹部を指した。飯茶碗と箸の間に、納豆の糸が引いている。タカシは、こんながさつなところがある。でも、リキは、偉ぶらないタカシが好きだ。

「大丈夫です。慣れてきました」

リキは、納豆ご飯をかっ込むタカシの斜め前に腰掛けた。テーブルには、朝定食よろしく、卵焼き、豆腐とわかめの味噌汁に漬け物、海苔《のり》などが並んでいる。

「リキさんは何を食べるの？　ご飯？　トースト？」

杉本が炊飯ジャーの蓋を開けながら訊いた。

「今日はご飯にします」

「遠慮しないで、トーストでもいいのよ」

すでにしゃもじを手にした杉本が言うので、遠慮せざるを得ない。

「してないです」

答えながら、何と贅沢な環境に身を置いているのだろうと、リキは感激するのだった。食客とはよく言ったもので、三食すべて賄い付きである。りりこの仕事も思ったよりも面白く、楽しかったから、文句など、まったく生まれようがないのだった。

「ご飯が旨いよ。僕がもち麦を入れるように言ったからさ」

タカシが、真面目な顔で言う。

「そうですか。じゃ、自分でよそいます」

リキは、杉本が飯をよそおうとしているところを止めたが、杉本がふくよかな手を振った。

「座ってなさいよ。お腹重くなってきたでしょう。その中に二人入ってるんだから、無理しないで。腰痛めるよ」

「そうだよ。リキさん、納豆食べなよ。取ってやろうか」

タカシが手を伸ばして、テーブルの端から納豆パックをひとつ取って、手渡してくれた。礼を言って、納豆を受け取る。

「ねえ、双子だって聞いたけど、どっちなの。男？　女？」

タカシが興味津々の体で、身を乗り出した。

「男女らしいです」

「らしいって、わからないの？」

「多分、確実です」

二十週に入った時、男女の双子だとほぼ確定したので、エコーの4D映像をDVDに焼いてもらったほどである。基が感動して、泣きながら何度も見ました、とメールをくれた。

「へえ、やったね」タカシが口笛を吹く真似をした。「一度のお産で男女二人なんて、狙ったってできないよ」

「育てるの大変でしょうね。一度に二人だものね。でも、まあ、リキさんは若いから何とかなるか」

杉本が腕組みをして、リキの顔を見た。

「ですよね」

リキは無難な返事をする。

「しかし、男女の双子って、どんな精神状態なんだろうね。僕はそっちが知りたいよ」

「精神状態って、どういう意味ですか？」

赤ん坊に精神状態なんてあるのか、と思いながら、リキは愉快そうに笑っているタカシに訊いた。

「いや、双子は特に紐帯が強いっていうから、互いに束縛したりしちゃってね。そうそう、江戸川乱歩《えどがわらんぽ》にそういうのあったよね。『孤島の鬼』だっけか。リキちゃん、江戸川乱歩、知ってるかい？」

タカシがにやりと笑う。

「聞いたことはあります」

「何だ、江戸川乱歩も過去の人になったのか」タカシが大袈裟に嘆いてみせた。「杉本さん、僕たちの世代はみんなよく読んだよね？」

「そんなことより、よかったわね。二人も授かって」

杉本は、タカシの質問に答えず、リキに微笑んで見せた。

現在、寺尾家の母屋に住んでいる者は、病院関係者も含めて、どういうわけか全員が結婚歴のない単身者だ。だから、妊婦であるリキは、注目の的でもある。

しかし、双子を育てるのは草桶夫婦なのだから、いずれ、自分には責任も子供との関係もなくなってしまう。そのことを知ったら、タカシも杉本もさぞや仰天することだろう。もし、基の子でなくても育て上げるから心配するな、とは悠子の弁で、いざＤＮＡ検査で違うとなったら、基はどういう反応をするかわからない。その意味で、出産は賭けに近いのだった。リキは、その時がくることを想像すると、逃げ出したくなった。

もっとも、男女の双子らしいとわかり、基は吉報だと驚喜して、二人でパ・ド・ドゥを踊らせる、と冗談を言っているほどだという。だから、案外、誰の子であっても引き取る、と言いだすかもしれない、と悠子は言う。

ちなみに、日高からは、まったく連絡が途絶えていた。戦々恐々としながら、リキの報告を待っているのかもしれないと思うと、ちょっといい気味ではある。

ダイキからは、ふた月ほど前に、風俗セラピストでは食えないので、年上の女のヒモになった、と嬉しそうなＬＩＮＥがきた。その女は十歳ほど上で、ダイキの顧客だったらしい。女は那覇で小さな民謡酒場をやっていて、そこは近所の年寄りの溜まり場になっているのだそうだ。ダイキは店の掃除をしたり、アパートで女のために食事を作ったりして、甲斐甲斐《かいがい》しく働いているのだという。

そんなわけで、生まれてくる双子が、日高かダイキ、どちらかの子供だったとしても、どっちも頼れそうにはなかった。その時はどうしたらいいのだろう。リキが、薄味の味噌汁を飲みながら、そんなことを考えていると、タカシが突然話しかけてきた。

「リキちゃん、シングルマザーなんだってね」

「そうです」

食洗機に食器を並べ入れていた杉本が、こちらを振り向いて言った。

「大変よね、シングルマザーが双子を産むって。だから、リキさん、ずっとここにいるといいわよ。私たちも赤ちゃん見たいし」

「そうもいかないでしょう」

「大丈夫だよ。ここの家は適当だから」

食客の筆頭であるタカシに保証されても仕方がない。

「りりちゃんも産めばよかったのにね。なあに、結婚なんかしなくたっていいんだから、思い切って産めばよかったのよ」

杉本が残念そうに言った。

「りりこは駄目だよ。男に興味ないもの。そんなこと言うと、あいつ怒るよ」

タカシが、ちらりと廊下の方を見遣りながら言う。

「でも、興味がなくたって、今は一人でも作れるって話じゃないですか。ほら、精子提供とかで」

杉本が詳しいので、リキは驚いた。

「それを言うなら、杉本さんだって産めばよかったんだよ」

タカシが杉本を指差すと、杉本は口に手を当てて笑っている。

「まさか、時代が違いますよ。そういえば、昔、加賀《かが》まりこがシングルマザーだったことがありましたね」

「あったね、そういうこと。あれ、確か生まれてすぐに死んじゃったんだよね」

タカシが懐かしそうに膝を打った。

「せっかく十月十日《とつきとおか》もお腹の中で育てたのに、可哀相でしたよね」

杉本がしんみりして言う。二人の年代が近いせいか、寄ると触ると、こんな話ばかり聞かされる。

「加賀まりこって誰ですか？」

「知らないなら、いいわよ。ところで、リキさんは今、何カ月なの？」

また矛先がこちらに向かってきた。

「ちょうど三十週目です。あと十週で生まれることになります」

「四十週？　あら、十月十日と合わないじゃない」

杉本が暗算している。

「二十八日をひと月と考えると、だいたい合います。二百八十日足す十日ですから。少し遅れるみたいだから、そんなものではないかと」

「なるほど。リキちゃんの予定日はいつなの？」

タカシが朝刊を引き寄せて訊ねる。

「九月九日と言われてます」

「おお、重陽《ちょうよう》の節句じゃないか。『雨月物語』だな」

タカシが嬉しそうに言う。

「何ですか、それ」

リキが訊ねると、タカシが嬉しそうに筋を説明してくれる。

「『菊花《きくか》の約《ちぎり》』と言ってね。二人の男が仲良くなって、義兄弟の契りを交わす。で、重陽の節句にまた会おうということになる。月日が経ち、義弟は酒肴《しゆこう》を用意して待つんだけど、待てど暮らせど義兄はやってこない。やっと来たかと思ったら、義兄は酒を口にしないんだ。どうしてだろうと思ったら、義兄は死んでて、来たのは魂だったという話だよ」

「へえ、幽霊。律儀ですね」と、杉本。

「うん。りりこなら違う解釈をするだろうな」

「どんな解釈ですか」

杉本が怪訝な顔をする。

「ほら、菊花にかけてさ」

「ええっ？　どういう意味かわからない」

杉本が首を捻ったので、またタカシがＬＧＢＴＱだの何だのと言って、説明を始めた。三人ですっかり話し込んでしまい、ふと時計を見ると九時半を過ぎている。リキは慌てて立ち上がった。

「ご馳走様《ちそうさま》です。りりこさんのところに行ってきます」

りりこは、滅多に食堂で朝食を摂らない。自分のアトリエでコーヒーを淹れ、シュークリームやモンブランなどの洋菓子を食べて済ませるのだ。

「りりこさん、おはようございます。リキです」

リキはいったん部屋に戻って着替えた後、二階のアトリエのドアをノックした。りりこは二階の二部屋の壁を取り払って、アトリエにしている。寝室はその奥にある。

「あ、リキちゃん、おはよう」

りりこがドアを開けてくれた途端に、コーヒーの香りがした。りりこは仕事着も黒ずくめで、黒いＴシャツに黒いデニムという姿だ。派手なベレー帽を被っていないと戦闘力が落ちるのか、温和な女に見える。

りりこの仕事を手伝うようになって驚いたのは、りりこが十時きっかりから仕事を始めることだった。もっと気分で動く人かと思っていただけに、その生真面目さが意外だった。

今、リキが命じられている仕事は、りりこが集めた大量の春画や枕絵を分類して、データ化する作業だった。

オフィスにしている隣の部屋に行こうとすると、声がかかった。

「リキちゃんもコーヒー飲む？　カフェインって、駄目なんだっけ？」

「さあ、大丈夫じゃないかと思います。てか、もう、がんがん飲んじゃってるじゃないですか」

りりこはいつも同じ質問をする。毎朝飲ませてもらっているのに、とリキは可笑しかった。

「もっくんがいたら、絶対に駄目だよね」

りりこがまた同じことを言う。必ずや、一日に一度は、基の悪口を言わないと気が済まないらしい。

「そうですね」

「あいつ、神経質なんだよね。エコでエシカルで何チャラとか聞いた。有機野菜しか食わないとかいうし」

「何チャラって？」

「ほら、サスティナブルとかＳＤＧｓとかさ、そんな言葉あるじゃん。ああ、嘘くせえ」

りりこがタバコを手にして、吐き捨てるように言った。

「悠子さんのダンナさんなのに、嫌いなんですね」

リキは、悠子とりりこの関係が不思議でならない。あれだけ基の悪口を言われたら、悠子も怒りそうなものだが、二人は変わらず仲がいい。

「うん、嫌い。あいつ、私の仕事をポルノだって言うんだよ。ムカつくよね」

しかし、リキもポルノと思うことがある。今、りりこが制作している絵は、巨大な真《ま》鯉《ごい》に跨がった女が、背後から侍に犯されているものである。二人は、淀《よど》んだ沼のような水面を、あたかもパワーボートに乗ったかのごとく、真鯉と共に水しぶきを上げて突き進んでいるのである。

りりこがどういう意図でこんな構図を思い付くのか、まったく想像ができないのだが、早速、下絵の段階から欲しいという顧客が引きも切らなかった。その顧客と連絡を取るのも、リキの仕事だった。

ちなみに、今、スキャンしているのは、大奥の女たちが自慰の道具を選んでいる枕絵だった。ユーモラスだがまことに露骨で、リキは最初に見た時、唖然としてしまった。

しかし、りりこはとても好きだという。

「なんたって、ほら、楽しそうじゃないの。私はもっと大きいのがいいとか、もっと反ってるのがいいとか、いかにも、そんなことを言ってそうじゃない？」

言われてみれば、確かに楽しそうではあるが、大奥に閉じ込められている女たちの慰みはこんな道具なのか、と哀れにもなる。

リキがそう言うと、りりこは真面目な面持ちになって抗弁した。

「だからさ、こういう絵からもね、女たちの置かれた苦しみや何かが伝わってくるでしょう。それが時代を知るってことなんだよ。性風俗的な面から時代を探る、そういう意味でも大事な史料じゃん」

「はあ、なるほど」

「それにね。春画って、貸本文化として発展したんだよ。庶民がみんなエッチな貸本を借りてきて、こっそり読んでたのよ。それぞれに気に入りの作家とかがいてさ。その人の新作が出たら、必ず読むってな具合だったんだと思う。それって作者冥利に尽きない？」

こんな具合に、りりこは大真面目に語るのだった。

2

雨が多かった七月が過ぎて、八月に入った途端に猛暑が続いた。出産予定日まで、あとひと月あまり。リキのお腹ははち切れそうに膨らんで、階段の上り下りでさえも、息が切れるほどだ。暑さもきついので、リキは健診日以外は外出を控えて、家の中で過ごすようになった。

基からは三日に一度の割で、体調を慮るメールが届く。そのメールには、律儀に返信しているが、どうしても疚《やま》しい気持ちを消すことができなかった。

しかし、出産予定日が近付くにつれて、生まれてくる子が誰の子なのかという不安は、どうでもよくなりつつあった。

というのも、胎動が活発になると、不思議とお腹の中で動く子供たちが愛おしく、可愛く感じられてならないのだ。だから、日に日に、子供は自分のものだ、という意識が強くなってゆく。その感情は、自分でも意外だった。

「リキちゃんはシングルマザーなんだから、ここで育てればいいよ」

タカシはリキに会うたびに勧めるけれど、正確に言えば、自分はシングルマザーではなく、戸籍上は草桶理紀で、れっきとした草桶基の妻なのだった。

自分が産む双子の子供たちは、草桶姓の子供であり、今の時点では「大石」という旧姓も名乗れない。だが、事情を知っているりりこは、名字なんて離婚して変えればいいだけの話じゃん、と言い放つ。

「子供が生まれたら、リキちゃんが引き取って育てるべきだよ」

「草桶さんには、どう言えばいいんですか？」

リキが問えば、りりこは「さあ」と首を捻った後、さらにこう言った。

「気が変わった、と言えば」

そんなことで済む問題ではないと呆れるが、お腹の子供たちが愛おしい、と思い始めているのだから、確かにリキの気持ちは、大きく変わりつつあるのだった。

「だったら、早く打ち明けて宣言した方がよくないですか？　そうすべきでしょうか？」

「リキちゃんの好きにすればいいんじゃない」

りりこはクールに言うけれど、リキにまだその勇気はない。そんな折、りりこの仕事を手伝うのは、いい気晴らしになっていた。

りりこのオフィスは、二階のアトリエの一隅に作られている。大きめのデスクに、パソコンと、一台の電話兼ファクスが置いてあるだけの簡素なものだ。

リキはそこで、大きなお腹がデスクにぶつからないように注意しながら、図版の整理や、ギャラリーとの折衝や、物販の事務、ＳＮＳの更新に明け暮れていた。

もっとも、外部との接触で一番多いのは、顧客からの電話で、一日に必ず数本はかかってくる。絵が欲しいという注文がほとんどだが、中には春画を描いている女性画家が珍しいのか、セクハラ紛いのものもたまにあった。

臨月に入った日の午前中のことだ。りりこが大真面目な顔で制作しているのを横目で見ながら、リキが図版の整理をしていると電話が鳴った。

「りりこ先生ですか？」

はあはあと息を切らした男が訊ねる。嗄《しゃが》れた声からすると、老人のようだ。

「いえ、違いますが、どういったご用件でしょうか？」

リキが答えると、こっちを振り向いたりりこが鬼のような形相で、絵筆を持った手を激しく振った。自分はいないと言え、ということらしい。

「あのう、りりこ先生に代わって頂けませんか？」

「あいにく制作中で、手が離せません」

「そうですか」男は明らかにがっくりした様子だ。「実は、りりこ先生に直接お願いしたかったのですが、私、亀戸《かめいど》の佐川《さがわ》と申します。先生がこの間、個展に出品された『松の枝ぶり』が忘れられなくてですね。さんざん悩みましたが、このほど購入を決意致しました。あの作品を是非譲って頂きたいのですが」

松の枝ぶり？　リキはりりこの個展の図録をめくって、その作品を探した。そして、その絵を見つけて絶句した。若い娘が求婚者三人の男根を見比べている図で、例によって性器は強調して描かれていた。

とんでもない意匠なのに下品に見えないのは、娘と若い男三人の着物の色柄が極めて美しく、また娘も男たちも明るく笑いのめしているからだった。

「ちょっとお待ちください」

電話を保留にして、りりこに訊く。

「『松の枝ぶり』を譲ってほしいそうです。亀戸の佐川さんという人ですけど、ご存じですか？」

りりこは、迷惑そうに振り向いた。

「ああ、佐川さんか。あのスケベジジイ。欲しいくせに、いつもぐずぐず迷ってるんだよね。もう買い手が付いてるって断って」

電話口でそのように伝えると、佐川は泣き落としにかかる。

「また、そんな。個展では、売約済みとはなってなかったのに、もう決まったんですか。何とかなりませんかね。金なら出しますよ」

「すみません。もう決まったことなんで」

「あの絵の中の一人の若者が、自分に似ているような気がしてならんのです。りりこ先生が私のことを想像してお描きになったのかな、と思って。そう思うと、ますます欲しくなりまして」

「それはないと思います。では」

長々と続きそうだったので、リキはすぐさま電話を切った。長く相手をしていると、気持ちの悪い妄想を喋り続けるだろう、と思ってのことだ。このリキの冷酷さが、りりこのお気に召している長所らしい。案の定、褒めてくれる。

「リキちゃん、最高。それでいいよ」

「そうですか。また電話がかかってきそうですよ」

「そしたら、百万なら売るって言っておいて」

りりこが、ほくほく顔で言う。

「百万？　じゃ、売れたというのは嘘ですか？」

「嘘だよ。あんな気持ちの悪いジジイに売るくらいなら、焼き捨てた方がマシだよ」

「それ、マジですか」

「嘘だよ」

りりこは平然と、タバコに火を点けた。ひと休みするつもりらしく、くわえタバコでリキのデスクのところにやってきた。貫頭衣のような形の黒いワンピースを、ぞろりと着ている。

「りりこさん、この絵は、何で『松の枝ぶり』ってタイトルなんですか？　松なんか一本も描いてないのに」

「それはあんた、松が男根の隠喩だからだよ」

「隠喩って？」

「あんた、隠喩って言葉も知らないで、春画の仕事はできないよ。隠された意味だ。春画はみんなそういう符丁があるの。遊びというか、クイズみたいなものよ。この絵にも、後ろの窓に庭の五葉松がちらっと描き込んであるでしょ？」と、自慢げに言う。

そう言われてみれば、背後の丸窓から松がちらりと見える。だが、リキにはそんな知識はないから、りりこの説明はめっぽう面白い。

「本当は男根比べなんだけど、それでは露骨過ぎるからね」

りりこは大きな口を開けて、楽しそうに笑った。

「なるほど」

「マジで、若い男の男根を見て、あれやこれや比べてみたいよね」

それはセクハラではないか。りりこは危ないことばかり言う。

「リキちゃんは、どんな春画が好きなの？」

りりこが訊ねるので、リキは迷いながら答えた。

「あまり知らないけど、私は国芳《くによし》とか好きです」

「ほう、色摺艶本《いろずりえんぽん》の方ね。『逢見八景《おうみ》』は、私も好きだよ。最後の女陰がいいよね」

女陰だの男根だの、露骨な言葉が飛び交うことに、リキも慣れてきている。

「りりこさんは誰が好きなんですか？」

「ああ、私は意外とオーソドックスなのよ。やはり、錦絵組物で歌麿《うたまろ》だね。歌麿の絵は、そこにストーリーがあるでしょう。あれが好きなのよ」

語り始めると、りりこは止まらない。いきなり画集を持ち出して、リキに説明を始めた。

「ほら、これは若い男を引き入れているお妾《めかけ》さんだよ。この髪型を見てごらん。髪型と服装で、女の立場やシチュエーションがわかるんだ。ちゃんと、絵に情報が入っている。それに見て。この色、綺麗でしょう。歌麿の紫って、美しくて有名なんだよ」

リキは次々と示される図版を見ながら、複雑な思いに囚《とら》われていた。次第にうち沈んでいくので、りりこが不思議そうにリキの顔を覗き込んだ。

「どうしたの」

「りりこさん、ここに描かれている女たちって、みんなセックスが好きそうですよね。すごく楽しそうに描いてありますものね」

「うん、だから私は春画が好きなの。男女が対等に描かれている。女は誰も嫌がったり、苦しがったりしていない。みんな和姦だよ」

「ええ、女が楽しそうなのはいいと思います。だけど、楽しいセックスが終わった後に、女には妊娠という重荷があり得ますよね。春画の中の女たちが妊娠しちゃったら、女たちはどうするんでしょうか？」

　リキは重い腹を両腕で抱えるようにして、りりこの顔を見る。

「そういう、お楽しみの後の労苦は省いている。あくまで、性愛の楽しさだけしか描いてないね」

　りりこは肩を竦めて認めた。

「だけど、お楽しみの後で、女だけが労苦を背負うのはおかしくないですか？　だから、容易にセックスしない、いや、やりたくてもできない女もいるわけでしょう。なのに、あたかもそんな後の結果なんかないかのように描いている。これは、夢の世界ですよ」

「そうだよ」と、りりこが同意した。「夢の世界とは言い得て妙だね。確かに夢の世界だよ。春画の中では、男も女もセックスを楽しんで、淫蕩《いんとう》の限りを尽くしている。だけど、その後、妊娠したら、その肉体的負担を受け持つ女の側の苦しみや不幸はないことになってる。当時は、避妊の技術も不確かだし、出産で命を落とす女たちも多かっただろうから、不公平と言えば不公平だ。そもそも、絵師はみんな男だしね」

「りりこさん、それでも春画が好きなんですね」

りりこが大袈裟に頷いた。

「今、リキちゃんが言ったように、一瞬の夢の世界だから好きなんだよ。束の間《つかま》の幸せなの。私はセックスは嫌い。てか、したいなんて思ったことがないの。恋愛もしないし、そもそも男にも女にも興味がない。それは突き詰めると、案外、妊娠があるからかもしれないね。結果があまりにつまらない」

「妊娠って、つまらないですか？」

「つまらないよ」

りりこは、ちらりとリキのお腹に目を遣った。

「どうしてですか」

「私は子孫なんか作りたくないから。生物を生産したくないんだ。私はこの世にたった一人存在するだけでいい」

「それで、私にお腹の中をすっきり綺麗にするんだよ、と言ったんですね」

「そうだよ」

りりこは近くにあった灰皿で、二本目のタバコを潰した。

「でも、私、最近変わってきました」

リキはお腹をさすった。

「どんな風に？」

りりこが興味ありげに身を乗り出した。

「お腹の中で赤ん坊が動くと、不思議な気持ちになるんです。何か可愛いんです。あと、危険かもしれないけど、子供を産める自分に酔ってる。何か自分がすごく価値のある、偉い人になった気分なんです」

リキは全能感を思い出しながら言った。

「へえ、そういう感情は今までなかったの？」

「最近です。前は双子を産むのがすごく怖かったし、誰の子かわからないから不安でした。でも、今は誰の子でもよくて、これは自分の子だ、と思えるようになった。すごく自分勝手なのかもしれません」

りりこが腕組みをして言う。

「自分勝手は草桶夫婦だよ。あの人たちの魂胆はすごく嫌なの。言うなれば、リキちゃんに肉体的負担を強いてまで、自分たちの子が欲しいのかって。あ、この場合は、草桶基の子ってことになるけどね」

「だけど、子供が欲しい人には、子供を得ることが夢の世界なんじゃないですか」

「そうだよ。夢の世界はそれぞれ違う。だけど、私は夢の世界は、他人に負担を強いてまで作るものではないと思ってる」

その時、壁に取り付けられているインターホンが鳴った。寺尾家の建物は広いために、各部屋にインターホンが設置されている。

「はい」

リキが出ると、杉本の気取った声が聞こえた。

「草桶様がお見えになりました。今、そちらに向かっておられます」

「奥様ですか？」

リキは基ではないことを確かめた。

「はい、そうです」

インターホンを戻すと、りりこが可笑しそうに言った。

「草桶さんの奥様はあんただよ、リキちゃん」

草桶理紀。そうだった。思わず苦笑した時に、ドアがノックされた。

リキが開けると、悠子が立っていた。涼しげな麻のノースリーブのワンピースを着て、額の汗をハンカチで押さえている。

「ああ、今日は暑いわ。ここは涼しいわね」

「今、噂してたんだよ。何よ、突然現れてさ」

りりこがじろりと悠子を見ながら言う。

「りりこのことだから、どうせ悪口言ってたんでしょう。さっきＬＩＮＥしたのに、見てもくれなかったじゃないの」

「ほんと？」りりこがポケットを探って、スマホを取り出した。「あら、ほんとだ。ごめん」

悠子はカットされたスイカの入っているパックと、洋菓子の入っていそうな小さな箱をリキに手渡した。

「スイカは大石さんに。妊娠すると、スイカが美味しいらしいじゃない。こっちはババロアだから、みんなで」

リキはインターホンで、杉本に冷茶を運んでくれるよう頼んだ。りりこは、早速ババロアの箱を開けている。りりこは洋菓子に目がない。

「さっき、タカシさんに会ったわよ」と、悠子。

「叔父さん、元気だった？　しばらく会ってない」

「ええ、粋な浴衣着て、どこかに出かけるところだった。お元気ね」

「悠子もこんな昼前から、人んちに来て元気じゃない」

りりこが厭味を言った。

「ええ、実は大石さんに話があって来たの」

悠子は、りりこに付属の小さなスプーンを差し出してから、リキの顔を見た。

「何ですか」

リキは遠慮せずにスイカを食べながら訊いた。妊娠したら、食べ物の好みが変わった。

スイカもそのひとつだ。以前は子供の食べ物だと思っていたが、今では、美味しく感じられてならない。ドアがノックされ、杉本が冷茶の載った盆を持って入って来て、テーブルの上に置いていった。

「昨日ね、草桶と話し合ったの」

悠子は、リキとりりこを交互に見ながら言った。りりこは、草桶夫婦の悪口を言ったばかりだから、神妙な顔をしている。

「何を話したの？」

「いろいろよ。でね、結論を先に言うと、私、モトとは復縁しないことにしたの」

「どういうことですか」

リキは、手にしたプラスチックの細い楊子《ようじ》をスイカに戻した。パックの中には、緑とピンクの色鮮やかな楊子が二本、入っていた。

「私たち、あなたに子供を産んでもらう間だけということで、離婚したでしょう。生まれる子供を養子扱いにしないようにするために。で、お産が終わった後は、大石さんに別れてもらって、私が復縁するって」

「そうだね、ずいぶん自分勝手な話だと思って聞いてたよ」

りりこが不機嫌な顔で言う。

「うん、わかってる」悠子が頷いて、杉本が持ってきてくれた冷茶を口に含んだ。「大石さんには申し訳ない、身勝手な話だとわかってる。それでね、私たちも形式的に別れただけのはずだったのに、何だか、心が離れちゃったのよ。私はどうしても、モトの発想が理解はできるんだけど、許せないのよね」

「また、それか」

りりこが大きな声をあげた。

「そう、また、それなのよ。永遠に、その議論は繰り返されるの。だって、結論はわからないんだもの。それで、私はもう疲れたから、このままで生きていくことに決めたの。そのことを昨日、モトに言って、承諾してもらったわ」

「もっくん、どうだった？」

「泣いてた」

リキは、さすがに基が気の毒になった。もとはと言えば、自分たちの子供が欲しいと願っただけなのに、仲のよい夫婦が壊れてしまったのだ。

「泣いてたけど、承知したんだね」

「仕方がないと思ったんじゃないかしらね。彼も自分が一方的だというのは、重々承知してるのよ。それで、モトが言うには、大石さんさえよければ、そのまま草桶家で子供たちと一緒に暮らすのはどうかって」

「どういうことですか」

リキは驚いて悠子の顔を見た。

「大石さんに、草桶と結婚してもらったでしょう。それで妊娠してくれた。しかも、双子の赤ちゃんをこれから産んでくれる。モトとしては、大石さんと恋愛関係にはないけれども、子供の母親として迎えてもいいと思ってるんだって」

「そんな、一方的過ぎます。話が違いますよ」

リキは、大きな声で悠子に抗議した。

「でもさ、ちょっと待って」

なぜか、りりこが手を上げてリキを制した。

「何ですか」

「それも一理あるよ。合理的だと思う。だって、リキちゃんはさっき、子供が可愛い、と言ってたよね。だったら、もっくんは邪魔だけど、経済的には安定してるんだから、草桶家で子供を育てるのも悪くはないよ」

「私は嫌です」

リキははっきり否定した。

「ちょっと聞いてね」悠子が二人を制した。「それで、話があるのよ。私は草桶が大石さんと一緒に子供を育てていくのも悪くないと言ったので、この人は何も知らないんだと思って、喋ってしまったの」

「何を？」

りりこが、ババロアをすくったスプーンを口にする寸前で止めた。

「子供が百パーセント、あなたの子かどうかはわからないって」

「バカだね、悠子は。この後、どうやって事態を収拾するわけ？　信じられないよ、リキちゃんを追い詰めて楽しい？」

りりこは怒って詰ったが、リキはなぜか安堵していた。悠子が、自分の担いでいた荷を下ろしてくれた気がした。もし、基の子でなかったら、出産後に騒ぎになる。それよりは、基の考えを聞いておいた方がいいと思った。

「悠子さんは、どんな風に言ったんですか？」

リキはスイカを頬張りながら訊いた。

「大石さんは、北海道に行った時に、以前付き合っていた人とちょっと何かあったらしい。あと、東京でも、何かあったようだ。もちろん、排卵日ではなかったから大丈夫だと思ったらしいけれども、精子の寿命を考えると、少し危ない。なので、大石さんはすごく悩んでいる。私には正直に打ち明けてくれたので、私はどう考えても今度の双子はモトの子である可能性が大だと言ったけど、万が一、他人の子だったら、あなたはどうするの？　それでも、大石さんと一緒に子供を育てる覚悟はあるのって、訊いた」

「ずいぶんはっきり訊いたね」

りりこが呆れ顔をした。

「そしたら、モトが、それは契約違反だとか何だとかごちゃごちゃ言うから、また言ってやったの。まだ三十前後の若い女性に、一年近くの禁欲を迫るなんて、人権侵害もはなはだしいって。それは、大石さんの責任ではないのだから、許してあげなさいって。

自分の子供でなかったとしても、ゆめゆめ、金を返せ、とか酷いこと言わないでって、言った」

「悠子、いいこと言うじゃん」と、りりこが手を叩く。

「そしたら、草桶さんは何て言ったんですか？」

リキは動悸を抑えながら訊いた。

「わかったって。それで、たとえ、生まれた子が自分の子でなくても、草桶姓を名乗るのだし、大石さんが産んでくれるのだから、これも何かの縁だと思って大事に育てるっていうの。その時に、大石さんが一緒に育ててくれるのなら、有難いとまで言ってた。いずれ、大石さんにも連絡があると思うわよ。もし、モトが何か言ってきたら、私は絶対に大石さんの味方をするから、ともかく無事に出産してね」

「ありがとうございます」

リキは、悠子に一礼した。事態は思いがけない方向に転がっていくものだと、驚いている。産んでみないとわからないが、基がそこまで譲歩してくれるとは思ってもいなかった。

「もっくん、偉いじゃん。もっとちっちゃい男かと思ってた」

「私もよ」

悠子がしみじみ言うので、りりこが肩をどついている。

「何よ、だったら、あんた復縁しなさいよ」

「それは無理だよ。てか、大石さん、モトは何とかなるけど、問題はモトのお母さんよ。千味子さん。あの人は怖いから、遺伝子検査しろとか、言いそう。ひと騒動ありそうな気がする」

「自分で喋っておいて、何よ。他人事だね」

りりこが不機嫌な顔で悠子の方を見遣った。

3

なぜかわからないが、犬は人間の気持ちを察することができるようだ。どんなに隠そうとしても、犬はその優れた嗅覚を使うかのように、飼い主の感情を察知する。もしかすると、感情にも、においがあるのかもしれない。

最近、犬が癌細胞のにおいを嗅ぎつけることができる、という記事を読んだせいか、基は愛犬マチューを見ながら、そんなことを考えている。

マチューは、基と悠子が口論した時、怯えた表情で、玄関に置いてある基のスニーカーの間に顔を埋《うず》めてしまった。その後、二人の間のぴりぴりした空気は収まったものの、マチューはなぜか、元気を取り戻さない。基の憂鬱だけならいざ知らず、悠子の失望のにおいまでも嗅ぎつけたかのようである。

俺の憂鬱は癌細胞と同じく、暗いにおいを発しているのだろうか。それはどんなにおいなのだろう。基は自分の体のにおいを、くんくんと嗅いでみたりする。しかし、何も感じることができないのだから、人間とは何と無能で、馬鹿な動物だろうと思う。

基は稽古場に向かう時、マチューを連れて散歩をさせながら行くのだが、最近のマチューは家を出た後、不安そうに何度も後ろを振り返るようになった。まるで、自分のいない隙に、悠子が出て行ってしまうのが不安でたまらないかのように。

「大丈夫だよ。ママは出て行かないから」

マチューに言って安心させようとするが、悠子の思い詰めたような顔つきを思い出すと、今にも出て行ってしまうのではないかと、基も不安になって溜息が出る。すると、たちまち、マチューの足取りは重くなるのだった。

「ママだってさ。じゃ、俺はパパか」

基は、自嘲的に独りごちる。二人の間の子供は、この犬で我慢すべきだったのか。不可能が我慢できなかった自分は、我欲を肯定し過ぎたかもしれない。

この数日間、悠子と今後の二人の関係について、長い時間話し合ってきた。

その結論が、悠子は子供が生まれたらこの家から出て行く、離婚したままでいい、というものだったから、基は自分を否定されたような気がして傷ついていた。いや、実際に悠子に否定されたのだ。夫として認めない、自分の夫に相応《ふさわ》しくない、と。

しかも、悠子の口から、あたかも、もらい事故のようにぽんと出てきた、リキの赤ん坊の父親が誰かわからないという話は、基の何かを根本から揺るがせて、情緒不安定にしていた。

その「何か」とは何か。プライド？　いや、そんな自分本位のものではない。もっと根源的な何かだ。敢えて言えば、人間としてどう振る舞うのか、というような類の難しい問題。そう、倫理か。

本音を言えば、リキの産む子が自分の子でなかったら、そんな赤ん坊を育てるのは絶対に嫌だ。しかし、リキを妊娠させやすくしたのは自分なのだから、いくら大金を払うとはいえ、母子を見捨てるのは倫理に反するだろう。

では、倫理とは何か。なぜ、倫理的にならなければならないのか。

悠子には、ほんの僅かの、心の底に残っている見栄を、最後にきゅっと振り絞るようにして張ってしまった。「誰の子でも、俺が責任を取って育てる」と、大見得を切ったのだ。だが、本当にそんなことができるだろうか。現実問題として、まったく自信がない。

マチューが、住宅街の電信柱で、周囲をさんざん嗅ぎ回った挙げ句に小便をした。マチューはオス犬だが、メス犬のようにしゃがんで小便をする。最初からそうだったので、基は何の疑問も持っていなかった。

「マチューちゃん、おはよう」

考えごとをしていたので、突然、背後から声をかけられた基は、驚いて振り向いた。

顔見知りの中年女が、シーズー犬を連れて立っていた。

近くに住んでいると見えて、朝はしょっちゅう会う。会えば、会話も少し交わすようになったから、これが犬の散歩仲間というやつだろう。

女は、暑いのに陽灼け防止なのか、ユニクロの長袖パーカーを着て、まるで溶接工のような、顎まで隠れるシールド付きのサンバイザーを着けている。その中に、さらにサングラスを掛けているから、素顔を見たことがない。どこかで会っても、きっと誰かわからないだろう。ただ、先方は、基がその世界では有名なダンサーだったと知っているらしく、何かと話しかけてくるのだった。

女の連れているシーズー犬は、見事に肥え太っている。両耳の長い毛はおかっぱ風に整えられていて、十二月になると、必ず犬にサンタの服を着せるので誰もが知っていた。

「おはようございます」

小便の跡にペットボトルの水をかけながら、基は礼儀正しく挨拶した。

「マチューちゃんは、女の子でしたっけ？」

何のことだろう、と怪訝に思っていると、中年女がマチューの腹のあたりを凝視している。そこには小さなペニスがある。

「あら、男の子ね。でも、しゃがんでおしっこするのね」

「ええ、この子は最初からこうなんですよ。何でも犬が脚を上げておしっこするのは、睾丸《こうがん》が邪魔だからだそうですね。この子は物心つく前に取ったから」

中年女が首を傾げる。

「そうですかね。うちも去勢しましたが、今でもうんと脚を上げて、おしっこしますよ。こんな脚が短いのに、大きな犬に見せようと必死みたいだから、笑っちゃいます。やっぱ、オスは去勢してもオスよね、オスはオス。虚勢を張るんだから」

去勢しても虚勢を張る、か。オスはオス。

基は、マチューを去勢する時は哀れでたまらず、何とか睾丸を残してやれないものかと、まるで自分のことのように無念に思ったものだ。

しかし、去勢をすれば、いつまでも子供みたいで可愛くなるとか、おとなしくなって飼いやすい、などの言説に惑わされたし、他の飼い犬に迷惑をかけないように去勢すべきだ、という悠子の意見にも同意して、致し方ないことと思っていた。

「去勢しても、虚勢を張る。オスはオス」

独り言のように繰り返すと、女が頷いた。

「そうですよ。私はこの犬の前は、同じ犬種のメスを飼ってましたけど、全然行動が違いますよ。メスはおとなしいし、狂ったように遊び回って我を忘れる、なんてことはしないし、優しいです。やっぱ、何か違うんです」

狂ったように遊び回って我を忘れる、とは言い得て妙だ。確かにマチューは時々、野生に戻ったように走り回ったり、ううっと唸《うな》って飛びかかる真似をしたりする。また、悠子が大好きで、かまわれたいとばかりに甘えたり、悠子に寝転がって腹を見せるところも、まさしくオスである。

「でも、この子たちは一代限りなんだから、本当に人間って勝手ですよね」

そう言って笑うと、中年女は去って行った。一代限り。基は、自分は一代限りということに耐えられなかったのだ、と思った。

自分が両親から受け継ぎ、その両親はそれぞれの両親から受け継ぎ、その両親たちは、またそれぞれの両親から受け継ぐ。そうやって連綿と受け継いできた遺伝子を、自分の代で途絶えさせることに躊躇したのだった。

いや、その言葉では足りない。罪悪感を持ったのだ。自分が離婚して、再婚したが故に、その連綿と続いた遺伝子の流れを断ち切ったのだと。

『あなたが、そんなにお世継ぎを欲しがるとは思わなかった。だったら、お望み通り大奥でも作ったらどうですか』

そう言い切ったのは、悠子である。その言葉の先に、私はもう子供を産めませんから、と続けたとしても、もともと子を産む能力のない男に、そこまで言えるものなのだろうか。悠子は、金という対価を払って同意も取り付けた代理母が、大奥と同じシステムだ、とでも言いたいのだろうか。意地悪だし、他人事だ。

夫婦なのに、ここまで心が離れたのは、自分が代理母を介してでも子供を欲しがったからだというのか。悠子だって、子作りに賛同して、懸命に人工授精に挑んでくれたではないか。

そう、リキに代理母を頼んでから、悠子との関係が変わり始めたのだ。それだけでも痛手なのに、その大きな投資でさえも、リキの勝手な行動によって失敗するかもしれないのだ。大きな誤算だった。

「マチュー、俺は一代限りかもしれない。おまえと同じかもしれないね」

基は、傍らをおとなしく歩くマチューに話しかけた。マチューが、「おまえは違うだろう」というように基を見上げる。その黒く丸い目は、人間より賢そうだ。

「そうだよな。大石さんの子が俺の子なら、一代限りというわけではない」

しかし、自分の子でなかったら、自分の遺伝子などまったく継いでいない双子など、金をかけて育てる自信はなかった。いや、自信ではなく、義理がないのだ、と思い直す。

悠子には、代理母に対して責任を取る、どんな子でも自分の子として育てる、と大見得を切ってしまった。どうするんだ、どうするんだ。

ぶつくさ呟いているうちに、「モトイ・クサオケ　バレエスタジオ」に着いたのでマチューを抱き上げる。ちょうど幼稚園就園前の子供が対象のプレバレエ教室が始まる時間で、二、三歳の幼女を連れた母親が二人、スタジオに入って行くところだった。二人とも若く、美しかった。

子供たちも愛らしい顔立ちをしていて、余裕を見せつけるかのように洒落た子供服を着せられている。基は、ふとサンタの服を着せられるシーズー犬を思い出したが、子供たちの方がずっと可愛かった。

「基先生、おはようございます」

母親たちが礼儀正しく挨拶した。幼女たちも真似をする。基は挨拶を返した後、母親と手を繋いで弾むように歩く幼女の後ろ姿を眺めた。

リキは今、男女二人の双子を孕んでいる。男の子と女の子だ。自分の娘があのくらいの年齢になってバレエを始めたら、どんなにか可愛いだろう。想像するだけで、身震いするほどの歓喜が襲ってくるのだった。

男女二人の双子。それは、四十代になって、あまり後のない基には、願ってやまない理想の子供たちだった。双子が正真正銘、自分の子供だったら、男と女それぞれに、自分のやらせたいことをやらせるのだ。そんなことを考え始めると、基の夢想は風船のように膨らんでゆく。

息子にももちろん、バレエを習わせるつもりだ。だが、才能がなかったり、たとえあっても、本人にその道に進む気がない場合もあり得るだろう。しかし、それでも、中学までは無理にでもやらせる。肉体が美しく柔軟になるし、バレエを通して世界を知ることができるからだ。自分がそうだった。だが、男の子には学歴も必要だ。いずれは、中学受験を考えねばならない。とすると、小学校三年から塾に入れる必要がある。

女の子は可愛い制服のある私立小にでも入れて、徹底的にバレエを仕込んだらどうだろう。うまく千味子の遺伝子を受け継いでくれれば、体格もバレエに向いているだろうし、容貌も悪くないはずだ。幼児の時から精神面も技術面も自分が鍛えるから、ある程度のところまでは行けるだろう。その先は本人の努力次第だが、自分が側にいれば、よいアドバイスができるだろう。ああ、楽しみだ。双子のおかげで、人生が二度、いや四度くらい、やり直せるような気がする。

そこまで夢想が広がった途端、基はリキのことを思い出して、またも奈落に突き落とされるような気分になった。生まれてくる子が、自分の子でなかったらどうする？　おまえは、本当に育てることができるのか？

しかも、悠子は復縁しないと宣言してきたし、産みの母親は、双子を産み落としたのち、離婚することになっている。一人になったら、どうしよう。

考えると、ぐるぐると想念が経巡《へめぐ》るばかりで、パニックになりそうだった。思わず抱いていたマチューの体を締め付けていたらしく、腕の中で、マチューが苦しそうに暴れた。

マチューを抱き締めたまま、基は二階のオフィスへの階段を上って行った。着く前に、足音を聞きつけたらしい千味子が、ドアを開けてくれた。レッスンはしていないので、Tシャツにジーンズという普段着だ。

「おはよう、今日は早いわね」

無愛想な千味子は笑いもせずに、掠れ声で言う。いきなりテンションが下がった基は、仏頂面で頷いた。

「まあね」

「悠子さんが早かったの？」

「そういうわけじゃない。何となくだよ」

基は、悠子がまだ家にいるうちに、先に出た。いつもなら、悠子が仕事に行くのを見送ってから出かけるのだが、この数日は見送りたくなかった。「じゃあね」と手を振って、悠子がそのまま帰ってこないような気がしてならないからだ。

それにしても、軽い気持ちだったとは言わないが、安易な選択をしたと後悔している。悠子と形式的な離婚をしたことである。それが、悠子の心に影響を及ぼすとは、思いもしなかった。決して悠子を蔑《ないがし》ろにしたつもりはなく、それが合理的なやり方だと思っていたのだが、悠子は、自分は蚊帳の外だ、と感じたのだろう。

「仕事してたの？」

基は、母親が食卓の上で広げているノートパソコンに目を遣った。

「うん、今年はどのくらい収入があるか、見てたの。生徒数が減ってるからさ」

千味子がパソコンの画面を覗きながら言った。

「何を今さら。最盛期の三分の二くらいだろ」

基はマチューを床に下ろしながら言った。マチューは、千味子の元に走って行き、器用に膝に飛び乗った。

「さらに、その三分の二になったわね」

「最盛期の半分以下になったってことか」

基は素早く頭の中で計算した。

「そう、今月も二人辞めると言ってきたし」

少子化のせいもあるが、駅向こうに近代的なバレエスタジオができて、そちらに生徒を取られたこともあり、さらには不景気で、子供に習いごとをさせることができなくなった家庭が増えてもいた。

「今、下でやってるプレも、二人辞めたのよ。だから、三人しかいない。赤字だから、やめたいけどそうもいかない」

千味子が珍しく愚痴るので、基は悠子のことを言えずに黙っていた。そのうち、夫婦のことだから千味子に知らせる必要などない、と思い始めた。

「彼女は、元気？」

「ああ、変わんないよ」

「そろそろ臨月じゃないの？」

「もう入ったよ。予定日は九月九日だ」

基は、壁のカレンダーを見ながら言った。バレエ用品屋が送ってくるカレンダーには、ロシアのバレエ学校のスナップが入っていた。しなやかな少女たちのレッスン風景だ。

「娘」がその気になれば、高校からバレエ留学させた方がいい。ロンドンかパリか、はたまたニューヨークか。いや、政情さえ安定しているなら、ロシアでもいい。ワガノワか、モスクワだろう。最初の一年は、一緒に行って面倒を見れば、「娘」の精神も安定するはずだ。と、夢想は不意に現れて、束の間、基を幸せな気分にした。

「じゃ、もういつ生まれても不思議じゃないわね。どんな子が生まれてくるのかしら、楽しみね。名前、どうした？」

「まだ決めてないよ」

実はいくつか腹案があるが、悠子の打ち明け話で思考停止していた。

「そうだ、相談しようと思ってたの。これ、見てよ。このサイト」

突然、千味子がブックマークしていたらしいサイトを開いた。ベビー用品のレンタルサイトだった。双子用のベビーベッドや、ベビーカーを指差して言う。

「基、これを借りなきゃ駄目よ。臨月だったら、もう出産もあり得るから、今のうちから手配しないと」

「なるほど」

「産着はね、もう決めてるの。おばあちゃんから、プレゼントするわね」

千味子が浮き浮きしながら、別のページを開いた。すると、ピンクとブルーの産着にチェックが入っていた。

「どんなものが必要なんだろ。全然、わからないな」

基は少し慌てた。ベビー用品など、まったく考えていなかった。

「勉強しなきゃ。ネットにだって載ってるわよ」

千味子が節くれだった指で、パソコンを指差した。

「そうだね」

「悠子さんは、こういうこと、やってくれないの？」

「どうだろう。何も言ってないよ」

自信がない基が首を捻ると、千味子が呆れた顔をした。

「どういうこと？　悠子さんはお母さんになるんだから、いろんなこと調べたり、準備しなきゃならないでしょう。悠子さんがやらないんだったら、誰がやるの？」

基は思い切って打ち明けることにした。隠したところで、子供はいずれ生まれてくる。

「お母さん、実はさ、悠子と話したんだけど、俺たち、離婚したままにすることにしたんだよ」

千味子が怪訝な顔をした。

「それ、どういうこと？」

「復縁しないってことだよ。悠子は、俺が無理してまで子供を欲しがったことが、許せないんだろう」

「だけど、悠子さんだって、賛成したじゃない」

千味子は腹立ちを抑えきれない様子で、眉根を寄せた。

「いや、最初から乗り気じゃなかったんだよ。何度も話し合った末の結論だったから、俺は彼女が理解してくれてると思ってたんだけど、やはり自分の子ではないというのが、どうしても駄目みたいだね」

「ていうか、あなたが代理母を頼んだことが嫌なんでしょう？　関係のない女の人に頼んでまで、子供を作ったことが嫌なんでしょう？　悠子さんだけ血縁から弾かれているものね」

千味子がぴしゃりと言った。基は、さすがに千味子は鋭いと思う。

「まあ、そういうことだろうね。説得したけど、駄目だった」

千味子はしばらく考えていたが、やがて決心したように言った。

「だったら、彼女と離婚するのを少し待って、一緒に子育てを手伝ってもらえばいいじゃない。それで、子供が物心つく前に離婚すればいいのよ。最初の一年だけ。離乳するまでね。その後は、こっちに連れてきて、私とあなたとで何とか育てるしかないわね」

自分でもいい考えだと思ったのか、千味子はにこりと笑った。実は、先の悠子との話し合いで基も同じようなことを口走ったのだが、千味子の口から改めて聞くと、あまりに身勝手な発想で呆然とした。

「お母さん、それはさすがにどうかかな」

「どうして？　お金さえ払えばやってくれるんじゃない？　だって、彼女、お金に困ってるんでしょう？　それに、産んだすぐ後で、子供と引き離されるのも辛いと思うわよ。だったら、一年くらいは母親の気持ちを味わわせてあげたいじゃない」

金で子宮を買い、次は母性を買うのか。

「それはいくら何でも、可哀相じゃないかな」

「可哀相？」千味子が顔色を変えた。「可哀相なもんですか。そもそも、お金がないからって、代理母になるという発想がおかしいのよ。私は子宮が聖なるものだなんて、ちっとも思ってないわよ。だけど、自分の子宮をお金で売ることができるのなら、春だって売れるでしょう？　肉体の何だって売れるわよ」

「しかし、母性は肉体じゃないでしょう？」

「屁理屈《へりくつ》言わないでよ」

千味子はたちまち不機嫌になった。

「大石さんのこと、悪く言うなよ。産んでもらうのに、申し訳ないでしょう」

基がいなすと、さすがに千味子は恥ずかしそうな顔をする。

「そりゃそうよ。感謝してるわよ、基の子を産んでくれるんだから。だけど、同じ女として割り切れない思いもあるの。そこは複雑よね」

「じゃ、どうしたらいいんだ、俺は」

「ともかく、当面、彼女に手伝ってもらうしかないでしょう。悠子さんはいないんだから」

「お母さんは？」

「手伝うけど、お教室もあるし、私一人じゃ無理よ」

千味子は、面倒で手のかかる子育ての部分は逃げて、可愛がる場面だけを得たいのだろう。自分も同じだ、と基は思った。子育ては悠子に任せて、自分はいいところだけを取ろうとしていた。

リキに会って、この事態をどう切り抜けるか相談すべきではないだろうか。基は腕時計を眺めてから、千味子に言った。

「ちょっと、大石さんの様子を見に行ってくるよ。それで、率直に打ち明けて、相談してくる」

千味子が、いい考えだという風に頷いた。

「一年間、一緒に子育てしてくださいって、お願いしておいで」

リキとの連絡は、ほとんどメールの遣り取りだけになっていた。いよいよ出産ということになれば、急いで病院に向かい、自分と悠子と青沼で付き添うことになっていた。その段取りのこともあるから、ここは対面で話し合うべきだろう。

「彼女、今、どこにいるの？」

「悠子の友達の寺尾さんのとこで、住み込みのバイトしてる」

「住み込みのバイト？　お手伝いさんか何か？」

詳しい事情を知らない千味子は驚いたようだ。

「いや、寺尾さんの仕事の手伝いをしてるみたいだよ」

りりこが嫌いな基は、りりこの介入を避けるために、リキを訪れてはいない。しかし、事態が変わった今、そうも言っていられない。

基は、リキに電話してみた。

「もしもし、大石です」

リキはすぐに電話に出た。

「草桶ですが、ご体調はいかがですか？」

「はあ、順調です。あの、悠子さんが何か仰ったんじゃないですか」

リキの方から切り出してくれたので、ほっとする。

「そのことでお話があります。これから伺ってもいいですか」

「ちょっと待ってください」と、断った後、りりこと話す声がぼそぼそと聞こえてきた。

「お待たせしました。お許しが出たので一時間ほどなら。りりこさんのところまでいらして頂けますか」

「ちなみに、悠子いますか？」

思い切って訊いてみた。

「さっきまでいらっしゃいましたが、もうお仕事場に行かれたようです」

落ち着いたリキの声が告げる。

ああ、やはりそうか、と基は思った。女たちが集まって、何か策を講じているのではないかと不安だった。

リキに会う前に、もう少し知識を仕入れておこうと青沼に電話をしてみた。青沼は、リキが妊娠して以来、上機嫌である。

「あら、草桶さん。出産ももうじきですね。どんなお子さんが生まれてくるか、楽しみですね」

基は、ピンク色の壁紙の前で、白過ぎる歯を剥き出しにして笑う青沼の姿を想像した。

「はあ、確かに。ちょっと訊きたいことがあるんですけど」

「何でしょう」

「例えばですが、胎児の遺伝子検査って妊娠中にできるんですか?」

一瞬、沈黙があった。

「できますよ。妊娠七週からできます。大石さんの血液と、草桶さんのお口の中の細胞を少し採るだけでできます」少し間を置いてから、低い声で続ける。「あのう、何か問題でもありましたか?」

「いえ、そういうわけではないのですが、知識として伺っておこうと思いまして」

「そうですか。実はこの検査をされる方もいらっしゃるのですが、妊婦さんによっては、クライアントさんに不信感を持たれて、関係が悪くなることもありますので、お勧めしませんでした」

「そうですか」

「あのう、ご心配なことがおありでしたら、されたらいいと思いますが、もう臨月ですから、大石さんのお気持ちを考えれば、無事に生まれてからされた方が無難かと思います」

「いや、大石さんを疑っているわけじゃないんです」

「そうですよね」

青沼はほっとしたように言った。

基は電話を切った後、リキに対して何と言っていいのかわからなくなって途方に暮れた。しばらくしてから、やはり悠子に相談してみることにした。

悠子はなかなか電話に出ない。基は苛々して、貧乏揺すりをした。

「はい、どうしたの」

トイレにでも入っていたのか、遠くで水を流す音がした。

「トイレ？」

「そうよ。何の用」

仕事場にいる時の悠子は、仕事のことを考えているのか、いつも少しだけ機嫌が悪い。

「青沼さんに電話して、訊いてみたんだよ」

「何を？　言っちゃ駄目よ、あのこと」

額に青筋を立てて怒る悠子の姿が目に浮かぶ。そもそも、悠子がそんなことを言わなければ平和だったのに、と恨む気持ちもある。

「言ってないよ。ただ、妊娠中に父親がわかる検査はあるかって訊いたんだ」

「ありそうね」と、基が言う前に悠子が答えた。

「何だよ、知ってたのか？」

「今の技術なら、何でもできるでしょうよ」

「うん。つまり、俺の口の中の細胞と、大石さんの血液とで調べられるんだって。だから、どうしようかと思ってさ。これから大石さんと会うことにしたから」

「そんなのすることないでしょう。あなたは、生まれてくる子がたとえ自分の子でなくても、育てるって言ったんだから」

「そうだったね」

「そうよ。そういう風に言うべきだと思う」

「わかったよ」

はっきりと返答できない自分がいる。電話を切った後、基は文字通り、頭を抱えた。

4

りりこの住まう古い家を見て、ほう、と基は感嘆の声を上げた。寺尾病院の看護師や職員などの寮も兼ねていたと聞いているが、寮というには瀟洒《しょうしゃ》だし、屋敷というには合理的な造りで、何とも中途半端な外見が、いかにも昭和の余裕を感じさせるのだった。

立派な煉瓦《れんが》造りの門に付いているインターホンを押す。インターホンだけは、カメラ付きの最新のものだった。すると、押した途端に、磨《す》りガラスの嵌《は》まった古風な玄関ドアが開いて、浴衣を着た老人が一人出てきた。

下駄《げた》履きでカンカン帽を被り、裾を割って白いステテコを見せている姿は、これぞ昭和時代のコスプレのようだ。ちょうど外出するところだったらしく、老人は基を見て足を止めた。

「おや、りりこのファンの方ですか？」

まさか。一瞬むっとしたが、この老人はりりこの父親かもしれないと思い、基は丁重に訊ねた。

「いえ、草桶と申します。私はこちらにお住まいの、大石理紀さんに会いにきたのですが」

「リキちゃんに？　もしや、あなたが赤ちゃんのお父さん？」

傍若無人に言われて、基は曖昧に頷いた。

「まあ、そんなものです」

「それはそれは。シングルマザーだと聞いていたけど、ご立派なお父さんがいるんですね。それは、おめでとさんです。ちょっと待ってください」

老人はすぐに引き返して、中にいる誰かに告げてくれた。

「暑いから中に入ってくださいよ。リキちゃんも、すぐに下りてくると思います」

「はい、すみません」

「どうぞお入りなさい」

老人は甲高い声で基に勧めると、入れ替わりに外へ出て行った。その浴衣の背を見ると、帯に団扇を差している。チョビ髭があれば、完璧な植木等《うえきひとし》のコスプレだ、と基は笑った。

建物の中は薄暗く、ひんやりとしていた。どこからともなく、お香のような匂いが漂っている。

「草桶さん、いらっしゃい」

目の前に現れたのはリキではなく、りりこだった。ぞろりとした黒い服を着て、化粧もしない姿は老けて見えるが、不機嫌そうな表情はいかにもアーティストだ。基も、笑みを引っ込めて渋面を作った。

「こんにちは、お久しぶりです。今の方は、お父様ですか?」

「いえ、あれは叔父です。私の父は病院に出てます」

りりこが、笑いもせずにぴしゃりと答えるので、そうですか、と基は頷くしかない。

「大石さんはいらっしゃいますか?」

「お腹が大きいので、階段の上り下りは大変みたいです。だから、私がお迎えに来ました」

階段の上り下りもままならないと聞けば、それは妊娠させたおまえの責任だと責められているような気がする。どうも、りりこのペースに嵌まっている気がして焦る。

「これ、どうぞ。仙寿庵《せんじゅあん》のどら焼きです。有名な店ですから、美味しいと思いますよ」

基が土産の手提げ袋を差し出すと、りりこは、「どうも」と素っ気ない返事をして袋を受け取った。気のない様子に、りりこはシュークリームが好き、と悠子が言っていたことを思い出したが、後の祭りだ。

「彼女、二階にいます。こちらへどうぞ」

玄関の正面にでんとある階段は幅広で、旅館のようにカーペットが敷かれていた。木製の手摺《てす》りは、長い年月による手擦れで光っている。

「つい先ほどまで、悠子がお邪魔していたようですね。大石さんまでお世話になって、いろいろご迷惑をおかけしてます」

基は殊勝に礼を述べた。

「悠子は、基さんがいらっしゃると聞いて、慌てて帰りましたよ」

りりこは、笑いもせずに悪い冗談を言う。

基は苦笑いした。悠子とは、ここに来る前に電話で話したばかりだ。事前に話していなければ、りりこの冗談を真に受けていたかもしれない。

基が、これからリキに会いに行くと告げたら、悠子は『それなら自分も戻る』と言ったのだが、千味子と自分の要望を伝えなければならないので断ったのだ。悠子がいないのだから、一年間は基の家にいて、双子の世話を手伝ってほしい、という虫のいい話を。

「さっき電話で話しました。むしろ、戻ってこようかと言ってましたよ」

「あらま、仲のいいことで」と、りりこがにやりと笑う。

二階の廊下を左に曲がって、すぐの部屋に案内された。六畳ほどの小さな洋間で、オレンジ色のファブリックの、北欧風ソファセットが置いてあった。

「ここは打ち合わせする部屋です。遠慮せずにどうぞ」

りりこに勧められて、ソファに腰を下ろす。漆喰《しっくい》か珪藻土の白い壁には、りりこの作品らしい一枚の春画が飾ってあった。珍しくアクリル絵の具で描かれたもので、姉さん被りをした色っぽい農婦が、畑で水遣りをしている絵だった。手にしているじょうろは、西洋風のもので、顔も何となく西洋人形のようだから幻想的だ。しかし、畑から生えているのは作物ではなく、無数の男根だった。

こんなしょうもないものを描きやがって。りりこも、りりこの描く絵も嫌いな基は、思わず顔を顰《しか》める。

「こんにちは。お久しぶりです」

その時、ドアが開いてリキが現れた。少しふっくらして元気そうだ。花柄のふんわりしたワンピースの布地を破りそうなほど、その腹は太鼓のように大きくなって、今にもはちきれそうだった。リキは難儀そうによたよた歩いてきて、ソファの向かいの椅子に、どっこいしょと腰を下ろした。

「お腹、ずいぶん大きくなりましたね」

「何せ双子ですからね。この一カ月で、急に息が苦しくなりました。横向きでないと寝れないんです」

心なしか、リキの息が上がっているようだ。階段の上り下りが大変、というのは本当らしい。

「そうでしょうね」

基は、双子の赤ん坊が入っているリキの腹に圧倒されていた。臨月の女の腹がそこまで大きくなるとは、信じられなかった。だが、その腹を大きくしたのは、九十九パーセント自分の精子なのだ。いや、九十五パーセントくらいか、と急に冷静になる。

それにしても、この中に人間の子供が生きて入っているなんて、何という不思議だろうか。自分もこうして生まれたのか、とリキの巨大な腹を見つめる。触ってみたくて仕方がないが、さすがに言いだせない。

「お臍《へそ》が裏返るなんて、想像もしてなかったです」

リキが自身の腹をさすりながら言う。

「えっ、臍が裏返るんですか」

基は、思わず大きな声をあげた。

「そうです、裏返ります。見ますか？」

リキに言われ、うっかり頷きそうになった基は居住まいを正した。

「いや、それはちょっと」

「それに、急にお腹が大きくなったせいで、あちこち肉割れしちゃったんですよ」

「肉割れって何ですか？」

「妊娠線とも言いますけど、皮膚が裂けることです。英語では、ストレッチマークとか言うようですね。それが、お腹にたくさんできちゃったんです。そんなことも知らなかったから、妊娠って、やっぱ大変な事業なんだな、とつくづく思いました」

「そうか。何だか申し訳ないですね」

基は、またも自分のせいだと責められているような気になった。

「双子だから、仕方ないですよね。肉割れしたところも見てみますか？」

「いや、とんでもない」

手を振って断ったが、冷酷に思われないかと気になった。まさか、リキにこんなに気を遣うようになるとは、思ってもいなかった。こちらがクライアントのはずなのに、さっきからリキに対する申し訳なさで、いっぱいになっている。

「その、肉割れって治るんでしょうか？」

おずおずと訊ねる。

「どうなんですかね。一生懸命、クリームとか塗ってるんですけど、一度割れると、白い痕になって残るとか。もう治らないみたいですね」

「てことは、妊娠したという痕が残ってしまうということですか？」

これからのリキの人生など気にならない、と言えば嘘になる。経産婦だとばれるような印が、体にできてしまったのだ。

「はい、私の体に刻み込まれています」

「スティグマってことだよね」

いきなり、りりこが口を出したので、基はびっくりして振り返った。りりこが部屋から出て行かずに、ドアの前に立っていたことに、ようやく気付いたのだ。ということは、さきほどの春画を見て不愉快な顔をしたところも、見られていたのだろう。

「スティグマって、どういう意味ですか？」

リキが、腕組みしているりりこに訊ねた。

「烙印とか印とか、そういう意味だよ」

「つまり、私は妊娠したことがあるっていう、烙印が押されちゃったんですね」

リキが驚いて言うと、りりこが「そうそう」と頷く。

「そんなネガティブなことですか」基は腹立たしくなって、つい口を挟んだ。「妊娠って、すごいことじゃないですか。我々、男には絶対にできないことなんだから、神秘的だし、素晴らしいことだと思いますよ」

「それは男の幻想でしょう。神聖化する必要ありますか？」と、りりこ。

「あなたみたいに、ひねくれて考える人は少ないですよ」

むっとした基は反論した。

「じゃ、スティグマじゃなくて、名誉の傷って言いましょうか。リキちゃんの場合、望まない妊娠なのにね」

りりこが厭味ったらしく言う。

「それは大袈裟ですよ。大石さんは、産むことを承知してくれたんだから」

「草桶さんが、お金でこの人の頬《ほ》っぺたを叩いたんでしょう？　知ってますよ、私」

りりこが、憎たらしく言い放った。

「そんな失礼な言い方しないでください」

「おや、失礼ですか？　こういうのって、経済格差を利用した搾取っていうんですよ。違いますかね」

りりこは喧嘩腰だった。

「失礼だな。どんな経緯だったかも知らないくせに、適当なことを言わないでください」

不愉快になった基は、声音《こわね》を抑えるのに必死だった。

「経緯は知ってますよ。あなたの元奥さんから聞いてます」

元奥さんという言葉に、基はかっとした。が、確かに形式的にせよ離婚したのは事実だから、何も言い返せない。そして、悠子がそこまで他人に話していることにも、腹が立った。

悠子め。りりこなんかに、何でも喋りやがって。りりこに、夫婦の秘密まで、あけすけに喋っているのではないかと思うと、情けなくて脱力しそうだった。

「余計なお世話ですよ」

売り言葉に買い言葉で、つい声を荒らげてしまった。りりこの冷笑的態度も気に入らないし、自分とリキの約束ごとに口を出すことも気に入らない。そもそも、リキとの話し合いの場に、堂々と参加していること自体が許せなかった。

「寺尾さん、場所を提供して頂いたのは有難いですけどね、私は大石さんと二人で話したいんですよ」

「わかりました。私は出て行きますけど、リキちゃんを苛めないでくださいよ」

りりこはそう言って、部屋を出て行った。リキが呆気に取られたような顔をしているので、基は謝った。

「すみません。つい興奮しちゃって。何か、私とりりこさんは相性悪いんですよ」

「知ってます」

リキが、存外冷静な声で言った。

「俺の悪口ばっか言ってんだろうな」

基が独りごちると、リキが頷いた。

「いつも言ってます」

悠子も一緒になって言ってるのかと思うと、腹立ちを通り過ぎて孤独感が募った。夫婦で努力して、二人の子供を持つはずだったのに、それがどうして、ここまでこじれてしまうのかわからなかった。それも、自分が代理母に頼んででも子供を欲しがったせいなのか。要は、草桶基を一代限りにできなかった自分が悪いのだろうか。

するとく、大石理紀という、まったく無関係の女性に出産を強いたこと、そしてリキが産む双子の子供を育てなければならないことなどが、急に抱えきれないほどの重圧に感じられてきた。それればかりか、これからリキとどういう関係を保っていけばいいのかがわからない。最初の約束では、リキとは子供を産んでもらったら、おさらばするはずだったのだ。

「あのう、草桶さん。悠子さんから聞いてご存じかもしれませんが、このたびはすみませんでした」

いきなりリキが詫《わ》びてきた。基が驚いて顔を上げると、リキは口早に続けた。

「私が北海道に里帰りした時のことです。あの時、草桶さんからメールもらいましたよね。旅行する時は事前に承諾を得ろとか、行動を慎めとかいうようなことが書いてあったので、私、あれ見て、逆上しちゃったんです。大金をもらったからって、そこまで言われることかって。これじゃ、私、奴隷と同じじゃないかって、それで逆らってやろうとちょっと思ったんです。でも、まさか、こんな結果になるなんて、思ってもいませんでした。本当にびびってます、すみません」

「北海道だけじゃないって聞いてるけど」

リキがあまりにも堂々としているので、基は自分の口調が弱々しいことに気付いているが、どうにもならなかった。

「そうなんですよ」リキは悪びれずに答えた。「東京に帰ってからも、前から知っている人と関係を持ちました。妊娠した時に、六日間は精子が生きてると聞いて、びっくりしました」

「あのう、避妊とかしなかったの？」

言いにくいので、つい小声になる。青沼に同席してもらえばよかったかもしれないが、青沼がリキの行状を知ったら、もっと騒ぎになるだろうと思うと、それはできなかった。

「一応してはいたんですが」

リキはあっけらかんと答える。

「でも、多分、確率から言えば僕の子ですよね」

「そうですね。そう思いたいです。だけど、百パーセントとは言えませんよね」

リキは言葉を切って、部屋の中を見回した。釣られて見ると、ちょうど基の後ろにあるりりこの春画に目を遣っている。

「酷い絵だ」

基は思わず呟いた。

「そうですか。私、好きですけど」

「そう言うけど、あなただって、この絵が逆だったら不愉快でしょ？　畑に女性器が植わっていて、男が水遣りしてたら？」

リキが首を傾げる。

「でも、女の場合、畑に植えるのは、形状的に無理だと思いますけど」

「いや、そういうことじゃなくて、性差別だと思いませんか？」

「そうかな。りりこさんは、女性ばかりが性的な視線で見られてきたことに抗議して描いているだけですから、私は差別だとは思いません。それに、りりこさんは、春画という形式で、ご自分の美を表す芸術家ですし。春画ということで、また芸術面での差別を受けるのだとしたら、それは差別の差別。つまり差別の二乗に対する抗議アートなんだと思います」

リキが堂々とりりこ擁護論をぶつので、基はびっくりした。

「大石さん、何かここに来て、変わりましたね」

「はい、一応、りりこさんの絵を売ったり、画廊と交渉したりしてるので、知識を仕込みました」

リキは落ち着いて答えた。

「ところで、臨月に入られたということですので、今日は話し合いに来ました。悠子が一緒ならいいのですが、悠子から話は聞きましたか?」

基は、りりこが戻ってこないうちに早く話を終わらせたくて焦ってきた。

「はい、聞きました。離婚されたままにされるということですね。とても驚きました」

「僕も残念です。でも、それは夫婦の問題なので、あなたとは関係ない。悠子に関しては、引き続き説得に努めますけれども、こちらはこちらで予定日も近付いていますので、少し提案をさせて頂きます。いいですか?」

「はい」と、リキは神妙な表情になった。

基は喋る前に息を吐いた。勇気を出せ、と自分が自分に命じている。リキの大きな腹を見、皮膚が割れるという話を聞いて、命懸けの出産をしてくれるリキに平身低頭したい気持ちだった。

その時、青沼から電話がかかってきた。基は、こんな大事な話をしている時に、と苛立ちながら出た。

「大石さん、ちょっと失礼します」

断ると、リキは落ち着いて「どうぞ」と答える。

「もしもし、草桶です」

「あ、草桶さん。あのう出生前の遺伝子検査の件ですが、私が間違っていました。検査会社に問い合わせましたらね、双子の場合は、判定が難しいからやらないそうなんです。適当なことを言って申し訳ありません。その理由はですね、確定できないということなんですよね」

話が長くなりそうなので、基は遮った。

「わかりました。ちょっと今、取り込み中なので失礼します」

「あ、はい。すみません」

青沼が、気を殺《そ》がれたように謝った。電話を切った後、基はなぜかほっとしていた。気持ちが定まった気がする。基はリキに向き直った。

「あなたが出産したら、遺伝子検査をさせてもらおうと思っていました。検査の結果、僕の子だと判明した場合のみ、僕が引き取ろうと思っていました」

ふと気付くと、リキがメモを取っていた。その事務的な様子に少したじろいだが、基は続けた。

「だけど、今決めました。遺伝子検査はしません。生まれた子はどんな子だろうと、僕が育てます。それが責任を取ることだと思います」

リキが驚いた顔で、基を見ていた。

「遺伝子検査しなくていいんですか？」

「いいです。あなたにも双子にも失礼な気がするんです」

「それは、何だか」と言って、リキが恥ずかしそうに俯いた後に顔を上げてきっぱり言った。「嬉しいですけど、やってください」

「どうしてですか」

「私が知りたいんです」

「わかりました。あと、報酬についてもお話しします。僕は、悠子にあなたが契約違反をしたと聞いた時、ちょっとカッとして、違約金が発生したと思いました」

リキが真剣な顔で身を乗り出す気配を感じて、基はごくりと唾を飲んだ。

「ですが、それも失礼なことだと思いました。あなたという一人の人間の行動を縛ることなどできません。だから、成功報酬の五百万は、お約束通り、お支払いします。それでどうでしょうか」

「よかった」と、リキが嬉々としてメモに何か書き込んでいる。

「それで、ひとつお願いがあるのですが」

「何でしょう」

リキが顔を上げた。

「無事にお産が終わった後ですが、僕のうちに来て、悠子の代わりに一年間、子育てして頂けませんか。もちろん、あなたに妻になれとは言いません。ただ、子育てを手伝ってほしいのです。あなただって、お腹を痛めて産んだ子に会いたいでしょう。違いますか？」

しばらくリキは返答せずに、黙って考え込んでいる様子だった。

「草桶さん、私、子供を産むのは初めてなので、自分がどんな気持ちになるのか、全然わかってないんですよね。だから、産んでみて初めて、この子たちと離れたくないと思うのか、もう仕事が終わったからサヨナラなのか、どんな態度を取れるのかわからないんです。だから、約束できません」

「契約では、赤ん坊を産んだら、なるべく早くサヨナラでしたよね？」

基は念を押した。

「そうです。だけど、こんなにいろんな気持ちが起きるなんて、想像もしてなかった。腹が立ったから、つい昔の彼氏やセラピストの男と寝ちゃいました。それを契約違反と責められるのはわかりますけど、私、そんな機械みたいにはできないです。だから、産んでから考えようといつも思ってました」

「なるほど。でも、僕だけでは育てられない気がして不安なんです」

思わず本音が出た。不安。喜びの裏にある、大きな不安を自分は抑えることができない。対して、リキは何と堂々としていることだろう。命を生む生き物としての強さを感じて、基は畏怖さえ覚えた。すると、突然、慌てた風にリキが立ち上がって叫んだ。

「どうしよう、破水したみたい」

確かに、リキの足元が濡れている。

「こういう時、どうしたらいいのかな」

あたふたしていると、ドアが開いて盆を手にしたりりこが入ってきた。

「リキちゃん、どうしたの」

「破水しました」

賽は投げられたり。盆の上に、麦茶とどら焼きが載っているのを横目で見ながら、基は大きく嘆息していた。

5

お腹が破裂してしまった。リキは呆然と立ち竦んでいた。破水した瞬間は、まるで風船が割れたみたいに、ぱちんという音まで聞こえたような気がした。昨夜から、胎児がよく動いて、いつもよりお腹が張るので変だと感じていたのだが、まさかよりによって、基の前で破水するとは思ってもいなかった。

基はたいそう慌てた様子で、青沼に電話をしているが、その手が震えている。

「畜生、留守電だよ。こんな時に何してんだよ、青沼さん」基が舌打ちしながら、リキの方を見た。「ええと、あの先生の番号は何だっけ？　大石さん、田中《たなか》先生の携帯知ってる？」

田中先生とは、クリニックの担当医だ。

「私のスマホに入ってます」

存外、冷静な声が出た。

「スマホどこ？　どこにあるの？」

「隣の部屋のデスクの上です」

「じゃ、取ってくるよ。いい？」

基はリキのスマホを取りに走り出て行った。基はいつも青沼を通して話を聞いていたし、病院の電話番号しか知らないらしい。

「リキちゃん、とりあえず座って。バスタオル持ってくるからさ」

りりこが、麦茶とどら焼きの載った盆をテーブルの上に置いて言う。

「バスタオル？」

「うん、下見てみな」

言われるがままに足元を見たら、フローリングの床は水浸しだった。ジャーッと勢いよく流れ出た生温かい水は、まだ腿を伝って流れている。尿の比ではない量だ。

子宮の中で胎児を浮かばせていた羊水が全部流れ出てしまったら、胎児はどうなるんだろう。ぷかぷか気持ちよく浮かんでいたのに、急にその水がなくなって慌てているのではないだろうか。リキは、釣り上げられて、突堤でバタバタと喘いでいるハゼを思い浮かべた。可哀相に。ハゼのように苦しんでないか？　生きているだろうか？　心配でならなかった。

出産を舐めていたわけではないが、頑なに田中の指示を避けていたのは、望んだ妊娠ではなかったからではないか、と反省していた。

田中から、多胎の場合は前期破水しやすく早期出産が多い、とは言われていたのだ。三十四週あたりから管理入院した方が安全だと勧められてもいたし、いざとなれば帝王切開となる、とも言われていたのだが、自分の場合は双子でも、できるだけ普通に暮らして、分娩も普通分娩で頑張ろうと思っていた。「普通」に拘って意地になっていたのは、金をもらって出産することが後ろめたかったせいだろうか。それこそ、りりこの言うように「スティグマ」を怖れていたのか。

しかし、とうとう破水してしまった。多分、帝王切開になる。いや、そんなことよりも赤ん坊は大丈夫だろうか。そのショックで、リキはまだ体も心も停止している。

「リキちゃん、これ腰に巻いて」

りりこが急ぎ持ってきてくれた青いバスタオルを、言われた通りに腰に巻いた。ワンピースの花柄と青いバスタオルの色味が合うな、とまるで場違いなことを考えている自分がいる。

「大石さん、携帯」

基に手渡されたスマホから、リキは自分で田中に電話した。「破水しました」と告げたら、「すぐにNICUのある病院に連絡するから、折り返し電話します」と言う。

電話はすぐにかかってきた。今度は基がリキから奪い取って出た。途端に、「ええっ、マジですか」と大声を出して怒っている。

「そんなバカな話がありますか。じゃ、どうしたらいいんです？」

再び先方の電話待ちらしく、不満そうにいったん切った。

「どうしたの？」

りりこが冷ややかな目で、憤りながら焦る基を見た。

「NICUって、赤ちゃん専門の集中治療室らしいんですけど、そこが満室だから、これから探すって言ってるんですよ。そんなのありか？　普通、あり得ないですよね。早く救急車の手配しろって言うんだよ」

「その何ちゃらは、うちの病院にもあるはずだよ。すぐ裏」

りりこがこともなげに言う。

「じゃ、病院に連絡しますから」

いつの間にか、騒ぎを聞いて駆け付けてきた杉本が、気取った声を忘れて叫んだ。

それからのことは、慌ただしく過ぎていって記憶も曖昧だ。緊急手術となって、リキは言われるがままに、血液検査をされたり、血圧計をつけられたり、レントゲンを撮られたり、点滴をされたり、足に弾性ストッキングをはかされたりした。

麻酔薬を打たれた時は、恐怖で死にそうになった。生まれて初めての切開手術が、代理母としての出産なのだ。代理母になることを承知した時、こんな事態を一瞬でも想像していただろうか。いや、まったくしていなかった。

自分は次に目覚めた時、腹に手術痕のある、双子の母親になっている。いや、母親という認識は薄く、むしろ腹の異物を出してしまう感覚に近かった。今や双子の胎児たちは、リキ自身の生命を脅かすものとなっている。

子供の父親が誰で、その後はどうなるか、などということは、まったく考えられなかった。リキの全身は恐怖に震えていた。昔の女たちは、出産に命を懸けた。医療の発達した今だけど、自分もそうだ。しかも、自分はたった一人だ。恐怖に震える自分の手を、誰も握ってはくれない。その事実に、リキは打ちひしがれていた。そんなことを思っているうちに、意識を失った。

「草桶さん、草桶さん」

誰かが基を呼んでいる、何度も。基はなぜ返事をしないのだろうと苛立ちながら、リキは覚醒した。そして、「草桶さん」とは、今の自分の名字だと気付いた。

「手術は無事に終わりましたよ。お子さんも元気です」

耳許で、年配の看護師の優しい声がした。

「赤ちゃんたちは、体重が少し足りないのでＮＩＣＵにいますからね。もう少し体力が回復したら、見に行きましょう。そうね、三日くらい経ったら、自分で歩いていけるかな。それまでは車椅子で会いに行こうね」

「はい」

やっと返答した。目を開けて、ぐるりを見回す。天井に、光量の調節できるライト。クリーム色の壁には、パステルカラーの抽象画めいたものが掛けられている。りりこの肝煎りだから、自分などは一生入れない高い個室に寝かされているのだろう。

ドアが開いたと思うと、枕元に悠子が立っていた。香水の仄かな匂いがする。

「お疲れ様。よく頑張ったね」

「大石さん、ありがとう」

基の声がした。すぐ横に控えているようだ。

「あのう、検査はしてくれましたよね？」

遺伝子検査のことを訊こうとすると、基がちらりと悠子の方を見た。

「はい。正真正銘、僕の子供でした」

「そうですか」

安堵したものの、どこかでダイキの子でなかったことを、少し残念に思っていた。

「ほら、見て。可愛いでしょう。大石さんが産んでくれたんだよ」

悠子がスマホの写真を、リキの目の前に掲げた。保育器の中に、小さな赤ん坊が横たわっていた。管に繋がれているが、目鼻立ちもしっかりして元気そうだ。この赤ん坊たちの血の半分は、自分のものなのだ。

「こっちが男の子で、こっちが女の子」

そう言われても、見分けがつかない。

「二人とも元気だから、NICUに、そんなに長くいなくても済むそうだよ。二千グラムちょっと切れるくらいだから、体も心配ないって」

基が上機嫌で言う。

「よかったですね」

リキはそれだけ言って目を閉じた。腹の傷が痛くて、喋るのが苦痛だった。基と悠子はその様子を見て、すぐに出て行った。二人が去る気配を感じながら、リキは痛みに耐えている。なぜか、涙が出たが、それは傷の痛みのせいではなかった。安堵と寂しさと。生まれて初めて経験する感情が、リキを揺さぶっている。

手術の翌日、リキが昼食を食べている時、青沼が汗を拭きながらやって来た。

「今日は暑いわ」

ひまわりのアレンジメントフラワーの籠を携え、膚の色が暗く見えるフーシャピンク色のワンピースを着ている。

「大石さん。双子ちゃんのご出産、ご苦労様でした」

青沼がリキに向かって最敬礼をした。まだ腹の傷が痛いので、普通食が苦痛で食欲のなかったリキは、箸を置いて青沼の顔をぼんやりと見た。

「本当にお疲れ様。でかした、でかした、ですよ」

そう言われると、まるで世継ぎを産んだ、ただの「女」になったような気がした。基の妻でなく、愛人でもなく、まして大石理紀という個人でもなく、子宮を持つ生物としての女、子産みマシーンだ。自分の生殖器官である子宮を使って、赤の他人の子供を産んでやった女。基の子ではなく、以前の恋人である日高や、話の通じるダイキの子だったら、こんなに虚しい気持ちにはならないのではないか。

「あなたは人助けをしたのよ。本当に偉いわ」

人助け？　リキは怪訝な顔をしてしまった。

基の自己満足を叶えたことが、人助けなのか。人助けというのは、もっと切迫した悩みがあって、困っている人を助けることかと思っていた。いや、人によって切迫度は違う。子ができないということが、切迫していない悩みだとは言えない。だが、青沼の言うことはピントがずれているように感じる。

リキが首を傾げていると、青沼が不安そうに訊いた。

「問題はないわよね？　草桶さんの方で、報酬の話は済んでるって聞いたけど、それでいいのよね？」

青沼の心配は、双子の妊娠によって負担の大きい出産を経験したリキが、もっと金銭の要求をしないか、というところにあるのだろう。

「ええ」

「あなたの入院費用は、もちろん草桶さんがお支払いになるそうだから、安心してね」

「はい」

「どうしたの、元気ないわね。産後うつ？」

青沼は、コーラルピンク色に塗った唇を横に開いて笑ってみせた。

「疲れちゃったんです」と、呟く。

「そうよね。初産でいきなり双子ちゃんで、カイザーですものね」

「カイザー？」

「帝王切開のことですよ」

「はあ、そうですか」

「一日も早く退院できますように、お祈りしてるわね」

「ありがとうございます」

「じゃ、赤ちゃんのお顔を見て帰るわね。ありがとう。本当にいいご縁を世話できて、感謝してますよ。これからもその気があったら、ご連絡くださいね」

その気はなかった。一度帝王切開をしたら、次回の出産も帝王切開になることが多いと聞いていたからだ。

リキは、寝る前におそるおそる腹の傷を見た。恥骨の上に幅二十センチほどの傷が横についている。透明テープの下の手術痕はまだ血が滲んでいて、見るからに痛々しかった。表面は綺麗になっても、皮膚の下の炎症がすっかり治るには、ほぼ一年はかかるらしい。一年。溜息が出た。

その日は車椅子に乗せられて、ＮＩＣＵにいる赤ん坊を見に行った。車椅子を押す看護師は、りりこの家で時折見かける、住み込みの若い准看護師だった。彼女は何度かリキと顔を合わせているせいか、何か訳ありのシングルマザーと思っているらしく、余計なことは何も言わなかった。

リキはＮＩＣＵのガラス越しに、自分が産んだ双子を見た。基の精子を子宮に入れて生まれた子供たち。生まれたらきっと可愛く思うだろう、と想像していたのに、意外なことに何の感慨も湧かない。いずれは別れざるを得ないことを知っている自分の心が、何かを堰《せ》き止めているのだろうか。そうも思ったが、保育器の中で眠っている赤ん坊は本当に小さくて、わが子という実感がなかった。

「後で母乳をあげましょうね」と准看護師が言う。確かに乳が張って痛いほどだ。どんどん搾乳して冷凍しろ、と言われている。出産は辛いことばかりだ。

「こんなに小さいのに飲めるんですか？」

准看護師は、リキが我が子に会っても感情を見せないので、少し驚いている様子だった。

「ええ、飲ませる方がいいんですよ」

病室に戻ってくると、シュークリームの箱を持ったりりこが待っていた。

「リキちゃん、お疲れ。これさ、なかなかないんだよ。可愛いでしょう？」りりこらしいと、思わず笑ってしまう。笑うと、腹の傷が痛くて大きな悲鳴が出た。スワン形のシュークリームがふたつ入っていた。

「お腹、痛いの？」

「ええ、すごく痛いです。なのに、明日から歩けって言われてるし、母乳も飲ませるんだって。母親って痛いことばっかですね」

「へえ、大変だねえ」と、りりこは感情の籠もらない声で言う。自分にはまるで関係のないことだ、と割り切っているのだろう。

「はい、もう懲り懲りです」

リキが言うと、「うん、やめな」と、りりこは真面目な顔で頷いた。

「ところで、もっくんのお母さん、来たでしょ？　草桶千味子。元有名プリマの」

「いや、来てないですよ」

リキは首を傾げた。病室に見舞いに来たのは、草桶夫婦だけだった。

「へえ、悠子たちと一緒に赤ちゃんを見に来たって聞いたけどね。じゃ、リキちゃんにお礼も言わないで、赤ん坊だけ見て帰ったんだ。不愉快な話だね」

「いいですよ、こっちもその方が気楽だし」

「まあ、そうだけどさ。リキちゃんだって、お腹切って産んでやったんだからさ。ありがとうのひとつも言うべきじゃないの」

「いいですよ、その方がビジネスライクだから」

「ビジネスライク？　リキちゃん、これ、ビジネスって思ってる？」

今にもシュークリームに囓りつこうとしていたりりこが、憤然とした表情で顔を上げた。リキはその形相の激しさに押されて、いつかのダイキとの会話を思い出した。

「てか、ビジネスってか取引ってか、何と言うのかわからないけど、そんなようなものではないですか」

「あのさ、これはもっくんたちが、自分でリキちゃんに話すからって、口止めされてたけど、言っちゃおうかな。今日はあの人たち、来ないんでしょ？」

りりこが険のある表情でドアのあたりを窺った。

「多分来ないと思いますけど、何ですか？　何も聞いてないですけど」

「あの人たちね、復縁するんだって」

ふくえん。傷が痛いのと疲労とで、頭が回らない。リキは口の中で、何度か言葉を繰り返した。

「つまりね、リキちゃんを離縁して、悠子と再婚するんだって。何かね、赤ちゃんを見てたら可愛くなったので、復縁して一緒に子育てしたくなったんだって」

生まれた子供が基の子でもそうでなくても、自分は育てるので、リキに悠子の代わりに一年間の子育てをしてほしいという「お願い」があった。その話の途中で、破水したのだが、その話はどうなったのだろう。リキは回らぬ頭で考えた。

「じゃ、私は子供の世話をしなくていいんですか？　お役御免ってことですか」

「私はわかんないから、本人に訊いてみたら」

りりこはそう言って、スワンの頭部分を囓り取った。

「私はその方がいいです」

「そう？　苦労して産んだのに、あの人たち、いいとこ取りじゃない？」

「そうだけど、自分の子って感じがしないんですよ」

リキは正直に言った。

「お乳をあげたら違うんじゃないの？」

「さあ、どうかな」

自信がなかった。いざ産んでみて、その子が欲しくなったら盗んで逃げようか、と考えたこともあった。だが、実際に生まれてきた子を見ると、そう可愛いとも思えず、母性なんてウソだと思った。だから、連れて逃げたりしたら互いに不幸になるだけだ、と冷静に思うのだった。

双子は、自分のお腹の中で、大切に育ててきた。しかし、どこかに、何か面倒なものに寄生されたような感覚がある。その感覚が、子供に対する愛情の発露を阻害しているのかもしれない。

しかし、乳はよく出た。リキは毎日二回、NICUに行って、二人の赤ん坊に母乳を飲ませた。子供たちは標準より小さいけれども元気で、リキの乳房にしがみつくようにして母乳を飲んだ。母乳を飲ませると、体中の水分や栄養分が吸い取られた気がして、リキは痛む腹を抱えては売店に行って、ジュースを買って飲んだ。疲労と痛みとで、体はぼろぼろだった。

五日目に、悠子が病室にやって来た。

「大石さん、少し疲れ取れた？　退院はいつなの？」

シャインマスカットを見舞いに持ってきてくれたので、常に喉が渇いているリキは喜んだ。

「しあってです」

「入院生活、ご苦労様。あの子たちも無事に退院が決まって、草桶と二人で、名前考えたのよ」

リキは密かに、二人に「ぐり」と「ぐら」という名を付けていたが、そのことはもちろん言わなかった。男の子が「ぐり」で、女の子は「ぐら」だ。

「男の子は、悠人。ゆうじんて読むの。ほら、英語でもある名前でしょう。ちなみに悠は私の字から取ったの。女の子の方は、愛磨。えまも海外で通用するからって」

「へえ、いい名前ですね」

「いいでしょう。愛磨の磨っていう字は、草桶のお祖父さんから取ったの。お祖父さんね、龍磨《りょうま》って立派な名前だったのよ。そこからなの」

「カッコいいです」

「あの子たちがＮＩＣＵにいる間に、準備しなくちゃならないから大変よ。双子用のベビーベッドだのベビーカーだのをレンタルして服も揃えて、大忙し。でも、何か楽しいの。前向きなのよ、気分が」

悠子が弾んだ声で言う。

「そうですか、よかったですね」

「大石さんには感謝してるわ。ゆっくり休んでね」

悠子がリキの肩に手を置いたので、頷いた。

「それでね、話しておきたいことがあるの。私ね、離婚したままでいくって言ったけど、やはり生まれた子に対する責任があるでしょう。子供育てるって、そんな簡単なことじゃないじゃない。だから、復縁して草桶に協力することにしたの。大石さん、だから元気になったら、離婚届に判を押してくれる？　この離婚届が受理されたら、名前を届け出ようと思ってるの。私が復縁しないって言ったものだから、草桶も慌てて、あなたに子育てを手伝ってほしいって頼んだでしょう。そのこと、すみませんでした」

悠子がゴヤールのトートバッグから、クリアファイルを取り出した。手回しよく離婚届の書類らしい。

「それから、よかったら、こっちにもサインしてほしいの」

手渡された紙は、「誓約書」とある。リキはざっと声に出して読んだ。

『私こと、大石理紀は草桶家の子供、草桶悠人と草桶愛磨には会いません。どうしても会わなければならない用事が出来《しゅったい》した時は、保護者である草桶基と草桶悠子に一報を入れることを約束します。また、将来、草桶悠人と草桶愛磨、あるいはどちらかが大石理紀に会いたいと言った場合は、これに応じます』

「堅苦しくて申し訳ないけど、青沼さんと草桶が相談して作ったのよ。一応、これにサインしてくれると有難いの。形式的なことなので、絶対ってわけじゃないのよ。いいかしら？」

「両方とも、いやです」

リキがはっきり断ると、悠子の口から、「えっ」と驚いた声が漏れた。

「どうして？　何でいやなの？」

悠子が慌てているのがわかった。クリアファイルから出そうとした離婚届の用紙と、リキに見せた誓約書を仕舞い直そうとしているが、うまく戻せないでもたついている。

「別に離婚するのはいいけど、今すぐってのがいやです。お腹の傷が治るまでは、私のことを忘れてほしくないので、一年後に離婚してください。お腹の傷がすっかり治るのに、そのくらいかかるらしいから」

「あら、そうなの？　そんなにかかるの？」

悠子が驚いたように眉を顰めた。

「ええ、それまでは私の名前を残しておいてください。それから、誓約書ですけど、何でそこまで縛られなくちゃならないんですか。お互い、どんな気持ちになるかわからないじゃないですか。だから、誓約書なんかサインしません。私、本当のことを言うと、悠子さんや基さんにも、同じようにお腹切ってほしいんです。でも、二人とも切らないでしょう。切るのは私の役割ですものね」

「役割だなんて」

悠子が傷ついたような表情で絶句した。

「確かに代理出産は私の役割でした。でも、命を生み出すってこんなに大変だとは思わなかった。だから、せめてものささやかな嫌がらせくらいはさせてください」

最後に頭を下げると、腹の傷が痛んだ。悠子は俯いたまま、低い声で謝った。

「嫌がらせなんて思ってないわ。あなたには悪かったと思ってる。離婚したままでいくって言ったり、復縁するって言ったり、私の腰も定まってなかったの。ごめんなさい」

悠子の失意が伝わってきて、リキは何と言っていいのかわからなくなった。

「悠子さんの気持ちが変わったのがびっくりです」

「そうなの。正直に言うと、あなたに代理母をお願いしてから、私はずっと疎外感に苦しめられてきたの。自分たち夫婦は子供を得ることに固執してきたでしょう。なのに、私にはもう作る能力がなくなって、モトにはあるから代理母に出産を頼む、ということがどうしても受け入れられなかった。私の卵子ならともかく、大石さんは何の関係もない赤の他人なんだから」

　赤の他人という言葉は、リキを闖入者のような気持ちにさせる。黙っていると、悠子が続けた。

「離婚という形を取ったのも、本当は嫌だった。あなたに座を明け渡したみたいで。モトは形式に過ぎないと言うけれど、赤の他人になったのは、私の方だと思った。だから、いっそこのまま他人でいようと思ったのよ。あなたが他の人と関係を持ったことをモトに言ってしまったのも、人を思うように動かせるなんて幻想だって言いたかったの」

「それがどうしてまた、復縁することになったんですか？」

　リキは冷静に訊ねた。

「あなたには、したと言ったけど、実は、遺伝子検査はしてないのよ。青沼さんが、やりましょうって仰ったんだけど、モトは断固として断ったの。大石さんに失礼だから、意地でもしないって言って。どんな子でも受け入れて育てるつもりだって。その言葉を聞いたら、私は何だか感動しちゃったのよ。もしかしたら、血の繋がりがなくたって育てるのなら、私も同じだと思って。私たち、ここに来て初めて同じ船に乗れたの。モトも私も、今度のことで大人になったなと思った。いや、親になったって言うべきかな。だから、あなたには本当に心の底から感謝してるの。モトもそうだと思うよ」

　悠子はそう言いながら、涙ぐんでいる。

退院する前の晩、リキは那覇にいるダイキにＬＩＮＥで電話をした。

「ダイキの子じゃなかったよ」

本当はわからないけど、誰の子でもいいような気がしていた。ダイキは驚愕している。

「もう生まれたのかよ」

「うん、破水したから帝王切開した。やっぱ奇跡は起きなかったね」

「ま、いいじゃん。その夫婦にひと泡吹かせてやったんだから」

ダイキは自分がしてやったように言う。

「ダイキ、今、何してんの」

「俺？　俺、ジュクセンのバイト始めた」

「ジュクセンって何」

「塾の先公だよ」

「似合わないね。彼女どうした」

「捨てられた」

「いい気味」

笑うと、腹が痛かった。

「那覇に来れば？」

「いやだよ。どうせ私の金目当てでしょ？」

「まあね。二人で子供でも作ろうよ」

ダイキが阿るように言った。多分、慰めているつもりなのだろう。本当に能力のない自称セラピストだ。

「要らねえよ、そんなもん」

そう言って激しく笑ったら、傷口が開いたような気がして怖かった。

6

リキが産んだ双子は、三十七週に入ってから生まれたので正期産ではあったものの、二人とも体重は二千グラム未満。多胎にありがちな、低出生体重児だった。生まれてすぐは、NICUで低血糖の治療を受けたが、それも完治して七日目にはリキの元に帰ってきた。

帝王切開を受けたリキの入院期間は八日。その退院前日には、終日赤ん坊と一緒の時間を過ごして、親子としての絆《きずな》とやらを深めてから帰宅するのが、寺尾病院産婦人科の決まりなのだそうだ。そんな訳で、双子は今、リキのベッド横に設《しつら》えられた、ふたつの小さなベッドの中で眠っていた。

「わー、小《ち》っちぇえ」

りりこが、薄気味悪そうに横目で赤ん坊を睨んだ。貶《けな》された双子は、そんなことも知らずに二人揃って、小さな手を肩のあたりで固く握り締め、ふんわりと目を閉じている。

「どっちが男の子だっけ？」

りりこが、眉を顰めたまま訊いた。

「こっちが、ぐりです」

リキは左側のベッドで寝ている赤ん坊を、最初に指差した。

「で、こっちが、ぐら」

「へえ、ぐりとぐら、ね」

それが、リキが付けた仮の名だということに、りりこは気が付かないのか、それともどうでもいいのか、赤ん坊の名前になどまったく頓着していないようだ。

「両方とも猿みたいだから、全然見分けがつかない。それにしても、もっくんにちっとも似てないじゃん。ほんとに遺伝子検査したのかね？」

疑《うたぐ》り深《ぶか》い目で、リキを見る。リキは答えず、曖昧に笑った。

「二人とも、目許とかはリキちゃんに似てるように思うけど」

リキは少し動揺した。双子が自分に少しでも似て生まれてきたら、喜んでいいのか、悲しむべきか、どんな態度を取っていいのかわからなかった。双子の生物学的な母親であることが、重く感じられてならないのだ。だから、あまり双子の顔をじっくり見ることもできないでいる。

代理母でさえなければ、生まれてきた子供に対して、素直に「我が子」という認識を持てるものなのだろうか。自分はその認識を持つべきではない、というブレーキが、心をずっと縛っている。代理母を承知した時は、こんな複雑な思いを抱くとはまるで予測していなかった、と思うのだった。

「もっくんの鼻に似てるかな？」りりこが、ぐらの顔を覗き込んで話しかけた。「あんたは、もっくん自慢のわし鼻になるんでちゅか？　あんたのお父さんはね、どうやらそれが貴族的だと思ってるんでちゅよ」

りりこは、基が聞いたら、腹を立てるようなことしか言わない。よほど嫌いなのだろう。

「草桶さんたちは、もうじき見えるはずです。双子がＮＩＣＵにいないから、きっとこっちに来ると思います」

リキはスマホの時刻を確かめて言った。基と悠子の、双子に対する入れ込みようは物《もの》凄《すご》かった。ほぼ毎日、嬉々として様子を見にやってくる。

「あの人たちも、名前付けたんだって？」

「はい、男の子が悠人で、女の子が愛磨だそうです」

「ユージンにエマかよ。ぐりとぐらの方がずっといいよ」りりこが鼻で笑った。「悠子って、結構俗物だよね。ユージンとエマが、海外で通用する名前だって言ったんでしょ？　笑える。それに、あんなに別れるって騒いでいたのに、生まれたらすぐに復縁するだなんて、節操なさ過ぎじゃん」

りりこはシビアな言い方をしたが、リキは少し庇った。

「でも、いろいろあったみたいですよ」

「そりゃ、あるだろうさ。あの人たちも、とんでもない経験したんだから」

「でも、赤ん坊って凄いですね」

双子が隣にやって来てから、リキの心情は少し変化している。赤ん坊の力はやたら強大だ、と思うのだ。彼らをただ見ているだけで、ポジティブな気持ちが湧き上がってくるのはどうしてだろう。基と悠子も、想像していた以上に、この強大な力にやられたに違いない。

赤ん坊は、この子を守りたい、この子を育て上げなければならない、という保護本能とでもいうようなものをかき立て、前向きな気持ちにさせる。それはあまりにも、この生き物が無防備で無力だからだ。この保護本能を、人は母性と呼ぶのだろうか。その名称が忌まわしく感じられるリキは、その証左となりそうな感情そのものを振り捨てたくなる。だが、やはり保護本能のようなものは、ちゃんと自分の中にも芽生えているのだから、始末に悪いのだった。リキに備わっているはずの理性が、感情が、赤ん坊の存在によって破壊されかかっていた。

ベッドの背にもたれたまま、リキは自分が産んだ二人の赤ん坊を交互に見つめた。もっとも全身麻酔をかけられて、目覚めたら出産が終わっていたのだから、産んだという実感はあまりなかったが、動いたり笑ったりするだけでも痛む下腹の傷が、リキの出産の証だった。子供と別れた後は、腹の傷を見て思い出すのだろう。

「赤子って言うけど、本当にそうなんですね。この子たち、赤い」

リキが赤ん坊に目を置いたまま呟くと、りりこが頷いた。

「うん、この変な皮膚の色は、どうやって描けばいいんだろう。何色ともつかない色だよね。赤？　どどめ色？　それに不思議な質感だよ。膚の肌理《きめ》が細か過ぎて、皮膚じゃないみたい。触ると気持ちいい。囓りたくなるね」

りりこは、しげしげと赤ん坊たちの膚に見入ったり、こっそり指で触れたりしている。りりこも実は、この不思議な生物に魅入られ始めているのだろう。

いや、りりこだけではなかった。りりこの叔父のタカシも杉本と一緒に、双子がＮＩＣＵにいる時に見舞いに来てくれた。

「タカシ叔父さんも、お見舞いに来てくれたんですよ」

実は、タカシからは祝い金まで貰った。

「そうなんだってね。叔父さんと杉本さん、二人で凄く興奮してたよ。うちで、皆で育てようって言うんだよ。杉本さんなんか、赤ちゃん見て泣いちゃったんだって。赤ちゃんって、この世で一番美しいものですね、なんちゃって。意外に詩人なんで、驚いたよ。あの人たち、リキちゃんのことシングルマザーで一人で育てるって思ってるから、これから助けてあげなきゃと決心してるのよ。ほんとは違うのにね」

「そうか、有難いですね」

リキはしみじみと言った。自分は草桶家の代理母だ、とちゃんと説明したかったが、守秘義務があるから言えないのが辛い。

「これ、マジな話だけどさ。リキちゃん、産後は大変だろうから、うちにしばらくいて、養生するといいよ。ついでに、双子も一緒に住めばいいじゃん。まだ母乳出るんでしょう。うちだったら、何かあっても病院はすぐだし、杉本さんもいるから助けてくれるよ。そして、少し落ち着いてから、あっちが引き取ればいいんだよ」

そんなにうまくいくだろうか。リキは首を傾げた。草桶夫婦は早晩、引き取るつもりだろう。

その時、ノックする音がした。りりこが張りのある声で、「はい？」と返事して振り向くと、基と悠子がドアから顔だけ出して笑った。

「こんにちは。お邪魔します」

アロハシャツを着た基が、先に入ってきた。視線は、ベビーベッドで寝ている双子に向けられている。

「今日も元気だ。よかったな」

基が、愛おしさの滲み出た仕種で、ぐりの頰にそっと人差し指で触れ、次にぐらの小さな握り拳を手でくるんだ。基はリキの方を見もしないで、双子に囁いている。

「おまえたち、パパたちは歳を取る一方だからさ。早く大きくなってくれよ。でないと、おまえたちの大人になった姿を見れないよ」

基は自分で言った言葉に衝き動かされたのか、少し涙ぐんでいるようだ。悠子はさすがにリキに遠慮してか、何も言わずに控えている。古風な形の白いワンピースを着ているので、昭和の時代の看護師のように見えた。

「大石さん、傷はどう？」

悠子が遠慮がちに訊く。

「日に日によくなっている感じです」

「よかった。さっき、区役所に出生届を出してきたのよ」

「悠人と愛磨で、ですか？」

「ええ、悠人と愛磨で。大石さんが母親になってるよ。これは永遠に変わらない事実なのね」

悠子が、同意を求めるように基を見た。基は双子に夢中で、女たちの話に加わる気もないらしい。

「悠子、それはよかったね」

りりこが、気乗り薄な様子で言った。悠子はちらりとりりこを見てから、リキの方に向き直った。

「それでね、大石さん。この間はすみませんでした。私も何だか焦っちゃって、あなたに悪いこと言ったと思ってるわ」

悠子が謝ると、基も思い出したように振り向いて謝った。

「大石さん、すみませんでした。あなたが頑張って産んでくれて、まだ間もなかったのに、あんな無神経な誓約書なんか出してしまって、本当に失礼しました。責任は、文書を書いた僕にあります」

「いや、いいんです」

「少し落ち着かれたら、このことに関して話し合いましょう」

基は諦めてはいない様子だ。誓約書を交わさないと不安なのだろう。

「私は構わないので、ここで誓約書の内容を言ってください」

「ちょっと待って、大石さん」悠子が、リキを押し止《とど》めるようにして、意気込んで喋った。「慌てなくていいよ。大石さんの体がよくなるまで、しばらくここにいさせてもらったらどうかな、と思ってるの。りりこも構わないでしょ？　大石さんの滞在費はうちで出すから。あと、残りの五百万も振り込みました」

「ありがとうございます」

リキは礼を述べた。

「赤ん坊はどうするの？」

りりこが、悠子に問うた。

「二カ月間だけ、大石さんの手許で育ててもらって、その後は私たちがミルクで育てるわ。だって、母乳って赤ちゃんの体に凄くいいらしいのよ。だから、最初のうちは、母乳育児の方がいいだろうと思っての結論よ」

「つまり、リキちゃんは乳母《うば》ってことか」

りりこが口を挟んだので、悠子が睨んだ。

「そんなつもりはないよ」

「じゃ、どういうつもりなの？」

りりこが問い返した。

「それは、これから大石さんと、きちんと話すのよ。だから、りりこはちょっと外してくれないかな。私たち三人で話した方がいいと思うのよね」

へいへい、と厭味っぽく言いながら、りりこが病室を出て行った。ドアが閉まったのを確かめてから、基が口を開いた。

「大石さん、あなたは大変な苦労をして、子供を産んでくれた。命を懸けたお産だったと聞いてます。ありがとうございました。心から感謝してます」

「いえ、どうも」

リキは礼を返したが、素っ気なかったかと反省する。

「悠子から聞きましたが、あなたは少し経ってから離婚に応じてくださるそうですね。そして、子供たちに会わないという誓約書にも、反対しておられると聞きました。代理母をお願いした時と違ってきているのは、子供の顔を見たからでしょうか？」

「そうではないんです」リキは懸命に考えながら返答した。「あまりにも出産が大変だったので、普通分娩とは違うように考えて頂きたい、と思ったからです」

「今回は双子だったから、それはあなたに負担を強いたと思いますよ。でも、それは私たちにも予想外のことだったの。だから、ある程度、あなたの負担のことを鑑みる方向を考えていますよ」

　悠子が口を挟んだので、リキは言葉を選びながら言った。

「あのう、誤解されているかもしれないけど、私は別にお金が欲しいわけじゃないんです」

「じゃ、何ですか」

　基が慮るように、リキの顔を見る。

「わからないんです。ただ、機械みたいに扱われたくないと思っただけ」

「誰もそんなこと思ってないのに」

　悠子が心外そうに呟いた。

「具体的にどうしたらいいんですか？」

　基が悠子と顔を見合わせながら、訊いた。

「今、二カ月間、子供と一緒に過ごせると仰いましたよね。だったら、それで少し気が治まると思います。産みっぱなしで、子育てもできないのかと思うと、何か事故にでも遭ったような気分で堪らなかったんです」

「そうよね」と、悠子が頷いた。「いろんなことが起きたから、キャパがいっぱいなんでしょう。私たちもそうだもの。では、二カ月経ったら、別れてもらえますか。それまで充分に子育てしつつ、休養してください」

別れてもらえますか、という言葉が最も適切に感じられた。

「わかりました」

リキは頷いた。基は不満そうだったが、それを言葉にはせず、こう付け加えただけだった。

「僕たちは毎日会いに来るけど、構いませんよね？」

「もちろんです。あなたのお子さんですから」


退院後、リキと双子は、寺尾家の南翼の一階に移った。リキの居室に、病院で使っていたベビーベッドが特別に持ち込まれた。ベビー用品はすべて、草桶夫婦が用意して持って来てくれた。

リキは二カ月間、母乳をやって、毎日手伝いにやってくる基や悠子と共に双子を育てることになった。体重が足りなかった赤ん坊たちは、ひと月もすると標準体重になり、二人いるのでリキの母乳では足りないほどだった。

一カ月後に、悠子が改めて離婚届と誓約書を持ってきた。誓約書の内容は変わっていなかった。

『私こと、大石理紀は草桶家の子供、草桶悠人と草桶愛磨には会いません。どうしても会わなければならない用事が出来した時は、保護者である草桶基と草桶悠子に一報を入れることを約束します。また、将来、草桶悠人と草桶愛磨、あるいはどちらかが大石理紀に会いたいと言った場合は、これに応じます』

「不快かもしれないけど、こちらもそろそろ新しい生活を考える時期なので、よろしくお願いします」

「わかってます」リキは書類を受け取った。

じきに二カ月になろうとしている頃、夜にテルからLINEが届いた。

――リキ、赤ちゃん、生まれた？　これがうちのミナちゃんです。

テルのLINEには、ピンクのベビー服を着た赤ん坊の写真が添付されていた。抱いているのは、ソム太だ。ソム太は以前より大人の表情になって、満足そうに笑っていた。

――ファミリーかよ。

リキは苦笑して、双子の写真を送ってやった。

――これは、双子のぐりとぐらです。

すぐに返信が来た。

――双子だったの？　お産、マジたいへんだったでしょ？　代理母も楽じゃないね。

――帝王切開だった。傷、まだ痛い。

――お疲れ。ところで、この子たち、マジでぐりとぐらって名前？

リキは返信を送ろうとして、ふと手を止めた。ぐりとぐら。本当は、草桶悠人と草桶愛磨なのに、自分はまだぐりとぐらという、自分が付けた名前に拘っている。悠人と愛磨という名付けに、自分が参加しなかったせいではないか。いや、参加しなかったのではなく、参加できなかったのだ。この子たちは、自分が産んだのに、自分の子供ではなくなるのだから。

――本当の名前は、悠人と愛磨です。

――なあんだ、立派な名前じゃんか。負けました。

「お見事」と、ぺこりと頭を下げるディズニーキャラクターのスタンプ。リキは少し笑ってから、スマホを傍らに置いた。途端に、ぐらが大声で泣き始めた。リキはぐらを抱き上げたが、ぐりの方も釣られて泣き始める。この子たちは仲がよく、一人が泣くと、必ずもう一人も泣き始めるのだった。ひどい時は、それが交互にやってくるから、何時間も泣きっぱなしということもある。

リキは、両腕にそれぞれ赤ん坊を抱いて、しばらくあやしていた。だが、赤ん坊は泣き止まない。すると急に、心の底から悲嘆に近いような感情が溢れてきて、リキも泣きたくなった。赤ん坊がいても、孤独なのはどうしてなのか。

働いても充分な金を得られない暮らしに絶望して、自分は代理母になった。当初は、赤ん坊を産んでも、自分ならもっとクールに処せると思っていた。

それなのに、この土砂降りのように濡れそぼった感情はどこからくるのか。自分は、同じく子供を産んだばかりのテルとは、全然違う方向に行ってしまったような気がする。

「どうしたの？　リキちゃん。赤ん坊、ずっと泣いてるよ。悪いけど、うるさいから、何とかして」

ノックと同時にドアが開いて、りりこがさも煩わしそうな顔で文句を言ってきた。午後十時過ぎだが、まだ仕事をしていたらしい。

「すみません。泣き止まないから、どうしたらいいか、わからなくて」

途方に暮れたリキが自信なげに答えると、りりこにぽんと肩を叩かれた。

「大丈夫？　何か疲れた顔してるよ」

りりこも、このところ制作に没頭していて、顔を合わせてもどこか熱に浮かされたような、ぼんやりした表情をしている。

「りりこさん、作品と子供って同じですか？」

リキは思わず、こんなことを訊いていた。窶《やつ》れてはいるけれど、高揚したような妖しい眼差しをしたりりこが、こきこきと首を曲げてみせた。

「さあ、私は子供なんて産んだことないからわからないよ。何で？」と、早口に言う。

「私も絵を描いたことないから、わからなくて」

「じゃ、違うんじゃないの」りりこがそう断じて、リキの腕の中の双子を交互に覗き込んだ。「うるせえぞ、おまえら。ダシ取って、スープにするぞ」

相変わらず、赤ん坊は泣き止まない。むしろ、力んで、力いっぱい泣いている。リキは、その泣き声に負けじと大声を上げた。

「だけど、よく芸術家の人って、自分の作品のことを自分の子供みたいなものだって言うじゃないですか」

「私、そんな恥ずかしいこと、言ったことないよ」

りりこが憤然として言う。

「恥ずかしいんですか？」

「そりゃ、恥ずかしいよ。私の絵は子供以上のものだもの」

「以上か。じゃ、何で人は子供を神格化するんでしょうね？　杉本さんは、この世で一番美しいって言ったんでしょ？」

「何言ってんの。この世で一番美しいのは、春画でしょうが。セックスしている人間たちの絵だよ」

「ああ、もう、わからない」

リキは赤ん坊と同じように、ぽろぽろと涙をこぼした。

「あれ、何で泣いてるの？」

りりこが驚いてリキの顔を見たが、リキは答えられなかった。

「わかんないです。何か孤独だし、侘《わび》しい感じがして悲しい」

リキは泣き笑いをした。赤ん坊は、母親の涙が移ったように、さらに激しく泣いていた。

「リキちゃん、産後うつってヤツじゃないの？」

「そうかもしれないです。じゃ、これってホルモンのせいですか？」

「じゃね？　何か、オヤジに言って、クスリ貰ってこようか？」

りりこが部屋から急いで出て行きそうになったので、リキは止めた。

「大丈夫です。原因がわかればいいんです」

「原因って何?」

りりこが振り向いて訊いたので、リキは低い声で答えた。

「自分」

そう答えた時、まさしくそれが答えだと思った。自分が弱っていたからに他ならない。

「わかったなら、いいよ。じゃ、おやすみ」

りりこは乾いた声で言った。りりこが部屋から出て行くと、子供たちはぴたっと泣き止んだ。リキは一人ずつ、ベビーベッドにそっと戻した。赤ん坊はそれぞれけろっとした顔で、リキの顔を見つめている。

「杉本さんが言うように、赤ん坊がこの世で一番美しいかもしれないね。だって、一人の人間なんだものね。凄いよね。ほんとに凄い」

リキは二人にそう語りかけた。そして、デスクの前に座り、悠子から預かった離婚届にサインして判を押した。誓約書にも、サインをする。

それから荷造りを始めた。キャリーバッグに身の回りの物を入れて、リュックサックにおむつをぎゅうぎゅう詰め込んだ。用意はすぐに終わった。リキはぐりを抱き上げて、その柔らかな頰に頰ずりした。

「ぐり、あんたは草桶のおうちで、可愛がられるから大丈夫。立派なバレエダンサーになったら観に行くからね。元気でいてね」

　ぐりをベッドに戻すと、ぐらの方を抱き上げた。

「ぐら、あんたはママと一緒に行こうね。草桶愛磨じゃなくて、大石ぐらになるんだよ。それでもいいかな？」

　ぐらは信頼するように、無心にリキを見つめている。リキは抱っこひもで、ぐらを胸の前に固定した。

「ぐら、いいよね。女同士で一緒に生きよう。クソみたいな世の中だけど、それでも女はいいよ。女の方が絶対にいい」

　リキは、ふとデスクの上の誓約書を見た。草桶愛磨の名前だけを二本線で消して、訂正印を押す。

「さあ、どこに行こうか。試しに沖縄とか行ってみる？　それともママの故郷の北海道にする？　佳子叔母ちゃんに、報告に行こうか？　みんな、あんたを見て喜ぶと思うよ」

　リキが楽しそうに言うと、何か伝わったのか、ぐらは明るい表情をした。

解説

鈴木涼美

「私は何を売り渡したのだろう」と、代理母になることを決意した主人公リキは思う。貧困に疲れ、卵子提供の登録をしに向かった先で代理母になることを勧められ、友人に反対され、一千万円というあり得ないと思うような金額を提示し、承諾され、それでもそれが重荷で仕方なかったはずが、いざ契約書を用意されて人工授精を開始してみると、「物事すべてがどうでもよくなり、冷笑的になった」。自分の内のそんな変化を目の当たりにして、一千万円で売り渡したものが果たして契約書にある条項だけなのだろうかという疑問が生まれるのである。

女として、かつては下着を売る女子高生やAV女優として、あるいはホステスや古い日本企業の会社員として、時に誰かの彼女として生きてきた私自身、リキとは違う形であれ色々なものに値段を付けられ、時に自分で値付けをしてきた。そしてリキと同じように、必ずしもはっきりと値段を付けられたものではないものをも売り渡してきた気がする。そしてそのことを長く考えてきた。身体《からだ》や性を売るとは具体的に何を手放す行為なのだろうか。AV出演のギャラは一体何に対して支払われたのだろうか。春を買った彼らは何を得て、売った私は何を失ったのか。彼らが買ったものと私が売ったものは同じものだろうか。考え出してから、私を納得させるような答えに辿《たど》り着かないまま二十年経《た》った。だからリキの問いは私の問いでもある。

女同士で話をしていると、ふいに桐野夏生の作品名が出てくることがかなり頻繁にある。作品について論じるような場ではなく、私たちの生活における何気ないおしゃべりの中で「まさに『グロテスク』のあの女子高の世界でさ」とか「『ＯＵＴ』の主婦にもそんな人いたよね」とかいう具合に気軽に口にして、あーわかるわかる、あったよね、あの感じね、と頷《うなず》き合って話を進める。特異な環境や数奇な事件が描かれた小説が、殺し殺されるような事件とは無縁に生きている私たちの日常に自然と入り込んでいる。私たちの知っている言葉で、私たちの知っている痛みが書き表されているから、女たちの多くが桐野作品の何かを経験していると感じる。そしてやはりまた別の状況を生きる女たちとともに作品名に頷き合うことで繋《つな》がっていくのだ。その痛みなら、私も知ってる、というように。人生という自分ひとりの体験を、ひとりで抱えひとりで疑いひとりで信じるのはとても孤独で、だから私たちはそういう会話を、桐野作品を必要とする。

本作『燕は戻ってこない』にもその意味で、女がひとりで体験してきた、ひとりで抱えていくものだと信じてきたような苦悩や痛みがいくつも綴《つづ》られる。分厚い本は驚くほどのスピードで読んでしまうが、そのスピード感に対して身体の中には異様なほどの重みが残る。まるで何年もかけてこの話を取り込んできたかのように錯覚するのは、何年も蓄積されていた胃の中の孤独に言葉があてがわれたからだろう。地方からの上京、非正規雇用の困窮、性風俗での仕事、不妊治療、不育症と老化、そして代理母出産など、登場人物たちの体験は必ずしもすべての女の体験と一致しないし、それらの一部を経験したことがある読者もいれば、すべて経験せずに暮らす者だっている。

それでもこの作品に描かれた痛みを、これは私の痛みだ、と感じる女はきっと多い。不妊治療の経験がなくとも、「女を買うくせに、売る女を馬鹿にする男」に苛立《いらだ》ち、「ずっと値踏みされる人生」だと感じ、「若い女だから、上から目線で怒って」くるような理不尽に傷つき、「間に合わない」がついて回る女の人生に辟易《へきえき》したことがあるから。

作品の大きな核となる代理母出産、あるいは卵子提供など生殖医療ビジネスというのは、八〇年代以降、米国の一部などで徐々に一般的な選択肢になりつつあるが、倫理的な議論は続いており、法整備が追い付いていない日本では実質的には禁止状態にある。それでも海外での代理母出産を希望する人向けの斡旋《あっせん》業者はいくつも存在するし、実際に米国やロシアの代理母出産で子を授かった有名人夫婦の報道が話題となった。

体質や疾病で妊娠や出産が難しく、それでも自分の子どもが欲しいと願う者にとっては、絶望の中に射《さ》しこむ一筋の光のようなアイデアである。病によって諦めざるを得なかった普通の幸福が、どのような人にも望めるようになる、夢の社会につながる技術である。一方、出産に伴う負担やリスクは依然として大きく、第三者である女性の身体を出産のための道具として使うことへの倫理的な抵抗は根強い。また、代理母になることを引き受ける女性の多くが経済的な困窮を理由としていることも、人権的に問題ありとされる所以《ゆえん》である。

介護職や肉体労働からヘア・ドネーション、献血まで、健康的な肉体の一部を使うサービスなんてありふれているのだから、それが出産に関わるものだってビジネスとして認めてよい、子どもを切望する夫婦や子宮をビジネスに使いたい女性の利害が一致していればよいではないか、という議論は、私には既視感がある。売春について長く語られてきた言葉とも重なるからだ。そして両者ともに重要となるのが、相対的に若い女の肉体であることもよく似ている。一方は日本中の街であまりに頻繁に目にするが故に誰もがすっかり慣れているが、もう一方はごく最近まで目にすることがなく、誰もがあまり慣れていないという違いはあるのだが。

リキに一緒にエッグドナーに登録しようと持ち掛けてきた病院事務の同僚は、リキが代理母出産の話を持ち掛けられたと知ると、「そんなの絶対にしちゃ駄目だよ」と半ば反射的に主張する。ただ、実はこの同僚は借金返済のために病院事務と掛け持ちで風俗でも働いている。代理母になるかどうかで揺れるリキは、同僚の風俗掛け持ちについては「見ず知らずの男の性器なんて、見たくも触りたくも」ないと思う。同僚にとって「何の関係もない人の子供を産む」こと、「自分のお腹《なか》の中で、全然見も知らない男の子供が育つ」ことは直感的に「気持ち悪い」ものであり、リキには風俗のバイトは経験がないながらもしたくないものである。強固な信仰や経典のない日本で育った二人の女たちの倫理はこの直感的な気持ちの悪さに支えられているとも言えるし、その倫理観が女の身体を守っているとも言える。代理母出産を希望する夫の勢いを止められずにいる妻の悠子も、金を払って卵子や母体を選ぶ行為について「同性である女の体を、金で切り刻むことにならないか」と逡巡《しゅんじゅん》する。

しかしリキの代理母出産に反対していた同僚にはお金のかかる彼氏がおり、彼に何度かお金を渡して本格的にお金がなくなると、直感的に気持ち悪いと思った代理母さえもやってもいいという気になる。金銭的に追い詰められる状況が倫理を凌駕《りょうが》する。売春論議でさんざん言及されてきた主体性という言葉はここで揺らぐ。もともと直感的で漠然とした倫理は困窮を前に無力だが、その極めてあやふやで身体的な拒絶こそ、その人の人格や価値観とダイレクトに繋がっている場合がある。ここでもし同僚が多額の富と引き換えに代理母になることを決意した場合、それでも主体的な選択と呼ばなくてはならないのだろうか。

リキはリキで、代理母になると決めた途端に、お金を払ってまで見ず知らずの男の性器を挿《い》れたいと考え、体外受精を始めると、恨んでいたはずの元不倫相手のホテルへの誘いに乗り、売春の現場で出会った男ともセックスをする。金銭によって自分の肉体が自分のものではなくなった彼女にとって、それらは自分の肉体が自分に帰属するものだと確認する行為、自分が自分の身体を自由に使うことで、失った身体の所有権を取り戻す行為だと言える。

売春も代理母出産も、しばしば女性のモノ化という切り口の批判を受ける。ただ、長く性の商品化の現場を見ていると、女性のモノ化の現場と言われるその場所が、実際は女性のモノ化の不可能性を目の当たりにする現場だと実感する。いくら買い主が、あるいは本人までもがセックスの道具になりきることを望んでも、所詮女はモノになれない。痛覚や体温は消えず、思想や嗜好《しこう》も捨てられない。

売春や代理母出産の経験がなくとも、〝モノのように扱われる感覚〟と言われて身に覚えのある者はきっと少なくない。セックスの現場ではたとえリキに金で買われた男ですら、「あなたが嫌だってこと、絶対にしないからさ」と口にするくらい、女が受け身となることを求められるのだから。だから作品の中で主体的にセックスを楽しむ女たちの春画を描くりりこは、現実のセックスを拒絶した存在である。生殖や傷つきを伴う、モノとして扱われる可能性のある現場に丸ごとノンと言う。

悠子の夫から無断で帰郷したことを責められ「清潔で健康な体を維持されるべく、お願いします。いえ、これはお願いというより、契約下における、あなたの守るべき義務です」という内容のメールを受信した後に、リキが全く好きではない昔の男なんかとホテルに入って寝るのは、自分の肉体が道具と全く同じようには取引され得ないことを確認する作業だ。リキ自身が後に振り返るように「逆らってやろうとちょっと思った」のだ。モノにならんとしている肉体に。女の身体をモノのように取引できる、夢のような社会に。

私は性の商品化の現場に惹《ひ》かれ、迷い込み、今でも身体を売る彼女たちの姿から目を離せない。彼女たちがとても美しく逞《たくま》しい存在に思えるのは、どうしてなのだろうとずっと思っていた。私はもしかしたらモノになろうとして失敗する自分や彼女たちを見たかったのかもしれない。モノ化されようとするとき、彼女たちは最もモノから遠い存在になる。生々しく、制御不可能で、強《したた》かでずる賢く、欠陥だらけで、美しい。

生殖医療はこれからも目を見張るような発展を遂げるだろう。かつて神への冒瀆《ぼうとく》とさえ言われた人工授精や卵子の凍結がこれだけ一般的な行為になったことを思えば、一歩進んだ行為であってもものすごいスピードで日常に入り込んでくるかもしれない。世間がそれを受け入れるか否か考えるスピードよりも、悠子の夫のように、とにかく急いで子どもが欲しいと願う人が解決策を見つけてつかみ取るスピードの方がはるかに速い。そして体質や病で子どもを持てない絶望に晒《さら》される人がより少なく、誰もが希望が持てる社会にしようという一見潔白な目標は、簡単に汚されることはないのだろうから。

誰かの身体を道具とするようなビジネスを受け入れてしまって良いのかという問いに答えは出ないのかもしれない。あれこれ考えているうちに母体など使わなくとも、試験管の中だけで赤ちゃんが育つ未来が来てしまうかもしれない。売春について答えなど出す前に、ＡＩとセックスする時代が到来するかもしれない。そちらの方が早いような気もする。ただ、今はそのような未来ではなく、誰かの希望を満たすために誰かの肉体が使われている時代である。金銭という、罪悪感を放棄するには最も効率的なものを介して。

この小説は、人が母体を必要とせず、ＡＩと好きなだけセックスするような未来が訪れる手前、人が母体を必要とし、セックスが身体を必要とする時代に放たれた、女がモノとなることの不可能性を証明してみせた作品である。不安と希望、そしてどこかに清々《すがすが》しさを匂わせるラストを読んで、そう確信した。

（すずき・すずみ　作家）

集英社文庫

燕《つばめ》は戻《もど》ってこない

2024年３月25日　第１刷　　定価はカバーに表示してあります。
2024年６月10日　第３刷

著　者　桐野夏生《きりのなつお》
発行者　樋口尚也
発行所　株式会社　集英社
東京都千代田区一ツ橋2-5-10　〒101-8050
電話　【編集部】03-3230-6095
【読者係】03-3230-6080
【販売部】03-3230-6393(書店専用)

印　刷　大日本印刷株式会社
製　本　大日本印刷株式会社

フォーマットデザイン　アリヤマデザインストア　　マークデザイン　居山浩二

ISBN978-4-08-744625-8 C0193